[英国]尼古拉斯·博伊尔 著　续文 译

德国文学

牛津通识读本·

German Literature

A Very Short Introduction

译林出版社

图书在版编目（CIP）数据
德国文学 /（英）尼古拉斯·博伊尔（Nicholas Boyle）著；续文译. —南京：译林出版社，2019.4（2021.8重印）
（牛津通识读本）
书名原文：German Literature: A Very Short Introduction
ISBN 978-7-5447-7656-1

Ⅰ.①德… Ⅱ.①尼… ②续… Ⅲ.①文学研究-德国 Ⅳ.①I516.06

中国版本图书馆 CIP 数据核字（2019）第 009317 号

著作权合同登记号 图字：10-2013-27 号

德国文学 ［英国］尼古拉斯·博伊尔 / 著 续 文 / 译

责任编辑 於 梅
装帧设计 景秋萍
校 对 张 堃
责任印制 董 虎

原文出版 Oxford University Press, 2008
出版发行 译林出版社
地 址 南京市湖南路 1 号 A 楼
邮 箱 yilin@yilin.com
网 址 www.yilin.com
市场热线 025-86633278
排 版 南京展望文化发展有限公司
印 刷 江苏凤凰通达印刷有限公司
开 本 635 毫米 ×889 毫米 1/16
印 张 22
插 页 4
版 次 2019 年 4 月第 1 版
印 次 2021 年 8 月第 3 次印刷
书 号 ISBN 978-7-5447-7656-1
定 价 39.00 元

序　言

李昌珂

本书作者尼古拉斯·博伊尔是知名的英国日耳曼语言文学学者，专长现代语言、德语文学和德国思想史研究。1996至2001年担当剑桥大学德语系主任，2000年获选为英国社会科学院院士，现任剑桥大学“施罗德教授”（专为德语系最高级教授设置的教席）兼麦格达伦学院研究员。博伊尔撰写了大量关于德国文学、思想史和宗教的文章与专著，尤以其屡获殊荣的歌德传记闻名学界，获得由德国歌德学院授予的歌德奖章。《纽约时代书评》也称赞他的传记是“非凡的成就”，并补充道：“任何语言中都没有可与之比肩的研究。”

这位歌德专家在这本题为《德国文学》的小册子里同样显示出非凡的洞见，并将其融合在巧妙的叙述艺术之中。本作成书于2008年，以原书不到两百页的篇幅纵览了从中世纪后期到现当代的德国文学史上最重要的作家和作品。文学史的写作有多种方法，本书无疑是另类的一本，它无意罗列学术界的传统认知，而是在探索和尝试新的线索，因此本书至少可以简单概括出以下三个特色：

其一，作者在介绍文学情况的同时，无时不在地指出了各个时期的文学是如何对政治和社会、宗教和哲学的发展作出回应的。他在开篇便已确定全书的思路："一篇介绍一个民族的文学的文字，再怎么简短，也不可能只介绍其文本，而是也要介绍这个民族。若问德国文学是怎样的，就等于询问——从文学的角度来看——德国是怎样的。"从篇幅上即可感觉出重心的偏移：作者不惜用大量笔墨阐释德国历史的关键词——官僚与资产阶级、分裂与统一、战争与重建等等。这本文学的历史看起来更像是一本社会的历史，正是在德国特定社会的物质和思想背景下，才会产生特定风格的作家和读者。欧洲各国由于地缘关系的亲近，文化、文学的发展脉络往往千缠百绕，一些广域视野下的文学史便偏好概括某一时期的文学"主潮"；主要的德语国家，除德国外还有奥地利和瑞士，共同的语言更易让人产生它们具有相同的文化背景的错觉。然而事实是，不同的政权从一开始就踏上了不同的发展道路，对于席卷全欧的历史大事，各国参与的时间、立场、程度和结果也千差万别。作为社会之镜的文学自然与本国的历史事件有着直接的因果关系。正如学界对独立的奥地利文学起点的规定，从1945年（第二次世界大战结束）、1918年（奥匈帝国崩溃），到19世纪初（神圣罗马帝国解体），不断前移，直到多数人认为应该从奥地利正式形成的10世纪算起，最大限度地排除德国的成分（但并不忽视其影响力），博伊尔在本书中也决然地排除了其他德语国家的成分，甚至不惜略去在别的德语文学史中不可或缺的卡夫卡等名家，来强调国别文学的特殊性。这一点也是将原书名 *German Literature* 译为《德国文学》

而非《德语文学》的根本原因。

其二，作者将1200年间的德国文学史在各个维度延展，在每个维度上攀附名为德国传统的绳索，这些坚韧的传统跨越表面或暂时的断层和转折，突出了文学史有始未终的连贯性和每个时期顺应潮流的整体面貌。博伊尔勾画的是一幅反映总体文学生态的版图，尽管每个笔触下隐藏着巨大的信息量，但即使自行挖掘更多材料，也难以整理出适合“学习”的“背景—文学潮流—作家生平—代表作品”这样的“知识提纲”，否则这个版图便支离破碎了。从观念论到物质论，照亮这幅文学版图的是前后连续的思想史之光，它同样萌生和繁荣在特殊的德国土壤上，在18至19世纪中叶政治分裂、经济落后的困境期反而愈显炽烈，直至一再被作为文化克星的战争打断，复又折转，迸发出现代性和后现代性的光辉。

其三，德国文学与其他领域的发展一样，永远脱不开欧洲的大背景，强调本国特征并不是无视他国影响，否则就会走向狭隘的死路。博伊尔是一位有着盎格鲁-撒克逊出身背景的日耳曼学者，他的视野始终覆盖全欧，尤其是大不列颠的文学版图。因此本书中多次可见他将德国文学现象与英国的作比较，这也为德国文学研究和比较文学研究提供了新的思路和成功的范例。

本书译者续文现为南京工业大学德语系教师，在翻译时以英语原著为本，参考德语译本，并查阅大量资料完成了这项工作。读者阅读本书，不妨放弃“提纲挈领”的固定思路，而是顺着作者的指引，深潜入汹涌的历史和思想长河去寻找河底的漩涡。

2018年12月于北京大学

目 录

致　谢

我非常感谢和我共同研讨这个项目的剑桥大学德语系的同事和学生们，尤其感谢克里斯·杨在项目前期的工作分配上对我提出的宝贵建议。和雷蒙德·戈伊斯的交流让我更好地理解了保罗·策兰。我想向牛津大学出版社的安德烈娅·基根及其同事表达我的谢意，感谢他们对一位痴迷于烦冗手稿的作者的理解和帮助。我的妻子罗斯玛丽一如既往地为我的成果提供了不可或缺的支持——该成果也一如既往地演变成远比我的最初设想更为浩大的工程。我还要特别感谢苏珊·菲尤为我准备打印稿。

写作此类图书所需的知识储备是巨大的，其中一些是经年累月的积淀。如果没有我的老师们给予的灵感和示范，我无法设想我能完成它，因此我将此书献给罗纳德·格雷和已故的彼得·施特恩。 i

引　言

文学不只是文本，因为文本不只是文本。文本总在变化，并且也在改变它们的读者，把读者的视线引向文本和读者之外，引向文本所讲述的东西。一篇介绍一个民族的文学的文字，再怎么简短，也不可能只介绍其文本，而是也要介绍这个民族。若问德国文学是怎样的，就等于询问——从文学的角度来看——德国是怎样的。18世纪诞生了两种特色鲜明的现代文学类型，即主观抒情诗歌和客观现实主义小说，自那以后，现代主义的文学世界里就存在着两种声音。德国发声了，振聋发聩地站在了其中一边：饱含诗意、悲剧、果断的反思和潜意识的宗教意义。另一种声音——小说家的，现实主义的，时而滑稽有趣，时而谆谆教诲——在德国的传统中一直较为微弱，却也不曾静默。本书关注的是德国文学对我们的现代自我认知有益的特征，因此也关注与之相关的社会共同体的特征及语言，德语作家们首先是用语言表达了他们自己。关于这个共同体要说的第一件事是，尽管德国在地理、历史和文化方面均是欧洲的中心，但这个中心并不统一，而且从未统一过。

从英国的角度来看，“中欧”大约意味着特兰西瓦尼亚以
1 北某个不确定的地方。但是当代德国人却用“中欧”一词来描述他们所生活的地区，而且言之凿凿。自从罗马衰落之后，欧洲由北至南、由东至西的贸易路线在德国境内相交。形形色色的现代德语从莱茵河说到伏尔加河，从芬兰边境说到意大利阿尔卑斯山南麓。几个世纪以来，德国人在战争与和平中和法国人、意大利人、匈牙利人、斯拉夫人，以及斯堪的纳维亚的邻居们交换语言、文化，还有基因。（除了德国、奥地利和瑞士，德语还是比利时、匈牙利、意大利、列支敦士登、卢森堡、纳米比亚和波兰的部分地区或全境的官方语言。）虽然缺乏明确的地理分界线，德国一直是周边国家确立其欧洲身份的一个基准点，而它自己却没有确立一个身份。操德语的人从未被统一在一个自称为德国的独一无二的国家之中，希特勒也没有做到这一点。冠以此名的现代国家有着独特的历史，是漫长而复杂的发展的结果。1990至1991年间联邦和民主两个共和国联合到一起的过程被视为“再统一”，然而由此诞生的国家却拥有和它的每一个前身都不尽相同的边界线，较年老的子民中的很大一部分都出生在国境以外，包括那些长久以来甚或几百年以来就自认为属于德国的地区。欧洲另外两个主要说德语的国家奥地利和瑞士的身份则拥有更多的连贯性，即使奥地利曾经作为一个帝国的中心，以各种名称从1526年持续到1918年，经过多重截肢的创伤达到了今天的平衡状态。说德语的瑞士，尽管每个州都有自己的历史，从15世纪或更早的时候开始，就不依赖于其他德语国家独自发展了。

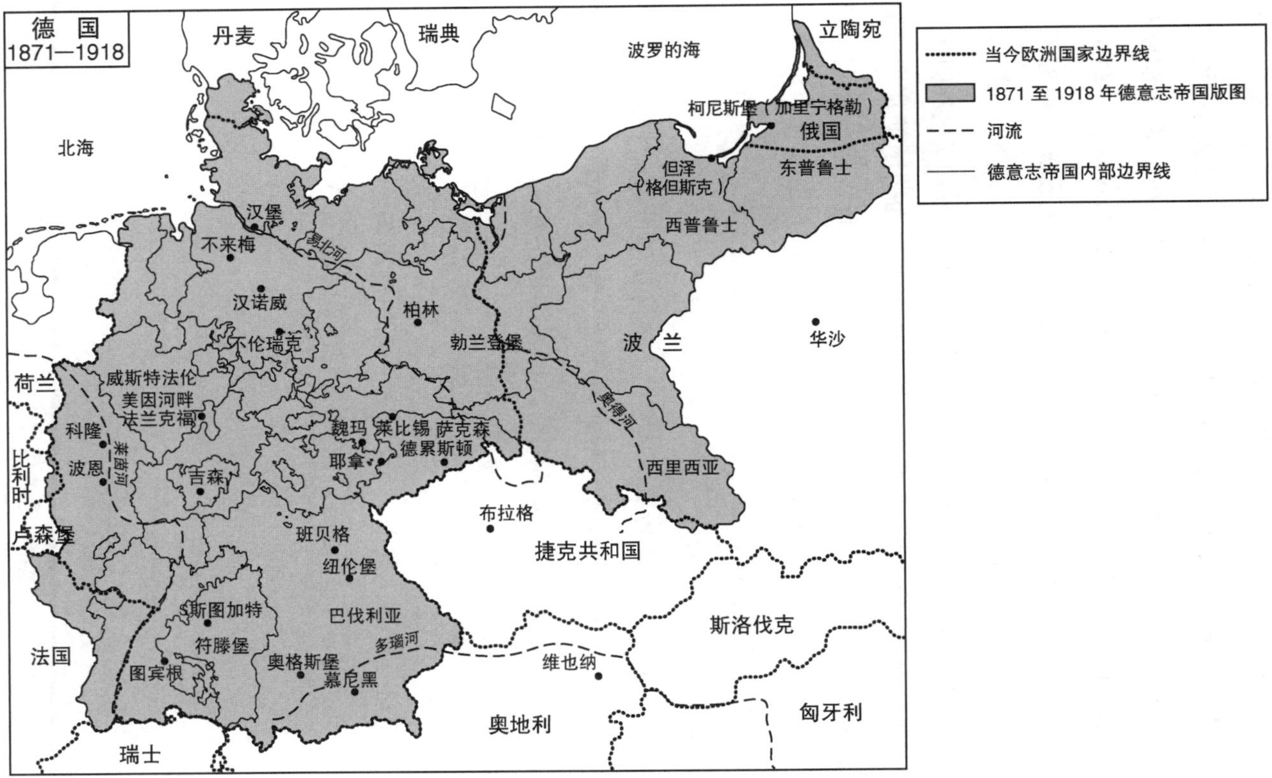

图1　德国1871至1918年间版图最大的时期

被称为德语文学的文学其实是三种独立的文学，来自三个分离的国家，就如同我们说起英国、美国和澳大利亚这三国的文
2 学一样界限分明。不能因为迪伦马特的戏剧在柏林上演就把他归为德国作家，正如不能因为阿瑟·米勒的戏剧在伦敦上演就把他归为英国作家，而称卡夫卡是德国小说家就好像称谢默斯·希尼是英国诗人一样：若非要这么说，也不是全无道理，但也只是因为这一方面指向了作家的出身和素材，另一方面暗示了他的媒体和受众。本书关注的是如今被称为德国的那个国家的文学，这需要与奥地利和瑞士的文学区别对待，以便让它自己特有的发展脉络变得明晰。虽说是漫谈，还是得讲述一段独一无二的历史故事，而且不能脱离特殊的政治、社会，甚至是经济背景。

为了呈现德国故事的连贯性，我将从中世纪的政治和文化发展概要讲起，并不涉及个别的作家。接下来的四章遵循同样的框架，但会给出更多的细节。讲述中世纪和奥地利及瑞士文学的章节可在因特网上找到（http://www.mml.can.ac.uk/german/staff/nb215）。遗憾不能在本书中见到卡夫卡的读者可以在这里找到一个鲜活的卡夫卡：里奇·罗伯逊所著的《卡夫卡是谁》
4（牛津大学出版社，2004），其中的第一和第四章特别值得一读。

第一章

资产阶级和官僚：历史概览

德国文学，从狭义上说，是神圣罗马帝国各诸侯国（尤其是路德宗诸侯国）及其19世纪的后继王国的文学。这些王国后来被俾斯麦纳入他的德意志第二帝国，在经历了魏玛共和国的短暂过渡之后，构成了希特勒第三帝国的核心。奥地利虽然也曾是神圣罗马帝国的一部分，却可以从该历史中排除，因为俾斯麦联合匈牙利和奥地利在多瑙河流域非帝国领土的地区一起排除了它。尽管普鲁士公国，即后来的普鲁士王国（如今它被波兰、波罗的海国家和俄罗斯瓜分）从来不属于帝国，但它是勃兰登堡选帝侯的外部权力基础，就好比奥地利的多瑙河腹地。勃兰登堡-普鲁士除了在哲学领域外，直到19世纪之前都对德国文学贡献甚微，但普鲁士因其在德国政治定义方面的关键作用必须被纳入本历史。

神职人员和大学

路德宗意义非凡。16世纪早期的宗教改革标志着本书所限

定的德国文学概念的起点。原因不仅是宗教改革接下来相对较
5 快地（而且无疑并非偶然地）带来了语言学上的变化，造就了德语语言的现代形式，促成了活字印刷术的发明，使得在整个可能有德语书籍传播的地区拥有一种标准的书面语言变得可取且可行。保卫基督教信仰的责任从皇帝转移到地方诸侯，宗教改革使设想一个德国的（新教）文化身份成为可能，它可以完全脱离帝国运行，在政治上摆脱罗马的过去，正如在宗教上摆脱罗马的现在。不仅如此，宗教改革还开启了独立的新教国家即使在德语世界内部也要朝向文化和政治自给自足的目标行进的旅程。尤其这些国家的神职人员是当时最大的一个受过专业教育、能读会写的阶层，是文化价值和文化记忆的载体，他们被各自的国家和历史时代的界线与同伴们（包括新教的信徒们）隔开。他们只能在别的地方、别的时间有保留地奉行基督徒的信仰，而在实际事务中，他们不得不直接或间接地把自己的升迁发迹寄望于地方君主。他们负责提供或监管初级教育及其他慈善活动，例如担负起照顾孤儿之类在天主教国家仍然属于相对独立的宗教修会或地方修道院的职责，因此新教的牧师们事实上往往是国家公共服务的一个执行分支。

因为德国政治和经济发展的一个特征，新教诸侯国内圣职者的工具化对德国的文学和哲学产生了深远影响。城镇，主要是帝国自由城市，在中世纪晚期是德国社会中最具活力的元素（商业、工业和金融业的中心，也是富于创造性的市民阶层文化的中心，特别是在造型艺术方面），却在宗教改革之后的百年里
6 走向衰落，未能适应欧洲从陆地向海外贸易的转变，未能把握航海国家的新意义。1618至1648年的三十年战争这场毁灭性的德

国宗教内战，决定了城镇的命运。战后，只有国家权力才能募集重建的必需资本，除了寥寥无几的特例，伟大的自由城市退变成了纯粹的“家乡”。相应地，以农业为经济主体、农村人口可能被迫从事军事服务的诸侯领地则逐渐赢得相关的权力和影响力。资产阶级的政治反抗于16世纪在荷兰、17世纪在英国都取得了重大胜利，但在法国，由于年轻的路易十四对投石党运动的镇压而转入地下，而在德国，想都别想。帝国变成一个越来越专制的君主联盟，在文化和政治事务上都把太阳王①治下的法国视为自己的榜样。宫廷艺术，如建筑和歌剧，在全力赞颂和愉悦君主及其随从方面做得很好，然而印刷书籍主要是学术书籍（通常使用拉丁语），或者，如果其目的是为了更广泛地流通于沮丧的中间阶层的圈子，这些书要么讲的是缺乏社会或政治意义的琐碎幻想，要么是颂扬对宗教的虔诚和对个人命运的知足常乐。尽管现状如此，但仍有一类机构对中间阶层意义重大，自17世纪中期起在德国比在欧洲其他任何地方都发展得更好，那就是大学。在那个时代，英国勉强有两所大学，而人口只是英国四五倍的德国却坐拥约40所大学。大学很晚才在德国的土地上建成，德语区第一所大学于1348年建成于布拉格，但是在后宗教改革时代的世界它有着全新的意义。专制的诸侯国野心勃勃地想要控制一切，需要官员将国家意志带入每一寸领地，这些人直到18世纪晚期都主要来自大学培养的神职人员。大学也教授诸如财政和农业之类的实用科目，在德国进行得比在英国早得多，不过总是基 7

① 即路易十四，他亲政的55年是法国专制制度的极盛时期。他热爱舞蹈，曾扮演芭蕾舞剧《夜》中的太阳角色，因而被称为“太阳王”。——书中注释均由译者所加，以下不再一一说明

于国家管理的目的。富有的专业人员的后代有实力研读法律和医学，并依靠他们的家庭关系获得执照，然而对一个家境贫寒的有为青年来说，最大的、受到最慷慨捐赠的神学专业提供了社会攀升和未来发展的最好前景。

18世纪的危机

18世纪的德国是一个停滞的社会，经济和政治大权主要集中在国家手中，精神生活最初由国家教会掌控。私人的企业、物资或文化几乎没有立足之地。然而，这个社会却经历了一场文学和哲学的大爆炸，其影响延续至今。正是压缩本身增大了锅炉的压力。在英国和法国存在举足轻重的中产阶级，他们拥有私有财产，是名副其实的资产阶级，能够在贸易、工业、移民和帝国，并最终在政治革命和改革中为自己的资本和能量找到出口。相应的阶级在德国所占的比例要小得多，且远在小城小镇，在那里阶级成员们只能参与地方上的重要政治和经济活动。在德国，人员充足的是国家官僚阶级成员（以及新教的牧师，他们是国家官僚的另一个名字），他们接近政治权力，常常是它的行政臂膀，但他们不能凭自己的权利运用它，只能羡慕地观望英国、荷兰、瑞士或1789年之后的法国官员的成就："他们去行动，而我们把他们的故事翻译成德语，"其中一人写道。德国这种独特的中产阶级能量的唯一出口是书籍。若按人口平均，18世纪德国的作家比欧洲其他任何地方都要多。全体人口中，约每5 000人里就有一个人是作家。德国最早的一批产业资本家就
8 是出版商，1800年之前只有这些私营企业家在为一个巨大的市场大量生产。18世纪中叶，德国的官僚阶级步入危机。七年战

争（1756—1763）确立了普鲁士在帝国中作为主导性的新教势力的地位，它在欧洲大陆与天主教的奥地利相抗衡。此时的世界舞台上，普鲁士的盟友英国也在与天主教的对手法国争夺殖民地的角逐中取得了相似的胜利。不过，在这个时刻——至少从德国的角度来看——英国和德国的新教似乎已经显示了在各方面超过欧洲南部天主教的优势，文化联盟的宗教中心开始向一个内部的敌人低头。以启蒙运动为名，主要起源于英国的对基督教的自然神论和历史决定论的批判让德国受过神学教育的精英们开始与他们父辈的信仰分离。由于没有多少私人部门为前神职人员提供就业选择，并且由于对国家教会的忠诚差不多是对国家本身的忠诚的试金石，所以良心的危机也是生存的危机。寻求出路的斗争是一个精神问题，有时也关乎个人的生存和死亡。在德国的国家压力容器内，两代人前所未有的精神努力和痛苦催生了现代文化的一些最鲜明的特征，这段现代文化的发展在别的国家耗费了更漫长的时间。

有两条道路能走出危机，其中一条明显比另一条安全得多。第一条路是改造德国最别具一格的国家机构——大学，使之满足新的需求。通过创建新学科或拓展此前较狭隘的课程选择，学术生活以内或以外的新的职业道路向那些虽有学术抱负却厌恶神学的人敞开。德国在18世纪至19世纪早期崭新的或新近变得重要的大学学科，如古典文献学、近代历史、语言和文学、艺术史、自然科学、教育学，以及可能是影响最为深远的唯心主义 9
哲学上建立了卓越地位，有些还保持到了今天。第二条路则是更危险的一条路，前神学家可以转向私营企业和商业活动中较容易进入的一个领域：图书市场。据计算，即使排除了哲学家，

1676至1804年间出生、用德语写作的120位主要的文学人物要么曾学习过神学，要么是新教牧师的孩子。但是，在文学的诱惑背后隐藏着一个陷阱。为了赚钱，书籍必须在中产阶级的圈子中广泛传播，在专业人士、商人，以及他们的妻子和女儿手中传阅，而不仅限于官僚。可是这些人是被专制主义德国的政治基本法排除在权力和影响力以外的阶层。因此，要面向广大的读者群写一些为人熟悉且重要的东西，同时还要再现影响德国生活的真正力量是不可能的。成功的代价是平庸和弄虚作假；如果你认真地致力于真正的问题，你会变得刁钻，而且一辈子贫穷。18世纪德国文学的复兴很大程度上是一次借助世俗化来克服这一困境的尝试。特别是在早期，新教盟友英国的例子似乎提供了答案，人们日益期待在德国也出现和英国的现实主义小说对等的文学，同时具备真实度和流行性。然而德国并无和英国同等的自信和大规模自治的中产阶级资本家，无法在此基础上模仿它的文学。政治和经济的起点不同，德国必须找到自己的道路。

在德国，政治权力和文化影响力集中在专制统治者及其最亲近的随从手里，他们被笼统地称为“宫廷”。权力中心和社会上的其他人（特别是组成读者群体的人）之间的联系是由国家官员建立的。因此，官僚阶层——隶属于它的人、为了它而受
10 教育的人，以及试图进入它的人——促成了德国民族文学的发展。在物质方面，一份国家薪水，无论是神职人员的、教授的，还是执政官员的，或只是一份由君主发放的个人津贴，使得文学生涯（哪怕是兼职）至少成为可能，而无须拼命追求更高收入。在才智方面，作家接近权力和国家机构，这意味着，他们即使站在

旁观者的角度，借助文学这个象征性媒介提出的问题仍是国民生活和身份的中心问题。最准确地反映了官僚阶层中暧昧的生活现实，且在临近世纪末时达到完美顶点（后来被公认为“古典主义”）的大众文学体裁，是诗意的戏剧。此类戏剧虽然可以演出，也确实演出了，却以书籍的形式被广泛传播和欣赏。戏剧形式反映了王侯宫廷的政治和文化优势，德国的众多剧院中没有哪家是纯粹的商业机构，每一家都需要某种国家补贴，甚至在革命时期，大多数剧院仍在履行它们原本的和主要的职能：娱乐统治者。不过，此类戏剧作为书籍来流通，在德国的地位和小说在英国的地位相当，既真实又获得了商业成功，从中折射出了中产阶级的愿望：建立以市场为基础的自己的文化。这些戏剧主题的哲学（如果不是明确的神学）方面的要旨反映了路德宗的世俗化。不管是国家剧院的剧作家还是国立大学的教授，都为描述个人和社会的存在提供了新的词汇。其中最重要的部分是把道德（而非政治）的“自由”和“艺术”视为人类经验领域的理念，在此领域中，这种自由变得清晰可见。德国“古典”时代不仅告诉世界“艺术”这个词的意义，好让奥斯卡·王尔德在差不多一百年后说它相当没用，而且让世界相信，文学首先是“艺术”（而不是交流的一种方式或其他）。

德国资产阶级的崛起

1800年前后的德国与其说是个地理概念，不如说是个文学表达，促使它产生政治含义的人大约是拿破仑。他强行取消了教会领地，把封邑数量从三百多个骤降到约四十个，把余下的政治单元组建为一个由主权国家组成的联邦，这一切甚至发生在

1806年神圣罗马帝国正式瓦解之前。在同一年，普鲁士毁灭性的挫败迫使它开展现代化的计划，为接下来的一个半世纪确定德国的社会和政治结构。不过，这场现代化进程没有采取法国的共和政体的形式。尽管在有必要号召民众去卸掉国王脖子上的拿破仑枷锁的时候，宪政也曾短暂地兴盛过，但它自1819年的《卡尔斯巴德决议》制定之后就被抛弃了，该决议把德国变成了一个由极权国家组成的邦联，一直维持到1848年。普鲁士商业、工业和专业人士中的中产阶级仍然太弱，无法挑战国王，甚至难以挑战地主贵族（容克），也不能引进代议政府或立法与行政的分离。相反，成功争取到权力的是国王的官员，18世纪的独裁专制主义让位于19世纪的官僚专制主义——法治、杜绝有意的腐败和倡导共同的福利，但在社会各阶层强制实行军事化的纪律。国王的个人决定仍然是最终有效的，只是这些决定越来越多地经过斡旋，一定程度上受到文武官员们的核查，贵族逐渐被吸收到那些人群之中——部分是为了遏制中产阶级的野心。新生的普鲁士是德国新教国家中最大、最具实力的，一旦旧帝国的框架消失，对其同伴们来说，它就具备了全新的意义。1806年之前的各领地尚能作为一个更大整体的组成部分，只是
12 这整体松散且摇摇欲坠，可是现在各个邦国必须证明自己能够在经济和政治上自给自足。在这一任务面前，除了普鲁士、奥地利，或许还有巴伐利亚，没有谁可以假装已经完成。必须找到它们之间的某种关联。有一个消极的政府间“联邦”是由奥地利主导的，还有一个高效得多的关税同盟是由聚集在普鲁士周围的数量较少的领地组成的，然而“德国”这个词此时还意味着某些未来和虚幻的东西。如果它曾经指的是说德语和写

德语的帝国及其他任何附属于帝国的地区，如今它则意味着一个政治单元，所有或绝大多数说德语的人会在其中找到自己的家。此处有一个难题：到底谁将被纳入这个未来的德国？同时容纳普鲁士和奥地利几乎是不可能的，旧帝国和新联邦都无法结合两者（尽管这在许多梦想家眼中是有可能的，《德意志，德意志高于一切》[①]的作者也是其中之一），但是同样也很难排除它们，因为它们对小国施加的影响太大，并且频繁干涉别国事务。实际上，这两个大国也在为自己寻求解决问题之道：普鲁士故意向西扩张到莱茵地区，奥地利则从德国事务中抽身，开始关注位于东欧和意大利北部的非德语地区。最终，德国北部的新教知识分子仍然像处于旧政权统治之下的时候一样，依靠出版业和大学的关系网团结在一起，与普鲁士共命运。经过十年日益激烈的躁动，在1848年，欧洲的“革命年”，迎来了法兰克福议会的召开，四分之一的与会者是学者、神职人员和作家，议会于1849年向普鲁士君主献上了一个不含奥地利的德国的王位。弗里德里希·威廉四世拒绝接受臣民们通过自由决策赐予他的统治权——“从阴沟里捞上来的王冠”。当俾斯麦于1866至1871年间用武力做了保障之后，他的兄弟威廉一世接受了同样的“小德意志”王冠。 13

某种程度上这是一场教授的革命，或许意义更加深远。1848年失败的德国革命是官员的革命，是18世纪的读书人的最后一幕，也是最辉煌的时刻。它试图通过宪法和行政手段来统一德国，同时保留政府和君主制政府在社会结构中的主导地

---

① 即后来的德国国歌，词作者是奥古斯特·海因里希·霍夫曼·冯·法勒斯雷本（August Heinrich Hoffmann von Fallersleben）。

位。但是，德国中产阶级内部的权力平衡已经从根本上开始转变。1815至1848年间，人口增长了60%，随着贫困状况的加剧，就业需求扩大。19世纪30年代，创业开始获得国家赞助。到了19世纪40年代，利用（常常是外国）在铁路网上的巨大投资，工业化的第一次浪潮来临了，它主要发生在关税同盟内部，经济回升随之而来。这十年以经济和政治的崩溃告终，和工业化前的饥荒（部分起因于摧毁爱尔兰的那种马铃薯枯萎病）一起导致了一场（类似爱尔兰的）移民潮。然而在接下来的20年里，自1862年起处于俾斯麦治下的普鲁士接受了经济自由主义，并将其作为扫清历史和体制性障碍、统一异质领土的手段。长时期的深入发展随之开始了，誓要把德国改造成工业巨头。到1871年德意志第二帝国成立之时，它拥有了资产阶级，一个拥有财产并能创造财富的阶级，它比第一帝国的任何阶级都更大、更富有、更有助于实现共同利益。它对文学和哲学影响深远。这个阶级甫一诞生，就与历史悠久的国家权力的中产阶级工具——官员——争夺自尊和文化认同。公务员的职位与多个权力中心息息相关，而觉醒的资产阶级对德国经济和政治的统一更感兴趣。进入资产阶级的行列也不依赖大学文凭。19世纪早期，
14 特别是在普鲁士，资产阶级失落的政治野心就已经表露为逃避文学中的“浪漫主义”，但随着浪漫主义的发展，它的文学文化蒙上了一层更清晰的革命和反官僚色彩——尽管对立的立场泄露了对它的对手的长久依赖。文学在法兰克福遭受了德国官方的羞辱之后，工商业还是在国家的批准下蓬勃发展起来，各种自卑感都已经消失，上个世纪的形象被付之一笑，文学变成了一项有收益的事业，因为版权得到了保护。在通俗领域诞

生了含有金钱、物欲主义、社会公平等资产阶级主题的小说和戏剧，在一定时期内将德国和西欧的书写文化相连接。这种独特的——外人也许难以理解的——18世纪晚期黄金时代的德国文化，是博学的、人道主义的和世界主义的，在小宫廷的庇护下，躲在政治事件和经济动荡的避风处生存下来直到1848年，但此后它沦为学院主义，或在巴伐利亚国王们的身上，变成怪僻。尽管官僚阶级已经丧失至高地位，但它并没有失去权力，它无视私人文化团体和基金会的数量增长，仍然通过大学维持自己作为民族历史监护人的地位。所有人都希望对德国进行重新定义，所以国家公务员能够为自己保留一定的权威。中产阶级内部的两个主要派系消除了分歧，转而一致追求国家利益。“教化”同时意味着“文化”和“教育”，它是意识形态的媒介，在其中可以实现两者的融合。它是所有人都会认可的价值，因为它对你如何取得教化采取了谨慎的暧昧态度：无论是通过上大学还是仅仅通过阅读，或至少是通过喜欢正确的书籍。“受教育的市民”这一概念此时备受推崇，至今依然如此。“教化”的经历可以将中产阶级统一起来，这主要是为了把官僚和资产阶级联系起来，创造国家公务员与商人、业主、自雇专业人士之间 15
的利益共同体。定义“教化”的一个关键步骤是把官僚阶级的文学成就奉为“经典”。1871年的德国不仅要成为一个像英国或法国那样的国家——它还想和它们一样拥有自己的文学经典。

在俾斯麦的新德国，资产阶级有了容身之所，却也处处受限。资产阶级被赐予在帝国议会和次要的邦国集会上的发言权，但是执行机关及帝国总理并没有正式对这些议会负责。当

图2 威廉一世宣布成为德国皇帝，1871年1月1日，凡尔赛宫镜厅（安东·冯·维尔纳绘，1885）。俾斯麦居中。1919年德意志第二帝国结束时，《凡尔赛条约》也在同一房间里签订

然在实践中，总理需要这些议会的合作，以确保他的立法计划能够实施，官僚因而失去了在本世纪前期享有的几近绝对的权力。
16 然而在一个强制服兵役的社会里，主导模式是由军队建立的（包括给贵族预留上级军衔），俾斯麦及其继任者把一切想要建立议会责任制的尝试都当作反叛行为来处理：社会党事实上被取缔了十多年。在民族团结高于一切的原则下，独裁政权的代理人继续轻视那些被他们视为自私自利的个人主义者和唯物论者，因为他们为自己赚钱，而不是从政府那里获得薪水。在“教化”的世界里也是如此，共同献身于民族传统的信念掩盖了为生计写作的人和大学知识分子之间的深刻仇恨，后者的文学活动主

要局限在历史和批判性研究之中。和俾斯麦一样，“日耳曼学”（人们开始这么称呼）的教授并不喜欢资产阶级，就像他们对待社会党人、天主教徒、犹太人或女性一样。不幸的是，当时的女性也和资产阶级一样，想要涉足民族文学。

在1848至1849年的动荡时期，一位德国哲学家为一小群英国激进者起草了一本不起眼的小册子，标题叫作《共产党宣言》。它预言，民族资产阶级渴求的自由市场将会发展成一个全球性的市场，一个“世界市场”。到了19世纪70年代，预言显然应验了。不过德国的全球化初体验却是痛苦不堪的。1873年从维也纳发端的全球股市崩盘导致了长期的萧条，直到90年代才恢复。德国的萧条相对轻微，有些增长还在继续，尽管80年代的净迁移（在过去的40年里共计300万）达到了历史最高水平130万——这个数字本身就是全球化强度的一个体现。1879年，进口美国廉价粮食对土地所有者容克阶级的收入影响动摇了俾斯麦，他也因此听取了其他领域不断增长的保护需求，尤其是在战 17
时具有重大战略意义的重工业。他决定放弃早期的自由贸易政策，在他的新国家周围设立关税壁垒。与此同时，他借用天主教会结束了他的“文化战争”，并努力通过引入欧洲的首个社会保障体系来打击工人运动。他建立“国家社会主义”（它很快就被如此称呼）的动机和先前没什么不同，它们深深根植于德国的历史：首先是国家统一这一压倒性的需求，其次是以统治阶级的地位继续维护普鲁士农业贵族的利益。但是，德国和欧洲其他国家此时开始的贸易保护主义甚至最终被英国采纳，而英国长久以来都是自由贸易最坚定的拥护者和最大的受益者，这加剧了欧洲和世界的分裂，使之变成一个个准自给自足的集团。由于没有哪个国家的政客能够设想出一种国际秩序，能团结众多彼此竞争的、发展中的经济体，因此各个工业国家，无论是帝国、联邦还是单一制国家，都在着手实现经济和政治的——也就是军事的——自给自足。1884年德国开始索求非洲和南太平洋的殖民地，这与其说是严肃的地缘政治举动，不如说是一个象征性的刺激。如同海军的大规模扩张一样，这是一份声明，表明德国和其他任何国家是平等的，可以自己照顾自己。19世纪90年代，经济增长普遍恢复，人们清楚地看到，凭借由世界上规模最大的化学和电力工业，以及正在赶超英国的煤炭和钢铁工业支撑起来的武装力量，德国不一定要取代大英帝国，但一定有能力对抗它的强权，以贯彻自己的意志。英国的霸权正在给一个两极化的世界让路，在世纪交替的时候，文化领域里类似冷战的事件开始出现。英国摒弃了德国模式，特别是在阿尔伯特亲王临政以来负有盛望的哲学和学术领域；与此同时，德国的声音则在
18 强调德国文学、音乐和哲学成就的独一无二，以及在唯物论和传媒业的（即资产阶级的）西方“文明”的污染中保护“文化”（由官僚阶级创造）的需要。把本质不同的元素融合在“受教育的市民”这一概念中，这种做法虽然遭到第二帝国一些眼光最锐利的批评家的拒绝，却仍然保持了下来，其途径是把压力向外投射到国际关系中去，并为新的德国确定独特的角色。此时的英国和法国也在编织相似的神话，宣扬各自在世界历史上的特殊使命。关税壁垒成为头脑中的壁垒，其心理效果和经济畸形同样糟糕，不断给不成熟的国际政治秩序增添压力。欧洲各国臆想了十多年自己的特殊性之后，终于在1914年，战争游戏成为现实。

官僚的反击

从严格的意义上说，全球化带来了资产阶级的末日，这不仅发生在德国。一个完全凭借自己的资本和别人的异化劳动供养的阶级，只有在开放边界、开放空间的社会中才能存续下来，在这类社会中，弱势和不满的群体可能会扩大。随着世界经济成长为一个封闭系统，各个工业国家在经济一体化要求的政治合作的挑战面前退缩，并徒劳地试图把自己封锁在较小的集团里，留给安逸的资产阶级成员的空间越来越小，他们被迫越来越多地投入到工作中去。在20世纪的前几十年里，知识界的剧变反映了工作在影响资本世界，这一剧变打乱了文化现代性早期阶段的形式和常规，至少在德国和奥地利与在其他地方一样猛烈。在文学、艺术、音乐、哲学和心理学领域，适用于一个世界广阔、经济扩张不受政治机构限制的时代的身份（集体与个人的） 19
概念受到了深入而充满敌意的审查。这是德国的不幸：只有当资产阶级的社会、经济，甚至文化地位遭到致命破坏的时候，其代表人物才取得了政治自治乃至最高地位，他们曾为此斗争了半个多世纪。1918年德国终于迎来了它的革命。但是新的共和国诞生于军事的失败，立刻被不平等的和平束缚。被剥夺的不仅是象征性的海外帝国，还有归还给法国及复兴的波兰的领土上的大量矿产财富。兴旺了两代的中产阶层在严重的通货膨胀中变得赤贫，对未来缺乏信心，并且随着资本的丧失，许多或新或旧的私人基金会和慈善机构不复存在。德国的竞争对手在一段时间内还享受着帝国的荣耀和作为胜利者的自负，很容易忽视全球市场已经对它们的身份提出了间接的挑战。德国和奥地利缺乏殖民地劳动力的支持，又无盟友可以依靠，不得不依赖自己的努力，作为世界第一批后帝国和后资产阶级国家再造繁荣。德国和奥地利在魏玛共和国时期的后续政体的文化具有激进的现代性，甚至是后现代性，它对世界上其他地方的影响直到1989年之后才充分、清晰地展现出来。

然而，在一个至关重要的方面，魏玛共和国一直没有从它的过去里解脱出来。德国资产阶级可能已经只剩下几个超级富豪家庭，领导着在俾斯麦的“国家社会主义”时期蓬勃发展起来的、垂直一体化的工业和银行业卡特尔①。但是，中产阶级的另一个组成部分——国家官员（包括教授团体）——明显毫发无损地挺过了崩溃期。专制君主已经是过去时，但国家机器仍然存在，
20 它的本能要么是服务权威，要么是体现权威。军队、学院和政府留恋它们的国王。它们对把国家权力交给无产阶级大众社会的议会机构惴惴不安——这个社会并不基于土地，甚至是资本的所有权，而是基于工作的需要和义务。第二帝国的议会代表团们粗略地被划分为民族主义者的和社会主义者的，在很大程度上一直是不可靠的，一旦作为它们存在理由的君主制消亡，它们无法培育出土生土长的民主传统。任何明显的外部民主启迪也不存在。民族主义者没有理由看好战胜国的自由传统，战胜国假惺惺地强加给波兰和捷克自决权，是为了摧毁德国和奥地利，但为了保全自己的帝国，死扣着同样的东西不还给印度和非洲。在社会主义者看来，共产主义的俄国正确地确立了现代社会的无产阶级本质，这比社会秩序中残酷的沙皇政权在维持和扩张

① 垄断利益集团，也称垄断联盟、企业联合、同业联盟等。

的事实重要得多。缺乏本土的共和模式，带着难以重回神圣罗马帝国的普鲁士遗产，“德国”的身份很大程度上由官僚阶级的持久性及其非政治性的“教化”思想体系来保障。这个思想体系让所有作家，除了最敏锐的那些，放下了维护宪法的任务。一方面，许多“艺术”的新理论提供了诸多驳斥当代政治的理由，说它肤浅又虚假。另一方面，认可政治参与可能会导致对传统“文化”的普遍拒绝和粗鄙的反智主义。魏玛共和国在各方面遭到了背叛。如果说作家和艺术家就整体而言，从左翼背叛了它，那么公共服务，包括教授，事实上就是从右翼一起背叛了它。民族社会主义德国工人党，如同“国家社会主义”一般，作为工作的新时代里代表民族团结的政党凌驾于左和右的差异之上，但是它的吸引力无疑是对1918年被斩首的独裁主义的怀旧之情。当全球复苏的兴奋在20世纪20年代开始衰退，并在1929年的大崩盘之后让位给全球性的萧条，它的机会就来了。西方国家用贸易保护主义来应对这场危机，1933年德国做出了一个灾难性的决策：选举出一个政府，它承诺让国家摆脱所有国际机构，在经济方面和在全社会建立一个以军事模型为基础的指挥框架——这是对第二帝国奇怪的错误记忆。然而在第三帝国里，资产阶级的自由企业没有俾斯麦时代巧妙的安身之地。这是官场规模最大也是最恶性的扩张时期，在引发长久地盘之争的长期革命中，老官僚被迫接受各级穿制服的新官僚，并一直以和过去同样平庸的效率或无效率执行所有邪恶且不合理的新政策。腓特烈大帝的传统和19世纪的改革者们被艾希曼[①]和营地

① 阿道夫·艾希曼（1906—1962），纳粹德国党卫军军官，在犹太人大屠杀中执行“最终方案”的主要负责人，被称为“死刑执行者”。

指挥官们终结，他们在结束一天的工作之后会播放舒伯特。只是到了这个阶段，德国官僚阶级的文化已不再具有创造性，而是几乎完全被动的了。大学里，所有独立思考的和有犹太血统的人都被清除了，大学永远失去了曾领先世界的卓越成就。由"国民教育与宣传部"①炮制的宣传鼓动采取了电影、低俗小说或公共艺术的形式，它们如今只能引起历史社会学家的兴趣。音乐和表演艺术寄生于过去的成果，大多是对过去的滑稽模仿。自由和创造性的文学精神，不论是否有过正式的地位，几乎要么死去了，要么离开了，很难再与德国的过去或现在的经历发生联系。留下来的哲学和"日耳曼学"教授们顶多潜心研究相对无害的编辑项目。对于最糟糕的情形，我们至今无法有分寸地
22 谈论。

零点以后

继1871、1918和1933年之后，德国的第四次重新定义始于1945年。领土上的调整是有史以来最巨大的。数以百万计的人从几百年来德国人口占主体的地区向西迁移。普鲁士这个国家正式解散。德国退回到近似宗教改革时期的神圣罗马帝国（不含奥地利）的边界线内。社会和政治方面也不例外，英国、法国和美国的占领区恢复了16世纪德国专制主义兴起之前的部分面貌：一个联邦共和国，大多数人是天主教徒，由几个大城镇的工业、商业和金融力量支配。在所有先前的德国革命者们失败的地方，希特勒成功了：他把德国变成了一个无阶级的社会。继

① 纳粹党在德国强制灌输其意识形态并控制社会及文化的部门，建立于1933年，部长是约瑟夫·戈培尔。

承的财富和地位在这12年里分文不值；真正作数的是种族、党籍和军衔。在他的专制政权毁灭和自我毁灭之后，西德波恩共和国在该民族历史上空前的社会平等的基础上起步了。但是这个基础是由希特勒的“工人党”奠定的，而且由于占领国相对迅速地撤离了西部，联邦德国在早期阶段不得不依靠自己的力量去解决与刚刚过去的德国历史的连续性问题。最初的应对，在公众心目中，是创造性的否认，即全力构造另一个德国，它向西方看齐，采用共和制政体，努力推动自由市场和欧洲一体化，在经济领域取得了相当大的成功。然而在文化领域，在与民族早年历史的棘手关系中暴露出了基本的连续性问题。1800年前后的文学和哲学成就仍然享有在第二帝国享有的“经典”地位，只是它们被程式化了，被重新阐释为“另一个德国”，它历经了某 23
个神秘且宿命的过程，与1871至1945年的德国相分割。然而，声称联邦共和国已经重建了“另一个德国”——在把它的文化布道所命名为“歌德学院”的决定中也隐含了这一点——其实是在未必确实地声称它以某种方式复活了18世纪晚期的公国世界。创造了那个时代的文学文化的德国本土的资产阶级和官僚之间的辩证关系已经不复存在。全球市场的无情发展破坏了双方：欧洲资产阶级被无产阶级化的浪潮吞噬，我们所有人变成大众市场的消费者和生产者，资产阶级不复存在；随着拥有政治权力的民族国家和地方中心的重要性减弱，官僚已经丧失了与国家身份有关的特权关系。无论是重新册封的经典，还是自认为与德国历史全无牵连、足以评判它的批评家们关于经典作品权威性的争论，都没有切实地评估那段历史进程。18世纪文学的复兴、德国民族主义的兴起和衰落、新的共和制德国的诞生都同样卷入其中。苏联占领区从1949年起成为德意志民主共和国，是非现实主义的最后阵地。在这里，和（当然是作为终极关税壁垒的）柏林墙后的别处一样，政府官员享受了40年的安逸，从思想和情感上全盘否认与前政权的任何相似。东德实质占据着以普鲁士为中心的俾斯麦帝国的许多文化宝库，自称是第二帝国所谓“古典”文化的唯一真正的继承者——尽管它令人惊讶地把“另一个德国”描绘成一个在马克思、恩格斯和统一社会党那里达到顶峰的伟大的唯物主义传统。虽然有一些政策上的动摇，让人回想起此前文化政策里相似的不确定性，该党派的路线仍在剧院、博物馆和教育系统保持了下来。因此，凭借着比西德
24 严厉的做法，可能显露它与1933至1945年间的类同性的、对现实的询问都受到了压制，该时期骇人听闻的罪行也暂时无人理会。

因此，摆在联邦德国相对独立的作家和思想家面前的首要任务是，记住它从中醒来的那个噩梦，开始为新的德国定义身份。残留在大学体系里的官方记忆的挣扎总体上是失败的，未能把前两个世纪的文学传统恢复。但是诗人、小说家和广播剧作家受到一个急需书籍的市场的支持，他们成功地转向了更棘手的任务，即把私人意识和世界历史的灾难联系起来，在这场灾难中德国既是施害者也是受害者，他们在德国以外也逐渐获得了认可。随着20世纪30年代流亡的一代人臻于成熟以及大西洋两岸的大学更自由地开展人才交流，德国的哲学和批判理论也在广阔的世界范围内受到了赏识，人们承认它们仍旧为理解20世纪的革命性变化提供了必不可少的工具，特别是当它们被允许与来自英语区文化的思想进行互动的时候。1968年之后，上述领域的一些国际性发展加快，部分原因是法国深入地参

与了德国思想家群体的活动，而德国却发现自己难以前进，或许是因为如今终于可以享用一整代人奋力重建的成果了。大学摇身一变成为大众教育机构，或许在除了它们发端的领域（新教神学）之外，最终失去了在全国知识分子生活中的特权地位。一套富足的社会保障体系不论带来何种理论的热潮，却缓和了国内道德和政治问题的现实紧迫性。民主德国曲解了一切向左看齐的思想，即使该政权已被普遍认为失去了信誉，还是制造出一 25
个政治选择的错觉，虚假地恢复了自1918年以来业已过时的思想的吸引力，例如独裁的国家社会主义和德国孤立主义，掩盖了全球化再次涨潮的意义。德国的公众对直到那时才以“大屠杀”之名为世人所知的可怕事实的醒悟，得归功于全球“文化产业”和1979年的一部美国电视剧[①]，而不是本土知识分子30年的工作。当全球市场终于在1989至1990年间扫清旧德国的最后痕迹时，对国家的重新定义——仍然算作史上第四次——继续被顽固的怀旧之情阻碍，这怀旧只是表面上指向东德（东德情结）。实际上，这是某种仇恨最后的——但愿是渐渐消退的——痕迹，它贯穿了250年来有关民族国家观念的德国文学：官僚和资产阶级之间的仇恨以及（使人民有道德的）国家权力的代表和能赚钱的（并因此使人快乐的）势力之间的仇恨。在“世界市场”上，经济体制和政治权力之间的冲突肯定没有消失——甚至可能还加剧了，而且扩散得更广，同时更加隐匿于集体之中，也更加深入个人的内心。有将近三个世纪，德国文学和哲学的传统受地方环境所迫，处于对立力量互相碰撞的节点。然而，德国

① 指的是《大屠杀——魏斯一家的故事》这部由美国制作的四部曲电视短剧。

文学中也一直存在着一条世界主义的或国际主义的脉络，最近几代一直在挖掘这条脉络——即使要以一生的放浪或流亡为代价。挖掘到的作家们比严格的民族作家更有能力把德国的创伤变成多个具有普遍意义的符号，这些符号也适用于其他和德国
26 一样被本民族的过去和全球化的未来夹在中间的国家。

第二章

基础的奠定（至 1781 年）

（一）城镇和君主（至1720年）

从13世纪中叶起，社会和政治的紧张局势正变得明显，是时候确定现代德国的文化了。神圣罗马帝国皇帝权威的下降适逢欧洲的人口爆炸和经济腾飞。尽管瘟疫和日益恶化的气候中止了14世纪后期领土的扩张，但那时德国已经拥有了几个主要的中心城市，特别是科隆、奥格斯堡和后来的纽伦堡，约有5万居民，堪比当时的伦敦。1200年左右，现代商业和银行系统在意大利诞生，德国的城市很快加入，同时产生了新的政治和文化态度。在经历了与德国各地小统治者的长久斗争之后，皇帝把那些城市从诸侯的手中解放出来，和意大利的城邦一样，在其中推行寡头政治，而非任何现代意义上的民主制。但是它们通过选举委员会实现了自治，一旦同业公会代表本行业赢得与商人和银行家并肩的地位，政治和经济生活就紧密地结合在了一起。军事和封建的价值观（如服从和荣誉）被从经济过程中衍生出来的价值观（如生 27

产力和享受）以及对物质世界的精神意义的兴趣所遮蔽。首先，经济关系货币化（用现金支付租金的方式代替了以实物偿付封地税收和其他缴纳的方式）的过程在城市地区到13世纪末基本完成，从根本上动摇了个人身份的概念。随着生产和消费之间实际的联系被打破，个人，尤其是那些没有参与工作的经济过程也没有获得重要政治身份的人，可以主要把自己设想为——至少是潜在的——消费和享受的中心，这样一种态度，可以从严格意义上被称为“资产阶级式的”。因此，女性，特别是那些来自富有家庭以及在笃信宗教的环境中成长的女性，率先给予自我的新意义以文学的表达。神秘主义作家，从梅希特希尔德·冯·马格德堡（约1210—1283）到伟大的多明我会神学家、修女的精神导师埃克哈特大师（约1260—1327），找到了新的语言和文学来描述灵魂与上帝同在的生活中无限、永恒、不劳而获的快乐：埃克哈特创造了德语中最重要的一些抽象词汇，其中包括“教化”。随着识字的人越来越多，个人身份这一新概念通过单独而安静的阅读实践得到了强化，封建的骑士文学迅速过时。在神秘主义兴盛之后，骑士文学的主题仅仅作为滑稽剧、自觉的复兴运动或精神寓言的素材而留存下来。在虔信宗教的地区以外，紧密联合的城市社区大部分的文学作品都是集体创作或匿名的产物：情歌、酒歌、叙事谣曲（后来被一股脑儿地归为“民歌”，其中一部分至今仍为人传唱），礼拜仪式剧和圣经剧，文学协会中“工匠诗人”［其中最著名的是汉斯·萨克斯（1494—1576）］严守创作规范的作品。这些作品的叙事，无论是以诗行还是以散文的形式，常常是粗俗、诙谐或淫秽的，带着讽刺的目的。无赖蒂尔·奥伊伦斯皮格尔的恶作剧故事集和低地德语动物叙事诗《列那狐》在欧洲广泛流传。源于意大利城市中心和低地国家视觉艺术的新潮流传入了德国，在15世纪的德国土壤中成长起来的两位跻身世界一流行列的艺术家身上有集中体现：雕塑家蒂尔曼·里门施奈德（约1460—1531），以及阿尔布雷希特·丢勒（1471—1528）。 29

图3 蒂尔曼·里门施奈德，克雷格林根市上主教堂中圣母祭坛边的使徒们，以及15世纪的一些市民（里门施奈德的主顾）的脸

塞巴斯蒂安·布兰特（1457—1521）的《愚人船》（1494）由丢勒配图，是印刷时代德国的第一本畅销书。约翰·古腾堡于1445年左右在美因茨建造的印刷机是中世纪的德国小镇对世界文化做出的最突出贡献，但之后不到一百年，另一种几乎同等重要的印刷机诞生了。

中世纪德国城市生活的两个主要文化倾向，即神秘主义和现实主义的倾向，集中在马丁·路德（1483—1546）身上，他是矿工的儿子，起先被培养成律师，后来成为奥古斯丁派的行乞修道士和维滕贝格新大学的神学教授。

路德的教导，即上帝把天堂的奖励作为免费的礼物赐予信徒以回应他们的信仰，把神秘主义者将个人身份从工作中分离出来的做法发挥到了极致。他反对教皇出售“赎罪券”（用于赦免由罪过引起的现世惩罚）的《九十五条论纲》（1517）是对一种（迄今仍广泛流传的）未必确实的信念的热情辩护：灵魂独立于经济过程。同时，和同时代的拉伯雷一样，路德肆无忌惮地说出了对物质的欲望，城镇的发展正是为了满足人们的物欲。他坚决拒绝贫穷、禁欲和对教会权威的顺从（早年他曾宣誓要固守），这在通俗文学生硬、朴实和讽刺的风格中得以表现。他生活在被货币化强行分开同时被天主教会努力（但并未尽全力）团结在一起的两个世界里，并生活得同等深入。路德重新强调了奥古斯丁派对尘世和天国的区分，这是精神和物质的现代二元论的真正源泉，通常人们把它归功于笛卡尔。他强硬但分裂的人格在他所有的作品中都留下了印记，包括他写的小册子、30布道、教义问答、一些影响深远的赞美诗以及他翻译的《圣经》（1522—1534），最后这项工作使他成为现代德语的创始人之一。

图4　1520年的奥古斯丁派修士路德，老卢卡斯·克拉纳赫（1472—1553）作

在路德之前也曾出现过改革者，路德体现了某些城镇的文化，假如他仅仅依赖那些城镇的保护，就很可能像扬·胡斯①一样被烧死在火刑柱上了。路德从教皇对他的责难中幸存下来，后来又躲过了1521年在沃尔姆斯召开的帝国议会上由帝国裁定的罪名，这是因为他的教义被德国的一些诸侯接受了。当路德勇敢地鄙视哈布斯堡皇帝查理五世的权威时，帝国的诸侯十分乐意做路德的后盾：路德不仅将宗教事务上的最终管辖权从罗马转移到了当地统治者手里（最初只打算作为临时性的规则），将教会财产间接地转移给国家，而且在诸侯与城镇的长久交战中为诸侯创造了更隐秘、意义更深远的优势。因为正如在新的路德虔信教义中所表达的，如果诸侯能把自己塑造成现代城市和商业意识中个人身份的保护者，那么城镇就可以摆脱对原先赋予它们权力的帝国的依赖，最终与它们的地方领主一起找到归宿。支持这些强大的力量是一场危险的游戏。和路德宗的信徒不同，加尔文派和再洗礼派教徒相信他们有权抵抗罪恶的世俗权威。各种政治和宗教利益之间的流血斗争一直持续到1555年《奥格斯堡宗教和约》②的签订。路德曾拒绝在沃尔姆斯的帝国议会上让步，却在奥格斯堡表现得更为合作。《奥格斯堡宗教和约》构成了接下来250年里德国根本大法的基础：帝国由于承认各种教派的存在，被进一步削弱；诸侯王则因为有权决定自己领地的宗教信仰而进一步增强了力量；新的基督徒个人的自由受到限制，只有权移居到自己所属教

① 捷克基督教思想家、哲学家，宗教改革的先驱，奉《圣经》为万物之所归，否定教皇权威，反对赎罪券，因而被天主教会视为异端，诱捕烧死。

② 全称为《奥格斯堡国家及宗教和约》，该和约提出“教随国立”的原则，暂停了内战，第一次从法律上正式允许路德宗和天主教在德国共存。

派的领地。 32

宗教改革的完整历史（出于个人灵魂及其满足而与过去决裂）在一部描写天才的匿名作品中被赋予了象征性的甚至是神秘主义的形式，这部作品是为新的印刷技术创造出来的新市场而写的：1587年在法兰克福出版的《约翰·浮士德博士的故事》。历史上有过一个真实的浮士德博士，他是一个不成功的占星师和炼金术士，1540年左右他以神秘的、非自然的方式结束了自己的一生。这本书通常被称为法兰克福的“民间故事书”，它的创意首先在于把自己表现为一则新闻——语源学意义上的“小说”，一则关于本时代并为本时代而写的故事，尽管表面上有着相似的结构，但它不是对传统故事的复述，也不是搜罗滑稽片段的传统故事集。小说的主角，或者说反面人物，把16世纪对传统的拒绝推向了极致：他摒弃固有的魔法学习，把自己的灵魂出卖给宗教的敌人，换得24年的快乐，复活了特洛伊的海伦，使之成为自己的情妇。（由于文学命运的牵引，旅行的英国演员很快给德国带来了关于浮士德博士一生的戏剧版本，这是克里斯托弗·马洛在原版民间故事书或其英译本的基础上写成的。该剧本逐渐普及，业余爱好者贡献了越来越多难以认出原型的改写本和木偶剧脚本，把这个故事扩散到所有不善读写的德语地区。）对个人主义可能的终极含义的深刻焦虑是路德反叛的基础，同时也预示了叙述浮士德放荡行为时的紧张快感和结尾处对说教的回归（在魔鬼索取到他想要的东西之后，回到正统的路德教会生活的集体安全感中）。正如路德宗在政治上妥协，服从国家权威，为的是作为个人救赎的手段存续下来，它也在精神上妥协，出于对自己革命性的甚或是自毁性的潜能的畏惧，给自

己强加了和罗马一样严格的等级制度和公式化的教条主义。曾
33 经孕育改革的城镇无论在商业还是在宗教上已经失去了对创新的兴趣。相反，路德宗获得了神秘主义者、怪人，最终还有虔敬派教徒的平行历史，他们在既有制度以外发展自己独创的灵感。其中许多人借鉴了雅各布·伯麦（1575—1624）的作品。伯麦是来自格尔利茨的一个自学成才的鞋匠，曾试图通过使用和埃克哈特大师一样富有创造性和新逻辑的、部分源于炼金术的语言，假设积极与消极原则之间的关系，来统一神学和自然哲学。他以“波墨”这个名字在英国出了名，影响深远，他的读者竟还包括牛顿和布莱克。

三十年战争的大劫难过后，诸侯的权力终于成为德国政治和文化在新时代发展的显著特征，并得到加强和巩固。1648年签订的《威斯特法伦和约》只不过是一个世纪之前的《奥格斯堡宗教和约》的世俗延伸：专制主义及其文化的时刻来临了。在德国，甚至路德宗教徒和接受改革的君主也明确表现出了抑制新教城市独立精神的兴趣。这些深刻变化在文学中引起了反响，其中的西里西亚（现在的波兰南部）文学扮演了一个重要角色。1620年的白山战役[①]之后，胜利的哈布斯堡家族在自己领地内的行动更像诸侯而非皇帝，它重申了中央的权威，并大力推行再天主教化的政策。西里西亚说德语的资产阶级成员绝大多数信奉新教，他们因此发现自己处在本时代对立力量之间的断层线上，既在宗教领域也在政治领域介于天主教徒和新教徒之间，处于城市生活的过去和专制主义的未来之间，他们率先指出

① 三十年战争早期的一场战役，波西米亚军队被神圣罗马帝国的联军击败，由此结束了三十年战争的波西米亚阶段。

了德国文学在接下来的三个世纪将要走的道路。马丁·奥皮茨（1597—1639），一个没多少个人信仰的人，在公共场合调侃了皈依天主教的可能性。他生为屠夫的儿子，后来成为一位卓越的外交家，为多位诸侯服务，并把自己的著作献给他们。他通常被视为一位改革家，他使德国现代文学成为可能。凭借关于德国 34
诗学的作品《德国诗学之书》（1624），他确定了德语诗律以重音为基础，而非音节的数量或长度；他把法国亚历山大体确立为标准的德语诗歌韵律，并制定了押韵的规则和颂歌及十四行诗的形式。但是他的真正成就在于使文学适应了新的政治现实。他写道：“因为这是诗人可以期盼的最大回报，他们在国王和诸侯那里找到了一席之地。”他的正规化方案使德语诗歌获得了作为宫廷艺术的新声望。他的追随者中有另一位西里西亚诗人安德烈亚斯·格吕菲乌斯（1616—1664），他创作出了几部悲剧和几首最优秀的德国十四行诗。在这两种体裁里，格吕菲乌斯都在强烈的激情和奥皮茨的形式约束中表现了路德宗矛盾的忠诚问题——仿佛那些曾给予德国物质财富和路德宗良知的城镇力量正在缓慢而有力地拒绝对诸侯权威的服从。

然而，17世纪最伟大的德国作家们无暇理会任何人的规则。约翰（“汉斯”）·雅各布·克里斯托弗尔·冯·格里美豪森（1621或1622—1676）并非来自西里西亚，而是来自法兰克福附近的格尔恩豪森。在他12岁那年，他信奉新教的家乡遭到抢掠和焚烧，他当了兵。后来他改变忠节和信仰，战争结束后在一个帝国军团里做秘书，最后他定居在黑森林的一个村庄里，作为一名地产经纪人为斯特拉斯堡的主教工作，并以相当勉强的理由获得了一个贵族头衔。在他带有部分自传色彩的流浪汉小说

《痴儿西木传》（1668，1671）中，我们终于听到了多年不曾听见的自由的、爱冒险的中间阶层的声音，他们坚信自己和别人一样知道生活的真相，尽管最终的命运不一定掌握在自己手中，它也不会在任何别的人手中，命运由自己来决定，全凭自己的能力掌
35 控。恐怖又滑稽的战争、城市、农村和商业生活的场景，上层和下层人士的奸情，纯粹的超自然幻想，欧洲第一个荒岛沉船的故事，通过最后归隐的主人公的回顾性叙事，完成了一则关于人生起落和救赎的复杂的道德寓言。当时没有哪本别的德国好书能像《痴儿西木传》一样畅销百余年，格里美豪森接着又写了一系列相同背景下的类似故事。其中值得注意的有女流浪者兼随军商贩大胆妈妈的回忆录（“大胆”是她给自己赖以谋生的女性外生殖器起的名字），她没有孩子，性欲很强，她的战争、卖淫、兽行和欺骗的故事并没有受到痴儿西木的任何一种道德和宗教反思的影响。她的故事中断了，但并没有结束：格里美豪森是一个现实主义者，他知道，一个缺乏救赎的世界不能容忍他做出结论。

在战后时期的文学中，现实主义供不应求。在宫廷和学校之外，世俗文学是少数人的兴趣——1650年，它大约只占德国所有出版图书的5%，而流行的神学书目的数量是它的四倍。印刷文学的生产量由市场决定，它是文化表达的一种形式，起源于资产阶级，本质上是商业化的，被牢牢掌握在国家机构、教会和大学的手中。虽然这些数字在接下来的90年里几乎没有变化，但在1680年左右可以感觉到某种气氛上的变动。1681年，以德语出版的书籍数量第一次超过了拉丁语的。17世纪70年代，随着第一批虔敬派教育和慈善机构在法兰克福和哈雷的建立，路德宗开始在神职人员和大学以外的世界执行复兴的使命。路德

宗起初对内心生活的关注被重新发现，一种曾经为神秘主义所独有的资源被重新导向了更普及的渠道。中产阶级开始将他们的灵魂定义为一个自由的地方，并接受他们在一个更为庞大的 36
规划中所扮演的从属但有效的角色。这种新的态度在德国当时的一位杰出的智力天才戈特弗里德·威廉·莱布尼茨（1646—1716）的哲学中得到了完美而深刻的表达，对他来说，宇宙是一个完全理性的系统，虽然它的理性只对那些较高的阶层显现，比如君主，并且最终只对上帝显现。但是，建构起这个系统的每一个单位都是一个独立的个体（“单子”），它不受外部事件的影响，着眼整体，这个整体尽管有限，却以自己的方式达到了完美，是神的智慧的独特表达。“认清你的位置”是莱布尼茨的形而上学和伦理学的简要概括，很符合专制时代大多数德国作家和思想家的立场。

（二）法国和英国之间（1720—1781）

众所周知，18世纪是启蒙的世纪。但（至少）存在两场启蒙运动，因为1700年之前，有两个不同的区域有兴趣批判欧洲封建制度的残余。其一是资产阶级的启蒙运动，为英格兰和苏格兰特有，但也在法国获得了一些支持，它批判不动产的占有者，首先是教会，然后是贵族，打着个体自由的旗号，为的是让资本自由流通。资产阶级启蒙运动（以洛克、曼德维尔和牛顿等人为代表）的哲学倾向于经验主义，认为感官的证据优于理性的推测，最终又倾向于唯物主义。另一次是一场官方、官僚或君主的启蒙运动，它批判封建制度的遗留，无论是教会和贵族，还是行会和帝国自由城市，以集体秩序的名义贯彻唯一的中央行政意志。

37 以笛卡尔和莱布尼茨及其有影响力的弟子克里斯蒂安·奥古斯特·沃尔夫（1679—1754）为代表的官僚主义启蒙通常与哲学的理性主义相联系，倾向于认为理性原则能超越个人感官的不可靠证据，它奉法国为文化权威，因为法国已成为欧洲最强大的中央集权君主国。国家官员的理性主义启蒙在18世纪的德国是特别有影响力的，因为地方君主试图加强控制，巩固领土，统一管理。一个单一、透明的体系将要统治社会和思想，沃尔夫学生们的体系从万物的基本原理出发，提供了从上帝存在到咖啡馆重要性的合理论证，在世纪中叶实质性地垄断了大学哲学教席的任命。开明君主的国际语言法语是德国宫廷的语言：贵族用法语交谈和通信，读法语书，在宫廷剧院常常观看法语戏剧。相比之下，直到18世纪中期，英语还没有国际地位，英格兰和苏格兰资产阶级的经验主义启蒙运动在德国哲学中几乎没有什么追随者，它的影响力更多地体现在自然科学和后来的历史研究中（特别是在哥廷根大学，它是英国国王乔治二世为了使他的选侯国汉诺威的德国臣民获益，于1737年新创建的）。

英国文学在北部港口城市汉堡和不来梅影响最大，这些城市也因此成为半脱离于帝国其他地区的独立存在。在这里留存下来的真正的资产阶级文化促生了1720年《鲁滨逊漂流记》的第一个德译本，以及英国中产阶级启蒙最重要的传播媒介（例如艾迪生的《旁观者》等刊物）的第一批德国翻版：各种“道德周刊”。快乐的感官欲望和对物质世界的价值的信心在地
38 方文学中盛行一时，在商人弗里德里希·冯·哈格多恩（1708—1754）幽默的爱情诗或城市之父巴托尔德·欣里希·布罗克斯（1680—1747）对花朵、昆虫和其他自然现象的诸多沉思里随处

可见。但是，要将这种本质上是舶来品的经验主义与封建德国知识分子正统观念中的、系统化的理性主义相结合却是相当困难的。沃尔夫主义确信，在上帝的规划中一切皆有目的。当布罗克斯细致入微的实证观察与沃尔夫主义相冲突时，一个不自觉（或许起到缓和作用）的滑稽元素进入他的诗句，例如他推论把羚羊的角制作成拐杖的手柄就使羚羊达到了终极完美。德国文学的未来不得不萌生在比汉堡略接近内地的某地，那里将更直接地感受和遭遇到来自开明专制国家的挑战——比如莱比锡。莱比锡是萨克森选侯国最大的城市，也是某种博览会的发源地，该博览会与法兰克福的博览会一道，自16世纪以来一直是德国出版业的一大支柱，但莱比锡既不是自由城市，也不是政府的中心。（选帝侯与他的宫廷在德累斯顿，距此70英里。）它的大多数市民和汉堡人一样已经资产阶级化了，但他们并没有管理自己的事务。然而，莱比锡还在另一个关键方面与帝国自由城市不同：它有一所大学。在这里，德国中产阶级最活跃的一些成员与新教专制主义最鲜明的文化制度并存。18世纪的20至50年代，莱比锡是一场大运动的中心，这场运动使德语文学成为中产阶级文化自我表达的首选方式，无论是从商还是从政的中产阶级都在接受王侯权威统治的前提下统一起来。该运动有意识地模仿了奥皮茨的运动，但它不是被在大人物的内阁中寻求诗歌听众的外交官和统治者的亲信操纵，而是被（无薪的）诗歌教授和（带薪的）逻辑学教授掌控。约翰·克里斯托夫·戈特舍德（1700—1766）写了两卷本的莱布尼茨–沃尔夫哲学概论，他依据这种哲学的精神，试图在他的文论《写给德国人的批判诗学试论》（1730）中展示，文学如何能够并且应该基于几条简单、理 39

性的原则被系统地应用起来，以便让资产阶级和受过大学教育的公务员们欣赏到同样的作品。由同时代的笛福、菲尔丁和理查森发展起来的新文学类型——小说，在英国中产阶级里大规模流行，并被翻译到亲英派的德国市场（汉堡和哥廷根），戈特舍德却置之不理，而是把精力集中在戏剧上。与小说不同的是，戏剧有着良好的经典和学术谱系，在宫廷文化中扮演了核心角色，至今仍然是为大众提供娱乐的一种方式。戈特舍德把戏剧作为专制主义德国的统治者与被统治者之间文化交流的渠道。他坚持使用德语，与巡回演出剧团建立个人联系，并与妻子协力为它们编写、收集和翻译模式化的戏剧。但是他也要求戏剧必须有合理的结构，奉行路易十四时代法国戏剧的统一性和条条框框，因此可以想象得到，在德国宫廷剧院上演的戏剧要么是拉辛的悲剧，要么是意大利的歌剧。戈特舍德创建的一套强大的思想体系，在他自己对该体系的应用都变得可笑之后很久，还继续主导着文学界的讨论。然而小说，更确切地说是满足人们对小说的需求的、蓬勃发展中的图书市场不容忽视，于是比起他在戏剧写作和演出方面的所有规划，他在戏剧和戏剧集的出版上耗力更多，好让它们以书的形式被阅读。

18世纪的德国文学不是源于对英国经验主义启蒙运动作品的模仿，也不是源于戈特舍德以莱布尼茨-沃尔夫和法国为导向的理性主义，而是从两者的冲突之中产生的，这场冲突反映了德国中产阶级的两翼（官僚和资产阶级）的利益分歧，并随着该世
40 纪的进程而加剧。对戈特舍德提出直接反对的人集中在两个自治共和主义地区：北部的不来梅和南部的瑞士。在那里，反对君主制的弥尔顿的诗歌因其对超自然事物的丰富描写而被誉为

理性主义的反面典范。然而，戈特舍德和弥尔顿之间创造性的折中是由莱比锡的杰出神学学生弗里德里希·戈特利布·克洛卜施托克（1724—1803）做出的。1748年，克洛卜施托克出版了《弥赛亚》的前三章，这是一部自诩为弥尔顿式的史诗，主题却是使弥尔顿遭受过挫败的：基督的救赎行动。长诗用六步格写就，这是荷马和维吉尔常用的韵律，此前很少用在德语中。克洛卜施托克继续把希腊语和拉丁语的诗节形式改编进他的“颂歌”，这些关于爱情、友谊、自然、道德和爱国主题的较短的诗歌——以及他痴迷的滑冰运动带来的乐趣——比他的史诗更好地展现出他真正革命性的特点：文学的严肃性和自主性的新概念。他投入了印刷和出版文字的商业媒体，而非戈特舍德的针对戏剧的半宫廷媒体，但是他声称自己所写的与（为他的形式创新奠定学术基础的）国立大学机构和（为他的《弥赛亚》提供主题、为其他诗歌提供神学语言的）教会拥有同等的权威。然而，在克洛卜施托克的颂歌里，频繁乞求上帝和永生的目的不是为了探索宗教的神秘，而是为了强调他的经历和感受独一无二的意义，因为那些是属于他的，也因为——正如那奇特而不朽的形式告诉我们的——他是一位诗人。这位焦虑的、略微有些困惑的自然学者在诗中报告了他对布罗克斯诗中秩序的追寻，此时他被一种意识所取代，意识本身就是在风景、雷雨、夏夜中所发现的意义的源头。《弥赛亚》第一章出版之际，当出现了一位赞助人愿意应允他破格的要求时，未来道路的轮廓就显现了。丹麦国王 41
给予克洛卜施托克一份津贴，使他得以完成这部长诗，他放弃了神学研究，成为德国第一位全职诗人。

如果说诗歌已成为克洛卜施托克的宗教，那么希腊艺术就成了另一位前神学家约翰·约阿希姆·温克尔曼（1717—1768）的宗教，他彻底逃离了只给他提供一份教书和辅导的苦差事的德国，来到罗马全身心投入了对古代艺术的研究。在《关于模仿希腊绘画和雕塑作品的思考》（1755）中，他指出我们在古希腊艺术中发现的身体和道德的美来源于古希腊社会和宗教的优势；通过模仿它们的艺术，我们有希望再现那些古老的完美。正如他的名言，最好的古代作品所拥有的“高贵的单纯和静穆的伟大”可以渗透进我们的艺术和生活，然后顺理成章地影响我们的社会和宗教。他对某些作品，特别是《观景殿的阿波罗》欣喜若狂的描述运用了虔信主义者的热情语言，暗示通过他自己的感觉和言词，古代神灵的精神已经再次觉醒，在现代世界中变得活跃起来。诗歌和视觉艺术还没有被理解为同一人类活动的分支，即我们现在所称的“艺术”，但是一旦它们二者开始被视为获得神启的世俗渠道，向着普遍美学理论进发的第一步就已经迈出了。[“美学”这个术语本身是在1750年进入学术圈的，它是沃尔夫的普鲁士信徒亚历山大·戈特利布·鲍姆加滕（1714—1762）的发明。]

然而18世纪中叶，在德国中产阶级中，与王权统治密切相关的制度化宗教最广泛的替代品既非诗歌也非视觉艺术，而是
42 对个人感情的浓厚兴趣。先于社会身份的内心圣地（虔信主义者所称的灵魂和莱布尼茨派所称的单子），被赋予了一种拥有情感力量的世俗形式，在这里至少个人可以感觉到命运由自己主宰。男人和女人同样在劳伦斯·斯特恩的《感伤之旅》（1768）中发现了自己，因此德译本几乎立刻为他们的眼泪文化提供了名字：“感伤主义”。

这些人的导师是克里斯托弗·马丁·维兰德（1733—1813），尽管并非所有维兰德的读者都意识到了他精练的唯物论暗中破坏他们内心堡垒的安全性已到了何种程度。维兰德也是牧师的儿子，早年受到宗教怀疑的困扰，在翻译莎士比亚后，他终于找到了自己的文学专长：以一个虚构世界为背景的小说或浪漫故事，故事通常发生在一个有章可循的、阳光普照的古典时期，由一个精明而喜爱讽刺的叙述者讲述其中发生的一段有趣的情节、微妙的心理和挑逗的情欲。这是与菲尔丁的方式的一种妥协，完美应合了德国的环境。任何对当代现实的直接表现都不伴随风险，某种现实主义照样得以实现。在小说（尤其是《阿伽通》，1767年首版）、精湛的诗歌叙事（例如《穆萨里昂》，1768）和信件中，维兰德非常精巧地分析了人类情感对思想、道德、哲学和政治态度的影响。他处在遍及德国的信函网络的中心，写信人互相交流由他们平静生活中的偶发事件或正在阅读的（无论是宗教的还是越来越多非宗教的）书籍触发的思想和感受，以及关于感受的思想。他以一种迷惑性的安逸假象在思想上达到感觉和理性的平衡，在写作中达到舶来物和本土传统的平衡，甚至在个人事务方面，他还在官场和私人企业之间取得了平衡。1769年，他被任命为埃尔福特大学的哲学教授，三年后，他接受附近萨克森-魏玛公国的摄政公爵夫人安娜·阿玛利亚的邀请， 44
成为她即将成年的儿子卡尔·奥古斯特的导师。维兰德领着公爵夫人的薪水，定居在魏玛，但他并没有失去独立性。1773年他开始创办一份文学报纸《德意志信使》[①]，让他的通信网络

① 也译作《德意志水星》。

图5　18世纪作家的典型形象，写字桌前的维兰德，1806年

直接见报。该报成为德国南部最成功的报刊，虽然他最终从全职编辑岗位退休，该刊仍然给他漫长而多产的余生提供了额外收入。

1763年，似乎以新教利益的胜利告终的七年战争在德国开启了一个更加动荡不安的文化转型阶段。战后，英语文化的声望大大提高，这意味着更容易获得自由思想和个人主义的启蒙，加深了知识分子和专制德国社会和政治结构之间的摩擦。例如牧师的儿子戈特霍尔德·埃夫莱姆·莱辛（1729—1781）在莱比锡学习神学，但是在英国自然神论和戈特舍德最喜欢的巡回剧团的综合影响下，放弃牧师职业，选择了自由文学家不安定的生活。他从十几岁就开始写剧本，1755年凭借《萨拉·萨姆逊小姐》首次取得巨大成功，它实际上是一份英国风格的宣言。这是第一部德国的或“资产阶级的”悲剧（市民悲剧），塑造了优柔寡断的诱惑者、品德高尚的牺牲者和悲伤的父亲，成为把理查森式的多卷本情感小说搬上舞台的一次令人难以置信的尝试。在这个意义上，它印证了戈特舍德的观点：戏剧，而不是小说，将成为德国中产阶级文学自我表达的手段。然而1759年，莱辛发起了德语语言中最有效的一次暗杀行动，在他出版的唯一一期期刊中反驳了戈特舍德的“改革”，用莎士比亚来取代戈特舍德的法国模式，指点德国作家寻找关于浮士德博士的可靠的当地 45
素材（他认为浮士德是一位追求真理的启蒙者，自然不能被判处永恒的惩罚）。战争结束不久，莱辛就写了一部喜剧，这部喜剧证实了他对反映当代生活的现实主义文学的投入和对腓特烈大王执政的厌恶，腓特烈大王的征战把西里西亚带给了普鲁士，却摧毁了德累斯顿、莱比锡和萨克森的经济：《明娜·冯·巴恩赫姆》（1767年出版）是自出版以来就一直在剧团的保留剧目中占有一席之地的最早的一部德国戏剧，尽管它暗含的讽刺意味并不总能受到赞赏。莱辛似乎发出了18世纪60年代德国文学中最激进的声音，确实，他正在帮助人们重新定义什么是文学。作为一个前神学家，他努力在私人生活中为自己找到一个合适的位置，并反对国家或教会的威权主义，他代表了从理性主义向经验主义、从法国模式到英国模式的转变背后所有的社会利益。但是他清楚自己脆弱的立场。1766年，他出版了一本理论专著《拉奥孔》，其本意是区分文学与绘画，但也暗示了两者之间最初的可比性，为以下观点做了铺垫：它们归根结底只是同一种，即很快被冠以“艺术”之名的人类活动的变体。文学是自给自足的一种力量，还是和视觉艺术之类一样，是宫廷生活的装饰？莱辛在这一问题上的模棱两可反映出他对自己脆弱的社会地位的察觉。他还认识到，在德国，文学大概无法将自己定位为在经济和政治上独立的文化权威。接下来的三年，他作为家庭剧作家做了汉堡资产阶级注定会失败的一次尝试：建立自己的“民族剧院”。在剧院倒闭后，他承认，他只有妥协才可以过上能够使他结婚和定居的体面生活。1770年，他进入王室服务，担任沃尔芬比特尔的不伦瑞克公爵的图书管理员。他的最后一部悲剧《爱米丽雅・迦洛蒂》（1772）是对他早年生活的痛苦告别，讲述
46 了一个关于专制权力的腐败影响的故事，影响的不仅是行使权力的亲王，还有他的中产阶级的受害者，后者只有用道德和身体的自我毁灭来做出抵抗。

格奥尔格・克里斯托弗・利希滕贝格（1742—1799）对英格兰的失望却给他带来了文学上的伟大成就，这是他的职业生

涯中的意外。他是德国最著名的自然科学家，哥廷根的物理学教授，高斯的老师，也对知识界的各种当代蠢事极尽调侃和讽刺。他和乔治三世有私交，曾两次拜访被他称为“神佑之岛”的英国，对英国的科学、工业、文学和政治制度赞不绝口。他穷尽一生用英国人的方式为一部幽默小说搜集资料，而他的文学遗嘱执行人所发现的东西，比任何一部完成了的菲尔丁或斯特恩的模仿之作都好得多：在摘录簿中，他日复一日地记录下思想、片段、反思、措辞，这是最早、最多样也是最私人化的德国人的格言集，英国人在这种形式上也不可能做得更好：

> 在一位名人的诸多作品中，我情愿读他撕毁的部分，而不是留下的。
>
> 当他看见一只蚊子飞进烛火，正在做垂死挣扎时，他说：“饮下那杯苦酒吧，你这可怜的生物，一个教授正看着你，为你感到难过。”
>
> 英国天才走在时尚前沿，德国天才紧随其后。

要是德国也能拥有自由活跃的中产阶级就好了！外向开放、自信现实、恰到好处地独特，必要的时候有一点古怪，与文学，特别是小说相配！ 18世纪六七十年代的文学风暴受这种渴望的驱动，以一部不起眼的剧作的标题家喻户晓：狂飙突进。该 47
运动的理论家约翰·戈特弗里德·赫尔德（1744—1803）来自如今归属波兰的东普鲁士，一生都在与世俗化和专制主义的统治力量做斗争。尽管在18世纪70年代初期，信仰遭遇严重危机，他仍拒绝屈服于自然神论批判的权威，保持着牧师的身份。

他虽然是一名国家官员，却对君主保持着来自中产阶级的敌意。他设想了一个融合美学、神学和迅速扩大领域的文化人类学（他是第一批努力的组织者之一）的综合体，但这个设想从未完全实现：他的确深信，人类生活的物质环境，他们的技能、语言、信仰、艺术实践、文学实践构成了一个唯一的、自给自足且独具特色的整体，有助于形成“文化”的现代观念。这是莱布尼茨的单子论在历史学上的应用。他认为，个人也拥有独特的性格，拥有一种“原始天才”，它尤其是通过语言的媒介可以成为人类共同的财富。文学，无论是神圣的还是世俗的，都是个人天才和集体天才交织的产物。莎士比亚是一位“戏剧之神”，是诸多领域的缔造者，但他不能脱离英国文化，它塑造了他，然后他又帮助它继续塑造。由此可见，德国不能仅仅通过模仿英国或法国的模式来获得像英国或法国那样的民族文学：德国必须识别和利用自己的资源，利用它中世纪的历史，利用它流行的娱乐和民歌。1770至1771年的冬天，赫尔德在斯特拉斯堡大学遇见了他认为能胜任这项任务的人：约翰·沃尔夫冈·冯·歌德（1749—1832）。

歌德在18世纪的德国作家中是出类拔萃的，这指的不仅仅是他的能力：至少作为一个年轻人，他无须为了钱而写作，甚至根本没必要工作。他是一个真正的资产阶级成员，是帝国自由城市法兰克福上层资产阶级的成员。他的母亲是市政府顾问的女儿，他的父亲靠自己的资产生活。歌德学习法律——先是在莱比锡（他在那里结识了戈特舍德），然后在斯特拉斯堡。他的学习更多的是为了让自己有事可干，而不是为了提升。他没有迫使他的同时代人与政治领袖达成创作妥协的焦虑，有可能他最终会迷失于文学。然而赫尔德向他展示了他所体现的中世纪

48

晚期和近代德国城市的传统如何能适应当前的文学，以及如何能通过他再次进入主流。歌德回到法兰克福向朋友们宣告他转向了莎士比亚，六周之内完成了一部散文体历史剧的初稿。与以前的任何德语作品不同，它有59次场景的变换，以16世纪初的强盗男爵葛兹·冯·贝利欣根的回忆录为基础，还有献给马丁·路德的小片段。歌德对16世纪越来越感兴趣，当时德国的城市文化在欧洲影响重大。他研究汉斯·萨克斯，模仿他的诗句，并和莱辛一样开始设想把浮士德博士的故事重新写成戏剧。多亏了赫尔德，歌德在斯特拉斯堡的收获基本上是语言学方面的：发现既有的教育、文化和政治机构之外的普通人语言中的文学潜能。《葛兹·冯·贝利欣根》（1773年出版）最精彩场景中的语言胜过了当时法语和英语文学中的语言，或许罗伯特·彭斯作品中的语言除外。有几位朋友分享了他的经验和灵感，尤其是雅各布·米夏埃尔·莱茵霍尔德·伦茨（1751—1792）和海因里希·莱奥波德·瓦格纳（1747—1779），他们是狂飙突进运动的创作核心，尽管其他人更加喧哗。

歌德的伟大在于他有能力汇集当时知识分子生活的方方面面（并且他有如此做的自由）。18世纪70年代至80年代早期，大量抒情诗从他笔下喷薄而出，其中许多源于瞬间的灵感，有些多年没有发表，几乎所有的诗作在形式上都是独一无二的：叙事谣曲、民歌的仿作、记录变幻情感的有韵断片、篇幅完整的颂歌、神秘主义的赞美诗，以及一些与其说是对生活、上帝、爱和自然的冥想，不如说是对它们的无法归类的诗性回应，另有一些仅仅在信件或日记的上下文中半隐半现。有些属于他最著名的作品，特别是因为它们吸引了几代作曲家。他在斯特拉斯堡新获 49

得了与德语口语和德国流行传统的亲密关系，对莎士比亚象征性运用的自然意象做出了直觉反应，从克洛卜施托克身上学到了活跃的诗意意识中的自信，还有对虔信主义和感伤主义的自我审视的实践秉持的开放态度。以上的产物就是歌德的诗歌。歌德通过感伤主义者的网络寻求和培养友谊，他自己的通信迅速成为这一网络的重要部分。直觉似乎告诉他，比起任何试图建立独立的中产阶级文化的努力，维兰德的妥协之路在德国有更好的未来，狂飙突进运动把歌德奉为德国文学的成长点，甚至“弥赛亚”，歌德却越来越清楚地意识到运动中潜在的悲剧性。《葛兹·冯·贝利欣根》是一出模棱两可的戏剧，不只因为主人公的铁手既是力量又是柔弱的象征。它讲了两个故事，一个故事讲的是葛兹，他为了阻止历史进程，捍卫神圣罗马帝国的旧自由而耗费了一生；另一个故事讲的是他的老朋友魏斯林根，他把自己的命运与君主专制主义的上升力量绑在了一起。但是一个爱上自己笔下主题的诗人讲故事的魔力掩盖了这两种人生规划都将走向死胡同的事实：葛兹的警示作用逐渐退去，魏斯林根死于自己的内部阵营。《葛兹·冯·贝利欣根》是想象文学中第一批有意识的“历史”作品之一，是它的译者沃尔特·司各特的一个重要模板。只是它的政治冲突和个人命运的主题属于歌德自己的时代和世代，在他的下一部主要作品中，他成功地将这些主题融入对当代生活的现实描写中，不再以一部事实上无法演出
50 的戏剧这一折中形式，而是出色地以现代形式——小说——表现出来。

《少年维特的烦恼》（1774）使歌德闻名欧洲，尽管小说的悲剧情节依赖于德国特殊的环境（并且基于一个真实的事件）。

这是一篇书信体小说，但由于所有的信都来自维特，对收信人未置一词，看起来像是写给读者的。读者被邀请进入围绕维特的记者圈，维特自己也被视为其中一员。直到今天，这篇小说仍然强烈吸引读者进入维特过于活跃的情感的醉人逻辑中：他面对自然世界时情绪起伏；他对绿蒂一片痴恋，绿蒂却已和另一个男人订婚，然后结婚；他精神崩溃，此时出现一个“编者”搜集他在开枪自杀前最后时日的证据。使此书貌似过时的因素实际上正是让它永久保持现代性的原因：书中所含的“自然”概念，表现的不仅是自发的感觉，而且是通过文化（书籍和流行事物）为人物同时也为读者定制的。它的现实主义是社会的现实主义，即便在关乎心灵时也是如此。维特穿着英国乡村绅士的衣服和靴子，以表明他的个人操守和不依附宫廷或大学的独立性。他和绿蒂知道自己是彼此的灵魂伴侣，因为面对一场雷雨，他俩不约而同地想起克洛卜施托克的同一首颂歌。因此，维特的故事不单是病理学上的个体自我毁灭的故事。像爱米丽雅·迦洛蒂那样（维特死时，莱辛的剧本正打开放在他的身旁），维特被社会和政治胁迫逼向死亡。在与绿蒂的“恋爱”进行到半途时，他曾试图通过承担国家公务员的工作来摆脱自己的情感。然而，他有足够的钱——他是一个真正的资产阶级成员，经济上没有必要去维持一份工作，执政贵族在他身上看到了上升中的知识分子新阶层，竭力排挤他，他很快感觉到格格不入，只好回到了对绿蒂的痴迷中。以一种不随时间推移而褪色的特殊叙述方式，《少年维特的烦恼》讲述了在敌对的经济和政治形势下，资产阶级企图在英国模式的基础上建立自己的文化信念而最终遭遇的失败。但小说也表现了失败的危险后果：反叛之外的唯一选择， 51

即感伤主义可能会失控，感觉可能从任何外部现实甚至从生活中脱离出来。

维特毁灭的只是他自己。但是围绕在歌德身边、不久后被称为“天才”的那些人的反抗也可以让他人付出代价。在写作《少年维特的烦恼》的同时，歌德又想起了16世纪，只是他起草中的浮士德传奇远非《葛兹·冯·贝利欣根》这样的历史剧。他设想了一部“崭新的”《浮士德》，借助少许的历史虚饰可以更容易将一些无法避免的超自然因素引入本质上现代的情节。最开始的三场表明浮士德是一个术士，以某种难以解释的方式获得了恶魔同伴梅菲斯托，除了这三场，歌德毕生之作的初稿——通常被称为《原浮士德》——应用了18世纪的诱惑叙事（很大程度上归功于理查森），甚少借鉴原作故事书和戏剧。浮士德与一名城镇女孩玛格丽特（“格蕾琴”是深情的昵称）的私情故事在传统上没有任何依据，除非像歌德一度计划的那样，把她当作这个现代浮士德的现代海伦。尽管如此，歌德的戏剧与当时其他的诱惑故事，例如《萨拉·萨姆逊小姐》大相径庭。不同之处首先在于诱惑者的性格和动机。最初的几场不能与余下的情节割裂：浮士德不是花花公子，他与格蕾琴的恋爱是他在开场独白中所表达的激情冲动的表现，为的是放下纯思想的理性世界，用他全部的感官去拥抱完整的人类命运。他对大学——君主制德国的社会背景在剧中唯一的痕迹——不感兴趣，而是在城镇生活中寻找现实，先是在小酒馆，后来在辛苦工作却知足常乐的、信奉天主教的居民们的小世界里。折磨着他这个自由思想家，或许还是个（前）新教徒的诸多欲望，似乎并未打扰那些居民们。然而他的不安也引起了他们更深层需求的共鸣：因为格蕾琴能在浮士德身上辨识出某种未知的但并非虚幻的承诺，她可以回应他的渴望，而浮士德对她的渴望起初只是感官上的，但后来变成了爱。用以描写她相对卑微的生活背景（陈设简陋的房间、朴实的言辞、邻居们的闲话）的饱含同情的现实主义，在同时代的文学中是很罕见的（戈德史密斯或许能算一个）；她怀孕时的绝望、与家人的隔阂、杀婴、疯狂、终究害怕的死亡判决，这样强烈的悲剧则是独一无二的。对她的不幸幸灾乐祸的恶毒的梅菲斯托将她的悲剧延伸到浮士德身上。她的结局似乎也是她爱人的结局，这个现代浮士德的反抗似乎一样在引领他下地狱，他甚至被他所爱上的世界抛弃。但是简言之，这个简单故事的意义被扩大和更新了，因为歌德投入了他当时写作诗歌的所有资源。每一个简洁、独立、几乎没有关联的场景都有自己的氛围，大多数场景都有自己的时间。浮士德专断而明确地表达出对现实的迫切渴望，他的心灵感受渗入了戏剧的内在结构。各个场景围绕强大的视觉主题建立——浮士德的魔法书、格蕾琴梳头的场景或给圣母献花的场景。通过浮士德的幻象和格蕾琴令人难忘的歌唱的丰富画面语言和多变节奏，以及通过她最后散文体的长篇大论的可怕合理性，强大的视觉主题得以加强。一个讲述文化失败的苦涩故事被歌德的诗歌转变成一出关于爱情和背叛、野心和罪行的真正悲剧。

伦茨和瓦格纳都写过杀婴的母亲这一主题，也和歌德一样喜爱流行话语，尽管无力像歌德那样将之变成诗。不过伦茨仍然取得了显著的成就：他的戏剧《家庭教师》（1774）和《士兵们》 53
（1776）实质上都是关于当代德国的小说。戏剧的结构被分解成由小段情节和快照式场景组成的万花筒，但戏剧的形式被用来制造出了非凡的客观性。伦茨肆无忌惮地解除了与感伤主义和单子论传统的任何妥协：他笔下的人物没有内在的生命，而是表现为运作中的社会机制，通过语言互相操纵。他们可能显得怪诞，但仍然有能力受苦，伦茨和歌德一样察觉到了他们所处社会中的潜在悲剧。戏剧《家庭教师》中的家庭教师罗费尔是一个典型的失业的前神学家（伦茨自己也是其中之一），从这个阶层中产生了德国文学和狂飙突进运动。然而罗费尔不是浮士德。他爱上了他负责照管的人，陷入不可逃脱的欲望和同样不可逃脱的压迫中，他放弃斗争，阉割了自己。失败的反抗是很多狂飙突进作品的主题，这是一个历史的现实，尽管没有别人像伦茨那样直接而痛苦地展现它的真实特征。伦茨自己败给了精神疾病，而他的大多数作家伙伴们移居国外，或以其他方式沉默下去。

尽管歌德也考虑过移居瑞士，但他并没有放弃。1775年他确实移居了，但还在德国境内。他中断了关于16世纪荷兰反抗西班牙专制统治的戏剧《埃格蒙特》的写作，仿效维兰德，应18岁的卡尔·奥古斯特公爵之邀移居魏玛。在他的建议下，不久之后，赫尔德被召来做了公爵领地路德教会的精神领袖。歌德搬离资产阶级的法兰克福意味着对现实、对君主制德国的特权的接受。他搬迁的同时，狂飙突进运动也发展到顶峰，并开始了它的转变。无论如何，在1776年，自本世纪中叶起兴起的英国崇拜结束了。一旦英国与它的美洲殖民地发生战争，它就不再能被简单地标榜为自由之地。对于那些感觉被本国环境压迫着的人来说，不再存在一个清楚明白的外部模式，也不再存在城镇文化和王国文化之间或经验主义和理性主义的启蒙运动之间的轻易选择。德国必须找到自己的方式去解决内部矛盾。1776

54

年，两部高度紧张的戏剧——弗里德里希·马克西米利安·克林格尔（1752—1831）的《双胞胎》和约翰·安东·莱泽维茨（1752—1806）更加细致入微的《尤利乌斯·冯·塔伦特》——通过相同的戏剧主题，表现了这个新的或新近变得严重的困境：兄弟之间的致命冲突。在同一时间，斯图加特一名叛逆的男学生弗里德里希·席勒（1759—1805）开始起草这个主题的终极版本：他的第一部戏剧《强盗》，1781年出版时在读者群中掀起了热潮，并在第二年首演时让观众们如痴如醉，啜泣不止。

如同德国中产阶级的两翼资产阶级和官僚，席勒笔下的两兄弟面对分裂他们的因素时是团结一致的：他们都是几乎一直处在濒死状态的父亲莫尔伯爵所代表的旧制度的潜在接班人。卡尔是合法的继承人，他道德高尚，但在大学期间被弟弟弗兰茨欺骗，走向叛乱。弗兰茨是一个物质主义者、决定论者和自诩的无神论者，他表现出卑微的态度，却计划着不仅要排挤他的哥哥，还要杀死自己的父亲。然而，卡尔作为强盗团伙的领袖，他犯下的罪行比弗兰茨更多、更真实。当伯爵最终死亡时，兄弟俩的责任是同等的。但是两人都没有得到继承权，因为他们都采取了自杀行动——弗兰茨是真正自杀了；卡尔为了摒弃自己的恶行，臣服于法律的威力，从而达到了自杀的效果。两次崩溃的叛乱之后唯一留下的是死去的父亲的道德权威，尽管尚不清楚如今这权威能以何种形式体现出来，因为所有现存的法律机构都被谴责为腐败得无可救药。现代的国际观众仍然会被卡尔及其团伙的故事打动，这个故事预见性地分析了处于道德真空中的、自以为是的恐怖主义逻辑。在当时以及随后的时间里，这部戏剧在德国的巨大成功无疑是因为它戏剧化地表现了中产阶级

图6　奥古斯特·威廉·伊夫兰（1759—1814），剧作家、演员和导演，在席勒的《强盗》首演中扮演弗兰茨·莫尔

在与王权统治斗争过程中面临的两个价值体系之间的冲突——是选择自私自利的物质主义还是大学教育中的理想主义，同时审慎地不去碰触权力结构本身。未来似乎落在受到适当惩戒的卡尔肩上，而不是贪婪的个人主义者弗兰茨肩上。席勒在狂飙突进晚期的作品中没有表现出任何对英国的渴望，大部分作品也没有理会赫尔德和歌德重振德国古老文化，特别是城镇文化的诉求。相反，席勒凭着天才剧作家入木三分的洞察力，集中笔墨反映了当代社会的政治和道德错误。以《强盗》为起点，独立的现代德国文学传统开篇了。 57

第三章

观念论时代（1781—1832）

（一）学者共和国（1781—1806）

1781年是不同寻常的一年。出版物中，除了《强盗》之外还有另一部作品注定要对德国文化产生更深入、更广泛的影响：伊曼努尔·康德（1724—1804）的《纯粹理性批判》。“没有哪位学者，”歌德后来写道，“能够不受惩罚地拒绝、反对或轻视由康德开启的伟大哲学运动。”在狂飙突进文学运动中康德经历了危机，但和作家们不同的是，他在18世纪70年代没有出版任何作品，而只是思考和写作。他可以自由地这么做，是因为在1770年，在当了15年沃尔夫派的私人教师之后，他终于被聘为柯尼斯堡大学的一名受薪教授。但是大约在同一时间，他受到大卫·休谟极端怀疑的经验主义的挑战，它似乎让他对自己迄今为止全心投入的工作产生了疑虑。在此后十年的思考中，康德努力调和资产阶级的经验主义启蒙和官僚的理性主义启蒙，他将两者的融合体命名为观念论。康德相信他已经表明，莱布

尼茨-沃尔夫所示的万物的理性秩序之类，是由我们的感官能认识的世界暗示或预设的：我们无法直接知道那个秩序，因为它根 58
本就是我们能够认知事物的前提条件，但是它提供了理想或模式，让我们把自己确实知道的东西与之相连。知识必须兼有经验的内容和理性的形式。康德通过重新审视我们在主观与客观（在他有生之年的德国学术哲学中这些术语获得了现代意义）之间的经验联系取得了这一成果，他把它和哥白尼在天文学上的革命相提并论。正如哥白尼主张，我们能看到天空中的运动，并不是因为星星在运动，而是因为地球在运动，康德也暗示，他已经表明，不用改变自然或道德世界的外观，世界的一些基本特征应归因于观察者，而不是被观察者，应归因于主观，而不是客观。我们无法知道事物自身，我们只能通过我们的知觉和智力器官认识它展现给我们的样子，并在此过程中追求一个必要且合理的结构。康德在知识理论中仔细地平衡了对感性和特殊的要求与对理性和普遍的要求。同样地，他在道德理论中平衡了明显极端个人主义者的断言（只有能自决的动作者不受外部影响的自由行动才能算作道德的）与语气同样强烈的断言（自由不是让人想做什么就做什么的自由，而是强加给自己一条普遍法律的自由）。两种不同的启蒙运动之间的这种微妙的妥协提供了一个意识形态基础，在此基础上，德国官僚阶级成员可以声称，他们代表和协调了富有经济生产力的中产阶级和他们所服务的专制君主或国家之间的利益。到18世纪90年代中期，康德派已经在德国大学的哲学教席中完全取代了沃尔夫派。官场文化的霸权时代即哲学观念论的时代是德国文学最具特色的时期，即古典主义时期。

1781年还有另一个里程碑式的事件：莱辛去世了。他迁居
59 沃尔芬比特尔后的生活预示着即将来临的命运。他针对《新约》发表的一份详尽的批评手稿遗留在前任图书馆管理员手上，导致了与路德宗上层集团的激烈争论，从神学问题扩展到新闻自由，争论突然被他的主君兼雇主不伦瑞克公爵下令终止。莱辛的回应是将冲突转移到不太明显的领域。他回到戏剧，在《智者纳旦》（1779）中创造了一种全新的戏剧模式，他称之为“戏剧诗”。因为它是用无韵诗写就的，并以书的形式出版，他没有期望把它搬上剧院舞台。这是一部喜剧，背景设置在十字军东征时期的耶路撒冷，旨在彰显犹太教、基督教和伊斯兰教的代表互相宽容而取得的成就。他们事实上承认，他们都信仰着第四种理性的宗教，它不去评判任何一种公认的信仰的真相，而是对那些“足以被称为人的人”形成了一种秘密的、本能的同情。《智者纳旦》是德国此后一百年“古典”戏剧的原型：诗行体戏剧（写出来既是要上演，也同样用于阅读）、哲学或道德的主题（用来重新阐释一个神学问题或使其世俗化）和精英的诉求（取代普遍的呼吁——《智者纳旦》是关于精英主义的，剧中的主要角色象征了就此创立的戏剧类型的受众）。

莱辛从自由作家到公爵雇员的发展与席勒继《强盗》成功之后的职业生涯相似。面对之前强迫他离开神学转而成为军医现在又全面禁止他继续写作的符腾堡州专制公爵，席勒逃离他的家乡去往曼海姆，留在最初上演他作品的剧院成为一名常驻作家。他又写了两个关于反抗和政治继承问题的剧本，其一是
60 《阴谋与爱情》（1784），用伦茨专门研究过的当代德国素材创作出了效果显著的戏剧。在一段叙述性的次要情节，即与过时的

英国崇拜进行悲剧性的告别中，男主人公发现公爵的英国情妇并不如他所想的那样是个服务于暴政的堕落女仆（公爵已经把他的臣民当作雇佣兵卖给了美国战争），在她身上他看到了一种他注定无法享受的自由的精神。尽管在曼海姆的工作合同没有续约，席勒还是决心继续尝试以文学、杂志编辑和历史作品创作来谋生，在此期间，他努力使他的下一部戏剧《唐·卡洛斯》（1787）成形，这是一部宏伟的、极其复杂的诗体历史剧。他依靠莱比锡和德累斯顿的朋友们的慷慨救助才免于贫困潦倒。他把手试探地伸向魏玛，他的未婚妻在那里长大。1789年，部分地依赖歌德的帮助，他在附近的耶拿大学获得了无薪的历史学教授教席，并从卡尔·奥古斯特公爵那儿得到一份微薄的津贴，足够他成婚。过度的劳累损害了他的健康，此时，来自丹麦王储的一份更为丰厚的资助使他能够专心投入对康德的研究，他自己也暂时变成了一位哲学家。令席勒感到失望的是，康德没有一套美学理论可以赋予他在各个方面倾尽一生的文学以适当的尊严和意义。（康德有一个很好的理由来解释为什么没有这样一套理论：他认为，依照定义，没有什么能比道德更重要，做对的事情和他关于美所说的一切，只是为了防止被“诗人是‘创造者’”、“天才‘近乎神’”这样的说法引发的从美学语言向道德和神学语言的滑落。）借用一个在歌德圈内常见的比喻，席勒开始把文学当作一种“艺术”来对待，进行了一系列研究，其中著名的有《审美教育书简》（1795）。他发展了一套关于美的系统化的阐释，美是道德自由的感性表现，所以艺术家是道德的解放者，也是人类的教育者。他带着这套讨人喜欢的理论去接近迄今为止和他保持距离的歌德，提议他们共同创办一份新的文学杂志《季 61

节女神》（1795—1797）。

《强盗》把德国看作一个无望和充满无效冲突的地方，歌德起初在它的作者身上看到他1775年来到魏玛时曾试图逃离的一切。但是他们不同的发展却引领他们走上了趋同的道路。歌德已经完全和商业图书交易切断联系（他帮盗版商赚了不少钱，却没有给自己挣到一分钱），开始了在魏玛的生活。有十年之久，他几乎没有发表任何东西，而是让自己投身于行政和宫廷生活的小世界中（他成了一名枢密院成员，被封了贵族），并和他的朋友兼赞助人——年轻的公爵形成了半辅导的关系。他继续写作，然而除了戏剧《陶里斯岛的伊菲革涅亚》（1779，1786—1787）的初版外，几乎没什么作品问世。这部戏剧以散文体创作，却用了被戈特舍德赞许的法国宫廷剧的形式，展示了万物皆善的坚定信仰所具有的治愈力量。他认真地遵从这种信仰，此时的公国似乎受到挤压，无法改革，他的诗歌创作也几近枯竭。然而在1786年，他在绝望中爆发了：他实现了毕生的野心，追随温克尔曼去罗马旅行，然后他签订了一份出版作品全集的合同，回到了出版业。在接下来的几年中，他彻底改变了在魏玛的行事习惯，撤回原先对宫廷的全部承诺，并重新权衡了他与中产阶级读书公众的关系。他对罗马的访问变成了为期两年的公休假，在此期间他享受了意大利的艺术和美景，以及德国艺术家聚居地的生活，最后不情不愿地离开那里回了国；他说服公爵解除他的行政职务，首先把他“作为诗人”对待；他履行自己的义务，写完了《埃格蒙特》和第一部以诗人为主角的悲剧《托夸多·塔索》，并把《陶里斯岛的伊菲革涅亚》改写为流畅的无韵诗；让冠盖满城的魏玛惊恐的是，他开始与一位中产阶级女子克里斯蒂安娜·武尔皮乌斯（1765—1816）共同生活，她为他生了几个孩子，其中只有一个儿子幸存下来。不过，歌德除了自己私人的财路外，仍然依赖卡尔·奥古斯特支付的薪水，公爵希望这笔钱能换来一些东西，就让他的诗人自1791年起掌管剧院。歌德履行了他的职责，但心情十分矛盾。戏剧在狂飙突进时期曾是他的工具，如今他已将其放下。在他近来终于致力于通过印刷图书接触到更广大的受众时，戏剧作为宫廷娱乐已经对他没有多少吸引力了。现在吸引他的公国机构是耶拿大学，不久前约翰·戈特利布·费希特（1762—1814）和席勒在那里就职，耶拿大学继柯尼斯堡之后成为康德派的主要中心。席勒的合作建议恰逢其时。

他的计划雄心勃勃。他终于找到了能付给作者良好报酬的出版商——斯图加特商人约翰·弗里德里希·科塔（1764—1832）。在科塔的支持下，席勒打算从宫廷和大学邀请全德国的大人物，给他们提供发行量足以媲美维兰德的《德意志信使》的出版途径。他正在为官僚的精英文化写审美教育理论，这样的精英文化将与商业和专业阶层的量产化市场发生碰撞：德语世界将迎来一种统一的文学，既复杂精妙又通俗流行的文学。1795年在强烈的好奇心驱使下创办的《季节女神》第一次把歌德和席勒这两个名字连接起来，但该刊两年后就偃旗息鼓了。它本质上是失败的，因为它对大家都想读到的一个领域闭口不谈：政治，尤其是法国大革命。这个限制是不可避免的，假如允许讨论政治，就泄露了该刊试图团结的中产阶级两翼之间深刻的利益分歧。随着杂志的失败，这条鸿沟还是显露了，对它的认 63
识成为官方文学的一个永久特征：汇集了讽刺短诗的《箴言集》

（1796）是歌德和席勒向商业图书市场的一场复仇，开创了一直延续至今的批判资产阶级公众的传统。

歌德可能不会对《季节女神》的命运感到惊讶。在同一时间，他的小说《威廉·迈斯特的学习时代》（1795—1796）也遭受了冷遇。他感觉到德国文学的未来在受到新哲学启发的新一代身上。这一代人，无论他们是否承认，都不能依靠大众来分担他们的忧虑。十年来，年轻的知识分子们，尤其是那些希望作为国家公仆成就事业的人，把康德的哲学革命视为代替法国政治革命的德国的道德选择，并指望用康德主义重新阐释或取代被启蒙运动动摇的宗教信仰。《威廉·迈斯特的学习时代》是为他们写的，尽管它比他们可能愿意学习的东西更具有令人不安的革命性意义。它讲述了一个从相信文学和戏剧具有变革力量的狂飙突进幻象中解放出来的故事，一个年轻人原本认为他的生活被诸如天意或命运之类的外部力量所掌握，后来他摆脱了这一虚假信念，认识到他必须为自己创造意义。歌德认识到，无论表面上如何和谐，哲学的唯心主义是建立在自我确证的基础上的，这种自我确证深入地破坏了我们与我们的历史和自然起源的关系。从这个意义上说，它确实是在法国采取政治形式的同一场革命的一部分。随着革命的军事后果逐渐席卷德国，歌德多次尝试直接在文学中表现它，但没有一次是完全成功的。成功是间接来临的，在席勒的推动下，他重新开始《浮士德》的写作，
64 在1790年发表了一个不完整的版本。他修订并大大扩展了《原浮士德》的草稿，甚至改变了最初的设想，决定把材料分为两部分，第一部分1806年已准备好付印。如果说《原浮士德》是把一个古老的故事转换为现代模式，那么《浮士德——第一

部》就是一个对老故事的讽刺性回归：歌德大幅增加了与古老传说的接触点，特别是为浮士德在第二部中召唤特洛伊的海伦奠定了基础，把浮士德和格蕾琴的恋爱故事压缩为一段插曲。但是第一部仍然以《原浮士德》的悲剧场景告终，其讽刺的目标是这样一种观念：任何与基督教思想密不可分的东西，比如一段讲述一个男人把灵魂卖给魔鬼的16世纪的传说，都可能与现代世界有关联。在一个展现他与梅菲斯托达成一致的新场景中，浮士德强调了他与基督教过去的决裂，他全身心地投入生活，遵从自己的意愿去生活，而且打赌说，他永远不会在世界上找到比他自己的体验能力更有价值的东西。因此，第一部和《原浮士德》一样，以自己的方式更新了传统神话：浮士德代表了一个理想主义和革命的时代，正如《原浮士德》代表了一个狂飙突进的时代一样；他和格蕾琴灾难性的牵连近乎对现代性的道德基础的深入质问。

在费希特到来后的近十年里，耶拿大学是德国的才智中心，埃兹拉·庞德可能会称其为"漩涡"，在现代世界占主导地位的哲学、神学、社会学和美学的众多思想在其中形成了。同附近的歌德、赫尔德、维兰德一道，费希特和席勒像磁石一般吸引着年轻的才俊们。19世纪文献学和自然科学领域的核心人物洪堡兄弟（1767—1835和1769—1859）都在其列。席勒在符腾堡的关系网带来了三名前图宾根路德会神学院的学生，他们改变了西方思想的面貌：诗人弗里德里希·荷尔德林（1770—1843） 65
和受到他启发的两位哲学家弗里德里希·威廉·约瑟夫·谢林（1775—1854）及格奥尔格·威廉·弗里德里希·黑格尔（1770—1831），后两位都在耶拿大学获得了教席。翻译家、文学批评家和天才诗人奥古斯特·威廉·施莱格尔（1767—1845）为了《季节女神》的合作而定居耶拿，并开始他对莎士比亚作品的韵文体翻译（1823年完成）；他的兄弟弗里德里希·施莱格尔（1772—1829）不久之后也跟来了，他是才华横溢的文学理论家和格言家，作为哲学家和小说家却不够沉稳。弗里德里希·施莱格尔起初推广“浪漫”这个概念，用来普遍描述后古典文学，特别是那些在新观念论哲学的意义上适宜被当作对主观性的表达或探索的文学。如果说有一个人可以被称为“浪漫文学”的创立者，那非他莫属。他和兄弟一起创办了杂志《雅典娜神庙》（1798—1800），在上面发表自己的杂文和“断片”，即格言和对文学、哲学话题的简短思考。他的密友弗里德里希·冯·哈登贝格（1772　1801）也发表了一些断片和诗歌，后者为世人所知的名字是“诺瓦利斯”。诺瓦利斯曾在耶拿读大学，后来仍然从萨克森矿业官员的岗位上抽出时间来访问此地，他向施莱格尔提供了一个实例，说明“浪漫的”文学可能是怎样的。他的《夜颂》明确地颠覆了启蒙运动的形象，宣告了宗教权力的复兴。然而，这是一个观念论者的宗教，它探索宇宙——诺瓦利斯拥有对世界的广博的好奇心，把宇宙看作自我的一个维度：“神秘的道路通向内心。永恒及与之相关的所有都在我们内心，否则遍寻无处。”诺瓦利斯和施莱格尔一样，将世界和自我的彻底混合称为“诗”。诺瓦利斯拯救宗教免于世俗化，代价却是让它与美学无法区分。谢林没有时间理会诺瓦利斯的中世纪主义[在《基督教或欧洲》（1799）中有煽动性的阐述]，但是和荷尔德林及黑格尔一样，席勒的审美教育理论令他印象深刻，他在《先验唯心论体系》（1800）的高潮部分把如今作为美学论题的“艺术”放

到最重要的位置。他在演讲中提出，对“艺术”的支持应受到国 66
家的适当关注，即把包括作家在内的“艺术家”提高到类似国家教会神职人员那样的官员级别。文学由此被视为一个崇高的行业，值得玄学家的关注，但它失去了与公众和市场的直接联系。当前的英国购书者如此欢迎的资产阶级生活的现实故事，不在它的认真考虑之列。由于它是由官员或有志于踏上仕途的人所写的，所以作者中没有女性。

但是，如果文学不该是“艺术”，那么在只有接近中央国家政权的人才能意识到是什么真正决定了集体生活和社会身份的德国，它还可能是什么呢？约翰·保罗·弗里德里希·里希特，即通称的“让·保罗”（1763—1825）在他不得不被称为“小说”（因为缺乏更好的词）的作品中认真地尝试了另一条通俗化的道路，获得了巨大的商业成功，尤其是赢得了大量女性读者。但是为了现实地对待位于高级官员轨道之外的德国，他必须关注被压制、扭曲或排挤在权力之外的生活，并且只有通过用情感、幻想、宗教虔诚和斯特恩式的自我讽刺（可惜没有斯特恩式的简洁）来稀释他的现实主义才能让那些生活变得意义重大。在《泰坦》（1800—1803）中，他讽刺了魏玛社会的审美要求，他于1796至1801年间定居在其边缘。与里希特相反，歌德实际上相当怀疑对诗歌力量提出过高要求的做法。他能够看到潮流已经转变，《季节女神》的办刊宗旨是建立一个能将德国宫廷和德国出版者们联合起来的学者共和国，这已经不再可行了。1797年的《坎波福尔米奥条约》签订之后，为该项目提供政治框架的神圣罗马帝国显然陷入终极衰落之中。帝国在拿破仑的铁蹄下瓦
解，那些把帝国当作屏障依附着的小邦国的大学随之失去作用。 67

萨克森-魏玛公国还没有大到能单独容纳集中在魏玛的精神力量：外部的威胁导致费希特在1799年因无神论的指控而遭到解职，之后，这些名士纷纷流失。

歌德转向了宫廷：或许在他迄今为止视为副业的剧院里，他能够小规模地实现对《季节女神》来说过于艰巨的文化融合。1798年，一座彻底重建的剧院重新开放。开放首日上演了席勒十多年后的第一部新作——诗行体悲剧三部曲《华伦斯坦》。在接下来的七年中，歌德有意尝试创造一种能兼顾吸引大众的感伤娱乐或音乐娱乐和高级的智力实验的剧院风格。中间地带被席勒成功占据，他在个人安排方面也做出了成功的妥协，主要依靠从科塔那里取得的收入来维持他的自由，但也依赖公爵提供的津贴。如果他脆弱的健康状况恶化，他可以通过关于养老金的一个重要承诺来获得保障。1800至1805年他去世期间，他为魏玛写了另外四部重要的戏剧，把莎士比亚和法国传统元素结合了起来，这四部戏剧壮观、舞台性强、流行且深刻。在《华伦斯坦》、《玛丽·斯图亚特》(1800)、《奥尔良的姑娘》(1801)中，他在越来越复杂的情形下检验康德的道德心理学，为他的美学理论所提出的不可能实现的目标而奋斗：实实在在地表现人类自由和人类自我救赎的力量，即使在最难以反抗的政治现实面前，他也相信这种力量仍然会留存下来。例如在《玛丽·斯图亚特》中，伊丽莎白女王身体上是自由的，但道德上已经选择成为外部势力的奴隶，而苏格兰的玛丽女王尽管身体被囚禁，却获得了道德上的自主权，使她免于过去的罪责。席勒能够表现玛丽超验的解放，但只能借助于一种古老的象征性语言——他策划了一幕圣礼上的自白和交流的场景，这预设了一种不同的救赎，

图7 《希腊之巅一瞥》(1825),艺术家兼建筑师卡尔·弗里德里希·申克尔(1781—1841)作。这是一个社会与自身和自然和谐相处的愿景,用艺术来庆祝人和神的美,启发了德国的希腊化运动,或称“古典”运动

只有当它不仅仅被看作戏剧隐喻时，才能被认为是有效的。席勒最后一部完成了的戏剧《威廉·退尔》（1804）的主题是集体而非个人的解放，以及谋杀在政治事业中的合理性。这暗示了当死亡降临时，他已经在试图超越康德观念论的道德界限。康德对主观性做了强大的分析，但是在与此分析的斗争中，席勒发表了对身份认同（在与其政治背景相悖的情况下）的研究，这些研究至今仍然和他写下它们时一样，无论从心理上还是形式上都问题重重。

席勒戏剧化的东西，在荷尔德林这里被完全悲剧化了。他的颂歌、哀歌和品达风格的"圣歌"，小说《许佩里翁》（1797—1799），未完成的剧本《恩培多克勒之死》（1798—1799），以及他翻译的索福克勒斯的作品，一同构成了现代欧洲文学孤独的顶峰之一。荷尔德林属于年轻一代，他们的成长经历了法国大革命爆发时的第一次振奋：即便大革命已经消失在现实政治和帝国主义战争之中，把革命移植到德国的希望一再化为泡影，人类转型的愿景仍一直保留在他们心中。与此同时，他和他学神学的同学们也经历了康德道德哲学的第一次冲击。经过席勒的美学再阐释，他们将康德的道德哲学与温克尔曼的希腊主义结合起来，试图创造一个古希腊宗教的形象，从自由和人道主义方面去替代在神学院课程中教授的专制而无趣的路德宗教义。但是，荷尔德林对基督教的理解太深刻了，以至于无法完全脱离它。而在18世纪的德国，阿波罗的祭司是找不到工作的。谢林和黑格尔成功进入大学教授哲学，而荷尔德林在学术上的尝试是白费功夫，他从出版物中挣得很少。只要他神智健全，就不得不以私人教师的身份谋生。最后，在1806年，他终于被精神分裂

70

症打败了，不过到那时为止，他已经得到了他向命运恳求的“一个夏天……和一个留给成熟诗歌的秋天”[1]。他短短几年成熟期的诗歌的标志性特征是对即将来临的——尽管从未真正来临的——神圣显灵的独特而强烈的感觉：

近在咫尺
而难以把握，是神。
但危险所在，也有
拯救者成长。

这种对神圣的感觉的现代性在一定程度上源于它的历史性：在荷尔德林的信念中，上帝已经在人类的时代，在伯里克利的雅典文化和耶稣基督的生活中显形，并且可以或者应该在他自己的革命时代化成肉身，可能就化身在德国的审美共和国里。可是现代性也源于诗歌压倒一切的完美性，它是信念的载体。荷尔德林从自己信仰的深处召唤出了一个客观的神圣存在，即使它变成了神的缺席，他仍然是它的先知。他靠自己的职业维生，即便这样做似乎注定了他的失败和疯狂。他后来的诗行中逐渐流露出被难以理解的超然命运摆布的感觉，但同时还有非凡的坚毅，这种坚毅继续相信言辞的力量，甚至是单个词语的力量，捕捉意义的阳光。他最好的诗歌，例如《面包和酒》、《拔摩岛》、《生命之半》是德国文学观念论时代的最高成就。只是这个成就代价高昂。

① 此句来自荷尔德林的诗《致命运女神》：“就赐我一个夏天，汝等强者！ / 和一个留给成熟诗歌的秋天。”

（二）民族主义的诞生（1806—1832）

德国民族主义的历程和特点很大程度上是由拿破仑决定的。通过用一连串名义上独立自主的附庸国取代神圣罗马帝国，他剥夺了德国人数百年来拥有的联邦身份。在1806年打败耶拿和奥埃尔斯特的普鲁士军队后，他决定（后来后悔了）不去压制普鲁士王国，这实质上保证了普鲁士将成为任何定义新联盟的努力的焦点，至少是在新教徒中。普鲁士战败后决心自我改革，这表明它已经对自己的政治和文化中心产生了新认识：1810年在威廉·冯·洪堡的倡导下建立的柏林大学由费希特担任校长，柏林大学显然力求接替耶拿大学成为一所全德国的大学（黑格尔和谢林最终也在那里教课），然而它在首都的地理位置（当时在德国是独一无二的）宣告了思想的生命从此完全融入中央主权国家的生活。

在文学中，从耶拿时代的世界性唯心主义向承认民族国家的决定作用的过渡可以从一个孤独天才的工作中找到踪迹。海因里希·冯·克莱斯特（1777—1811）出身自一个杰出的普鲁士军人家庭，在哲学和文学领域自学成才。他渴望逃脱成为一名士兵的命运，试图以作家和记者的身份谋生。他独自沉湎于康德，但对康德之后的发展一无所知，康德的批判性问题比建设性答案更多地影响了他，他在戏剧和小说中对席勒的成熟作品所依据的道德心理学发起了猛烈抨击。例如，他的悲剧《彭忒西勒亚》（1808）展现了一个完全缺乏温克尔曼所称颂的高贵和冷静的希腊；他的神秘故事《O侯爵夫人》（1808）的女主人公试图用席勒的方式公然藐视世界，依靠自我认知的确定性来生活，不料却发现自我难免有误。克莱斯特的后期作品，比如小说《决斗》（1811）和戏剧《洪堡亲王》（1809—1810），开始提出一条摆脱困境的出路：在遭受了克莱斯特笔下早期人物一样的崩溃之后，洪堡亲王承认一个人的身份取决于他所从属的人类社会，对他来说是萌芽状态的普鲁士，从而恢复了自己的身份。可是，这新的洞察来得太迟，救不了克莱斯特。他无法靠写作谋生，被迫向官方乞求任意一个职位，最后和一个患有不治之症的女人约好一同结束生命。

小宫廷的观念论文学文化在神圣罗马帝国的最后几年里硕果累累，然而，除了克莱斯特，19世纪早期的普鲁士作家难以与其建立任何统一的连续性。不幸的是，“浪漫文学”这个概念既指弗里德里希·施莱格尔、谢林和诺瓦利斯的作品（关联了阐述“艺术”、宗教和国家思想的新主体主义哲学），也指旨在逃避的普鲁士文学（反映了君主制下被压迫的资产阶级状况），它实际上是新兴知识分子在商业化的娱乐文学潮流中的结局。（1770至1840年间，德国人口的成人识字率从15%上升到50%；到1800年左右，世俗文学的新书目数量达到大众神学的四倍，颠覆了一直持续到18世纪中叶的历史性比例关系。）约翰·路德维希·蒂克（1773—1853）是一位发现了古老帝国魅力的柏林人，在耶拿的全盛时期居住在那里，编辑诺瓦利斯的文学遗产，继让·保罗之后成为德国第一批全职作家之一，却并非一个单纯以量取胜的作家。他是一只文学寒鸦，挪用任何在没有欣赏其价值的情况下就可用于出售的时髦东西——例如他的《弗兰茨·施特恩巴尔德的漫游》（1798）在模仿《威廉·迈斯特的学习时代》的同时剥除了使歌德的小说既意义重 73

大又难以接近的对个体身份的分析。恩斯特·特奥多尔·阿马多伊斯·霍夫曼（1776—1822）则是一位更有才华的天才，一位天才音乐家，一位职位很高的法官，也是让·保罗的真正门徒。他夸大了笔下主人公身上现实与幻想的反差，并更加明确地表现了被限制的资产阶级和被德国承认其新文化主张的自由流动的知识分子之间的差异［《雄猫穆尔的生活观》（1820—1822）］。然而，他与蒂克幻想中的噩梦元素依然暗示着资产阶级对号称理性的官僚主义政治秩序有着根深蒂固的敌意［《沙人》（1815）］。约瑟夫·冯·艾兴多夫（1788—1857）在天主教信仰的驱使下切断了与一向被新教盘踞的魏玛和耶拿审美理想主义的联系，从西里西亚的家乡流亡，来到柏林做了一名公务员。他把一种相似的疏离感变成当时仍广泛传诵的悠扬的怀旧诗歌，歌咏歌德式的风景——小山、树林、温暖的夏夜月光。只是在其中，客观距离的魅力取代了歌德强调的永远存在和不断变化的自我。

费希特找到了一种方法，把耶拿的主观性哲学和在民族国家的新观念下定义德国人生活的政治要求相联系，从而使一个统一的德国表现得像是知识分子的必需品。1807至1808年间，他在仍被法军驻守的柏林发表了一系列《告德意志民族书》，宣称既然观念论哲学诞生在德国，它必然在欧洲历史上赋予了德国独一无二的地位，并呼吁德国人认同自己的这一历史使命，认同作为其表现形式的国家。在耶拿，观念金字塔的顶点被艺术占领；而在柏林，则被国家的历史生活占据。对德国历史的新一波狂热席卷了德国知识界，但与狂飙突进年代的历史转折不同，它的动力不是去搜寻专制主义之前的文化资源，而是去寻找可以用来对抗法国占领者的民族性。它比上一代的运动更加强调逃避现实、目的明确，而且主要不是指向16世纪（诸侯联盟帝国还比较强大，资产阶级正在上升），而是指向更早的中世纪（骑士和虔信的神话掩盖了军事和国家的力量，回避对经济现实做出回应）。普鲁士人路德维希·阿希姆·冯·阿尔尼姆（1781—1831）与来自法兰克福的克莱门斯·布伦塔诺（1778—1842）联手（后者是与歌德早年擦出过爱情火花的女子的后代，他的妹妹最后嫁给了阿尔尼姆），像歌德和赫尔德曾做过的那样，收集（主要是西南部的）德国民歌。但是，他们大获成功的诗集《男童的奇异号角》（1806—1808）的怀旧情调泄露了这是一个过去或未来的德国的声音，而非当前的现实。不过，严肃的中世纪文献学研究已经开始兴起；1807年，柏林大学一位未来的德国文学教授翻译了《尼伯龙人之歌》；学者雅各布·格林（1785—1863）和威廉·格林（1786—1859）收集了黑森地区的"童话"故事，并着手编纂第一部德语语言历史词典（这部词典历时一百多年才完成）。正如费希特所设想的，大学成为民族主义政治化形式的焦点，而学生（和没有其他文学价值的大学生诗人）在志愿者中相当抢眼，这些志愿者们是法国革命初期人民军队的历史翻版，身着黑、红、金三色制服，帮忙赶走了1812至1814年间"解放战争"中的侵略者。

不过无论如何，德国的邦国联盟传统仍然具有文化上的重要性。在普鲁士朝着民族国家的官僚模式发展，奥地利把目光转向南方和东方的同时，面积较小的德国领地保留了旧帝国的某些精神：它的世界主义，以及它对文学界和知识界高于地方政治单位的信仰。黑格尔尽管经常被曲解为普鲁士民族主义者，但是从1815年至颁布《卡尔斯巴德决议》的1819年，他在君主立宪政体中看到了似乎预示着德国未来的政治生活模式。在他的成熟时期，他认为当代德国是一个由相互联系的主权国家组成的结构，而不是甚至不可能是一个单一的政体。他对世界历史所怀有的百科全书式的兴趣在当时颇为典型，德国宫廷和大学里也会有类似的求知欲蓬勃生长，这种好奇心不受任何帝国主义设计的影响，一心想了解通过新帝国的扩张而向欧洲开放的更广大的世界。威廉·冯·洪堡和施莱格尔兄弟成为古代印度语言方面的专家，而亚历山大·冯·洪堡在美洲探索多年之后，开始把世界视为一个单一的生物系统（《宇宙》，1845—1862）。一些因改宗天主教而完全摆脱了官方观念论文化的知识分子显示了想要超越初期民族主义的另一种诉求：弗里德里希·施莱格尔在1808年皈依天主教；成功的剧作家扎哈里亚斯·维尔纳（1768—1823）曾被歌德视作席勒在魏玛的候选接任者，也在维也纳作为神父终结了一生。

歌德在这片混水中坚持自己的航道。席勒离世和耶拿之战几乎导致魏玛公国灭亡，对歌德来说也是具有决定性意义的创伤事件。与维尔纳进行实验之后，他采取了反对“浪漫主义”，尤其是反对浪漫主义宗教虔信的公开立场。他复杂又微妙的小说《亲和力》（1809）取材于施莱格尔兄弟职业生涯中的一段插
76 曲，故事围绕不可靠叙述者机制的一个绝佳范例，背景设置在乡间别墅和绿地，它们的象征含义逐步显现。小说表明了浪漫主义态度对四个当代人生活和情感的悲剧性的破坏作用。歌德还发现，与同时代的很多德国人相比，他更容易接受拿破仑的统治。在他看来，拿破仑似乎是神圣罗马帝国皇帝的一个几近合法的

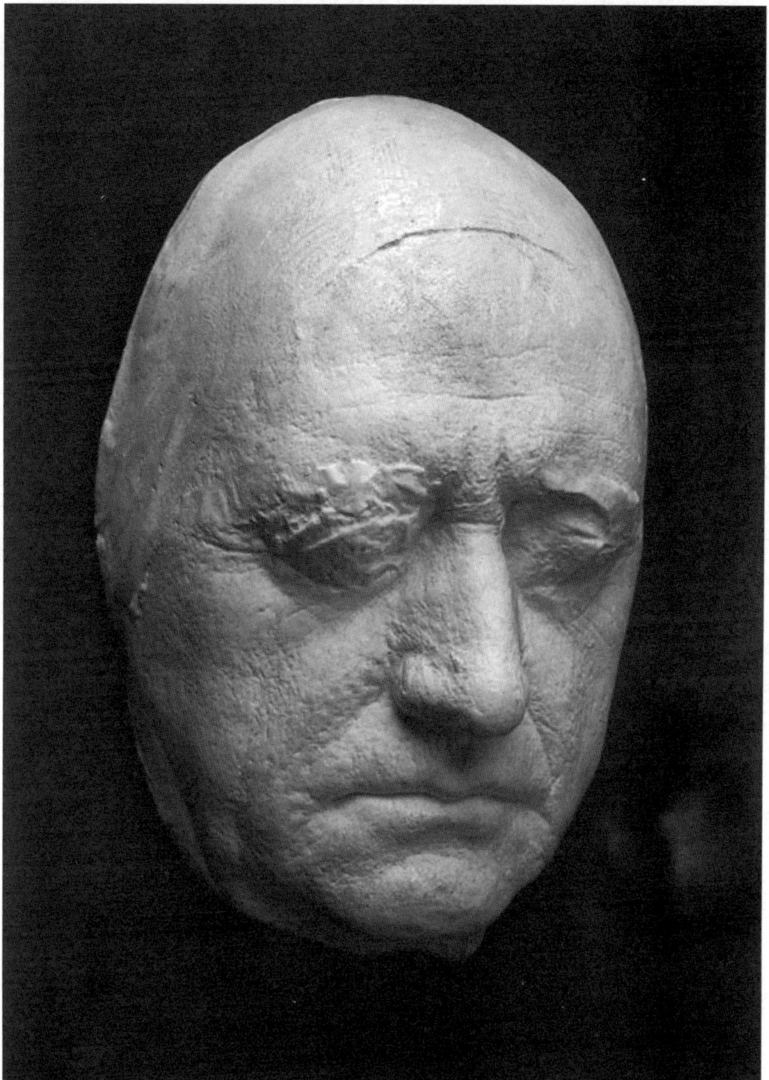

图8　歌德58岁时的面部模型（1807）——这是我们现有的最接近于他的照片的东西

继承人，也是坚定而理性的政府启蒙主义传统的延续者。在拿破仑帝国的后期，他对自己和公众感到十分放心，开始撰写一部全面的自传，这部自传被公认为具有误导性。《自传：诗与真》（1811—1833）中所述的文学生涯大部分属于过去。然而，拿破仑倒台的动荡以及复辟时期的保守和教会氛围再次孤立了他。他在想象中遁入怀疑、非基督教、酒醺和肉欲放松氛围的中世纪伊朗时，新一轮的创作活力爆发。诗集《西东合集》（1819）是他与波斯诗人哈菲兹穿越几个世纪的非凡对话，当时的欣赏者寥寥无几——黑格尔是其中之一，但它预示了持续大半个19世纪的诗歌中的东方化潮流。在生命最后三分之一的时间里，歌德明确地将出版作为自己活动的焦点，并全力推出了全集的三个日渐重要的版本。最后一个版本旨在确保家庭未来的财务状况，他获得了所有德语地区有效版权的首次授予权：德国终于成为一个统一的国家，即使只是在文学领域。但是歌德并没有被民族主义热情撼动，而是对这个民族国家，特别是普鲁士抱持怀疑。他认为自己是为志同道合的人写作，无论他们身在何方。渐渐地，他认为自己是为未来写作，生前没有出版毕生之作《浮士德》的第二部分。《浮士德——第二部》（1832）是歌德在他所
78 经历的时代的最后言辞，充满诗意和象征性地展示了旧制度[①]最后几年的暴政和挫败，观念论伟大时代里堂吉诃德式的文化追求（浮士德与特洛伊的海伦的短暂婚姻象征了这一点），革命和战争中的暴力冲突，以及后拿破仑时代里资本、工业、帝国和毫不掩饰的国家权力的推进。经历这一切的浮士德一路前进，他

① 特指1789年法国大革命前的旧君主专制制度。

宿命的赌局如今几乎象征了现代性的道德矛盾，其破坏性和创造性同等强大。相应地，歌德对浮士德的最终判决也是模棱两可的，徘徊于梅菲斯托做出的毁灭却现实的判罪和天国主人做出的胜利却讽刺的希望表达之间：这对后来重新审视这部戏剧和自身的我们是一个永久的挑战。 79

第四章

物质论时代（1832—1914）

（一）精神和物质（1832—1872）

在1830和1848年两次法国革命之间，德国作家必须在两条不同的战线上战斗，从而界定自己。他们不得不抵制（或接受）他们的统治者为了阻止法国的影响东扩而采取的镇压和审查制度。他们不得不同意（或拒绝）继承因贝多芬、黑格尔和歌德的去世而告一段落的文化硕果累累的伟大时期的遗产。但是在这场战斗中谁是敌人？是压制他们的君主专制和官僚主义吗？可是毕竟前两代人的伟大思想已经融入其中。与之为敌意味着要和已经被专制主义时代排除在政治权力和重要文学活动之外的资产阶级站在一起。还是说，敌人就是资产阶级本身？长期的不参与者，理应被讥讽为“市侩”（这是大学生的俚语，当时的含义通常等同于“对精英艺术无动于衷”）。与之为敌意味着要完全抽离出在法国和英国最能代表经济、技术
80 和政治现代化的阶层。因此，这个时代属于不情不愿的资产阶

级和不满或失败的官员，他们选择接受传统，但要颠覆传统对自己成果的理解。

在哲学方面，与过去的双重矛盾关系非常明显。在德国，继观念论的前辈之后主宰新时代的哲学家是一群物质论者，不同于前辈们的依附，他们要求的是社会自治权。新的思想领袖在国家机构之外贯彻自己的道路。阿图尔·叔本华（1788—1860）依靠其父作为银行家的商业收益过着长期的半退休生活。路德维希·费尔巴哈（1804—1872）的事业大部分受到其妻所有的一家瓷器工厂的支持。卡尔·马克思（1818—1883）的晚年可以依靠从曼彻斯特纺织厂赚取利润的弗里德里希·恩格斯（1820—1895）一家的资助。弗里德里希·尼采（1844—1900）同样获得了原先在英国积累的家族遗产的支持，当他的妹夫在巴拉圭因一次古怪的殖民冒险而破产时，他也没有失去这份遗产。此外，随着人们读写能力的提高，出版业和新闻业蓬勃发展（柏林、莱比锡和斯图加特的书店数量在1831至1855年之间增加了一倍多），这给马克思等人，尤其是激进的宗教作家达维德·弗里德里希·施特劳斯（1808—1874）提供了荷尔德林和克莱斯特无缘得到的成为文学自由职业者的机会。1830至1914年，德国开始拥有特征明显的资产阶级知识分子阶层，足以媲美当时的法国和英国。这一阶层明显属于资产阶级，但阶层成员们并不总是乐意如此。其中的每一个思想家开始都想成为大学教授，后来却偏离方向，或被阻止实现梦想。在柏林，叔本华与黑格尔在授课的直接竞争中失败，松了口气放弃了大学生活，但他从不原谅学院派哲学家（讲坛哲学家）的名望和影响。 81

施特劳斯被解除了在图宾根的教职岗位，因为他于1835年出版了解构性的《耶稣传》。他受聘于苏黎世大学神学院教席的时候，苏黎世爆发了（纸面上的）内战，让他登上了每一所大学的永久黑名单。1842年，布鲁诺·鲍威尔（1809—1882）因为出版了对《新约》的批判作品而失去了在波恩的职位。他的年轻门徒卡尔·马克思也随之不得不放弃自己的学术雄心，转而投入新闻业。费尔巴哈多年来一直期望得到一个哲学教席，但在备受争议的《基督教的本质》于1841年出版并获得爆炸性的成功之后，他不得不承认那是不可能实现的。尼采猛烈抨击19世纪70年代德国文学界的老大哥施特劳斯，却和他一样对学术界嗤之以鼻。尼采作为巴塞尔大学古典学教授出版的第一部作品《悲剧的诞生：源于音乐的灵魂》（1872）促使他决然地疏远了学术界。和当时也被他轻视的叔本华一样，尼采最终从大学退休，陷入领取养老金的孤立境地。

因此，这一代的哲学家并不是简单地拒绝他们所继承的遗产，而是冷漠地将之视为对已经改变了的世界无关紧要的东西。他们的反应略带苦涩，附带着一种好斗的渴望，想要在新的背景下实现旧的目标，有时又是无奈的选择。与其说是拒绝，不如说是对过去有意识的颠覆。主要的大人物们强调让人的思想力量服从于某些先验原则：叔本华的意志、费尔巴哈的知觉、马克思的阶级利益、尼采以这种或那种形式表达的以上三者。这些截然不同的作家的共同之处在于，他们存心推翻从莱布尼茨到黑格尔的德国哲学赋予思想或“理性”的首要地位，他们都把这种反叛表现为对德国古典哲学中一种普遍存在的关系的逆转。对这个原则最精确的表述正好出现在马克思和恩格斯的《德意志意识形态》里，这部手稿创作于1845至1847年间

（1932年出版），但是换作叔本华、费尔巴哈或尼采，也很容易写出同样的话：

> 不是意识决定生活，而是生活决定意识。

然而，既然德国古典哲学认为“意识决定生活”不是真的，那么其接班人的信念，即他们正在颠覆以前的东西，也不是真的。但是逆转的想法让他们都付出了巨大的情感，逆转的言辞在他们的作品中无处不在。像往常一样，反叛表象的背后隐藏的爱和愤怒同样强烈。对逆转的要求实际上是对连续性的要求，但同时也表达了一个愤怒的认知：历史的变化使得单纯的连续性变得不可能。

这些年的文学中存在一种与过去更为微妙的矛盾关系。海因里希·海涅（1797—1856）的诗歌和散文贯彻着一条坚定的信念：他已经经历了“‘歌德审美时代’的终结”，进入了一个产业主义、共产主义和德国革命即将来临的时代。然而，他作为诗人第一次也是最持久的成功是由诗集带来的，它们第一眼看上去像是由歌德和当时的其他著作，尤其是《男童的奇异号角》的抒情和民歌风格提炼而成的（《歌之书》，1827—1839；《新诗集》，1844）。仔细观察后会发现它们充满着讽刺的（和拜伦风格的）、令人惊讶的元素，一个现代人居然可以蠢到被歌颂爱、自然、诗意之美好的理想主义或浪漫主义的观念所吸引：

> 亲爱的朋友，你坠入了爱河，
> 你不愿承认，

我却看到心灵的热焰
已经灼穿你的西装背心。

但是，或许要做现代人（至少在海涅所处的环境），就要做一个傻瓜，并忍受分裂的忠诚。生活并没有因分裂而少一分真实，当然也不会少一分痛苦：

神啊！在玩笑和无意识中
我说出了，我的感受；
我和自己胸中的死神一起
扮演濒死的角斗士。

来自犹太银行家家庭的海涅并不喜欢德国的复辟，在拿破仑解放性的立法被废除后，如果他还想像先前打算的那样成为律师或学者，就必须皈依基督教。1830年的革命吸引了他去往巴黎，他从那里给德国报纸寄送关于法国艺术、文学和政治的报道，同时通过两项不讨好的研究向自己的传统宣战：《论德国宗教和哲学的历史》（1834）和《论浪漫派》（1831—1832）。1835年，日耳曼联邦禁止他和另外一些激进作家的写作，他们被统称为“青年德意志人”。尽管文学收入减少了，但是海涅仍然能依靠一份法国的国家津贴和不时的家庭补贴生活，还能迎娶他的情人，一个没有受过教育的法国女人，他最温暖的诗里有一部分就是写给她的。19世纪40年代，他遇见了同样流亡巴黎的年轻的马克思，并为他的杂志供稿，他的诗歌变成了政治讽刺手段（《德国——一个冬天的童话》，1844）：“关税同盟［……］将给我们‘物质的’统一，精神的统一则由审查办公室提供。”然后他又过渡到历史和犹太主题，采用了更黑暗的色调。

1848年德国“革命”的失败正逢海涅的脊柱结核病发作，在接下来的八年里，他被迫卧床。当他在这个“床垫坟墓”里面对痛苦和死亡时，他对历史的反讽意识变得非常个人化。尽管海涅嘲笑其他的一切，但从不嘲笑他与读者的关系。假如他的读者陷入荒诞——比如试图通过浪漫主义的镜片来看待西装背心和关税同盟的世界，他会确保他们知道他也身陷其中。他凭着记者对公众的尊重写作，他认为自己拥有一群受众的信心说明他脱离了悲惨地受到孤立的知识分子和精英官员的群体，而这个群体却给他和他为之写作的德国提供了文学和哲学传统。

> 我刚从圣诞市场回来。到处可见一群群衣衫褴褛的、快冻僵的孩子，站在用水和面粉、垃圾和金属片制成的稀罕玩意前，瞪大眼睛，面露哀伤。想到对大多数人来说，即便是最可怜的快乐和满足也是高不可攀的财富，我就感到非常痛苦。

对德国的穷人和被排挤者的同情让格奥尔格·毕希纳（1813—1837）愤怒地拒绝了理想主义的传统。他转而看向先前狂飙突进运动的现实主义，看向歌德的早期作品和《浮士德》里格蕾琴的故事，以及看向伦茨的戏剧。然而他的大部分作品直 85
到1875年的全集出版后才为世人所知，其中萦绕着失去整体性和寻找受苦的意义的感受，似乎需要一个宗教答案，尽管没有被系统地阐述出来。1834年，他出版了一本反叛的小册子，口号是“给茅屋和平！给宫殿战争！”。他被告发后不得不于1835年逃往法国，尽管他因过于难以界定而没有被纳入同一年晚些时候对“青年德意志人”的禁令。为了筹集逃跑的资金，他在五周内写下了一个极富创意的剧本。《丹东之死》在主题上诸多得益于歌德的《埃格蒙特》和莎士比亚的《裘力斯·恺撒》，但它开放的形式则蓄意反对了席勒式历史悲剧目标明确的伦理结构，并回顾了伦茨的《士兵们》。（该剧本全文的第一个出版商觉得他必须通过添加副标题的方式来解释它明显缺乏的结构：《法国恐怖统治的场景》。）该剧将背景设置在1794年3月和4月，从革命演讲中逐字摘录，展示了丹东如何因为嗜睡、自满（“他们永远不敢”）、对继续无意义的屠杀感到厌恶、对自己1792年参与九月大屠杀的行为感到内疚而逐渐陷入被逮捕、提审和处决的命运。不过，丹东慢慢意识到对生活的厌倦、对人类行为动机的冷嘲热讽、轻微的自我主义，甚或还有无神论，都是一种姿态，为了爱情他必须努力地活下去——但为时已晚，历史在继续。该剧的语言极度紧张。但反复出现的活埋景象被本质上具有宗教性质的洞见证明是有道理的：没有从存在到自由或虚无的逃避，存在既是受苦也是爱。

毕希纳来自一个医生家庭，流亡期间在苏黎世大学担任解剖学讲师。他放弃了政治，但没有放弃文学。他的短篇故事《伦茨》和《丹东之死》一样援引了真实的材料——1778年和伦茨
86 共处的奥伯林牧师的日记，具有戏剧所缺乏的形式上的完整。这种冷静但又寄予深刻同情的第三人称叙述方式，在德国散文体作品中并无先例，甚至在歌德和克莱斯特的作品中也找不到。

叙述者以一种不带讽刺和技巧的风格表达了伦茨精神错乱的痛苦，但从不介入其中。通过隐喻或对语法的破坏，伦茨意识的发展延续了对行为的冷静的医学记录；内心和外在都可以看见，但两者并不混杂：

> 他可以在自己的内心中感受到一种萌发和骚动，有一股难以抗拒的力量在拖拽他坠入深渊。他现在正在自己身上挖洞。他吃得很少，一半的夜晚在祈祷和狂热的梦境中度过。

在与一位来访学者的交谈中，伦茨表达了他的艺术原则："你必须热爱人类，才能进入每个个体的特殊本质。"这样的爱——一种太深刻、太广泛的理解，无法仅仅与被爱者相联系——展现在毕希纳的《伦茨》和他的戏剧名作《沃伊采克》之中。《沃伊采克》没有完成，并且没有一个明确的版本，但这并不妨事。毕希纳给这部剧设置了一系列短暂、离散、浓墨重彩的场景，其效果是累积的而非连续的。毕希纳再次在档案材料的基础上撰写故事：一名列兵的医疗报告。他罹患精神错乱，在德国获得第一次请求减轻刑事责任的机会之后，因为杀害自己的情妇于1824年被处决。毕希纳的伦茨说，文学的最高目标是重现上帝造物中的一小部分生命，在《沃伊采克》中，毕希纳向以前的所有悲剧作家都未曾注意过的一个人物赋予了生命，使之成为德语文学（或许是所有非滑稽文学）中第一个无产阶级的主人公。沃伊采克看起来像是每个人的受害者，在军事、社会、经济和性的等级体系中，都处于底层；甚至他的身体也在一场搏斗

87 中受到羞辱，在军医对他进行的饮食实验中，他的地位比豚鼠还低。尽管如此，他把自己的人性保留在和玛丽及他们的孩子组成的小家庭中，直到玛丽和军鼓手的通奸夺去了他的人性，他在愤怒中杀死了她。沃伊采克上级（尤其是医生）的尖刻嘲讽、集市上的可怕场景、对上帝用泥土造人的布道的拙劣模仿，以及一个听起来更像贝克特而非狄更斯（他在1837年开始写《雾都孤儿》）式的宇宙无意义的灰暗寓言，似乎累积成无望的虚无主义。但是，这个剧本产生了相反的效果。由于它在结构上聚焦于中心人物，在语境中精确捶炼主人公的言语和暗示，坚持反抗所有贬低和忽视他的阶级，坚持认为他的苦难和玛丽的苦难是值得关注的（也许是唯一值得关注的），所以这是对爱情力量的一种深入人心的表达和辩护。毕希纳在23岁时死于斑疹伤寒，19世纪的德国失去的不仅是一位文学天才，也是一位道德天才。

19世纪三四十年代，德国经济仍以农业为主，在远离巴黎和都市喧嚣的乡村和小城镇，从18世纪延续下来的社会结构几乎没有受到缓慢发展的现代化的影响。但是，人口及识字率的增长和图书市场的发展是未来变化的预兆，最敏锐的心灵可以感受到，正在让他们的文学生活变得更容易的东西也在让他们脱离歌德及其同辈人栖居的世界，而这世界的外部环境仍然几无变化。爱德华·默里克（1804—1875）和荷尔德林一样在图宾根神学院接受教育，像荷尔德林本该成为的那样做了一名施瓦本地区的乡村牧师，尽管当他的怀疑（也许是被他的神学院同学施特劳斯引发的）和荷尔德林一样让他难以承受时，他做了斯图加特一所女子学校的德语文学教师——当荷尔德林需要之

时，无论是这门学科还是这所学校（建立于1818年）都尚未存在。默里克的诗歌，无论是用押韵的德语还是用无韵的古典格 88
律写成的，直到19世纪末在胡戈·沃尔夫的配曲下才广为人知。默里克继歌德、布伦塔诺和艾兴多夫之后创作了精致、冷静和略带幽默的作品。他尽管也喜欢叙事和风俗画场景，但偏爱风景中的自我主题，他的风景通常被认为是德国西南部的风景。默里克的自我像海涅的一样分裂，尽管更加微妙，仍是既和自己也和周围的世界矛盾重重。他的自我不会以象征性的意义穿透风景，甚至缺乏距离或陌生的意义。相反，它自觉地意识到周围的环境，熟悉并喜爱这些环境，尽管它们作为自我的外部边界，是一个不可知或不可表达的内在奥秘的可知入口。诗人沐浴着春光，在山腰打盹，隐约感觉到温暖、光明和朦胧的渴望，唯一清晰的感觉是蜜蜂的嗡嗡声：

我的心，哦，说吧，
你在金色青枝间的微光中
编织怎样的记忆？
难以言说的昔日！

（“金色青枝”援引自歌德的梅菲斯托对浮士德说的话：“生命的黄金树常青。”）

观念论的古典时代所宣称的统一不再存在。在物质论的时代，所有的感官印象都是可知的，并且与心灵分割开来，心灵只是不安和健忘的记忆的场所。

图9 《贫穷的诗人》(1839)。作家卡尔·施皮茨韦格(1808—1885)擅长描绘中产阶级的幽默生活场景。这位也许算不上"浪漫主义者"的诗人正在比照身边墙上刻的模板仔细检查他写的六步格诗,但睡帽泄露了他的资产阶级特征

类似的意象和诗歌素材的内部分离依然被安内特·冯·德
89 罗斯特-许尔斯霍夫(1797—1848)沿用,她的作品因而具有鲜明的特征。作为历史悠久的威斯特法伦贵族家庭的一员,她似乎应该和默里克一样在社会属性上属于旧制度。但是,出于不同的原因,她和默里克不同,她不再适合18世纪作家的模式:她是一名天主教徒,也是一个女人,是现代德语文学中第一位伟大的女诗人。与默里克似乎是被动地接受经验的奥秘不同,她力争控制记忆、痛苦和负罪感,却对胜利没有把握。对她来说,古老的过去可能隐藏着不可名状的威胁。熟悉的意象呈现出全新

的内涵：山谷中遥远的号角声唤起了失去的青春的勇气，月出之前的阴暗群山像是一个罪恶的审判圈。歌德和席勒诗歌中最著名的一些主题——普罗米修斯、湖、投入海浪的生命之杯——在 90
她晚期的一首诗中被重新阐释为道德惩罚的象征。在一首异乎寻常地（无疑是无意识地）与布莱克异曲同工的诗中，她准确地基于植物学的事实发问道，她是否必须被摧毁，以便让她的诗保留对她所继承的传统的这一纠正，就像蓟花被五倍子虫的幼虫侵噬，而这虫据说能被用作药材：

> 我常常听见你的小小蠕虫轻声低语，
> 它也许正在你的膝头徘徊，治愈你，
> 哎，那么我是否应该成为那朵玫瑰
> 为了治愈他人而被啃咬？

浪漫主义的主题——二重身、恶魔的暗示、一种与罪行和报应相关的树——贯穿了德罗斯特-许尔斯霍夫最著名的叙事散文《犹太人山毛榉》（1842，这不是她自己起的标题）。但它们没有指向某些其他层面的存在，而是指向一个故事的道德意义。在这个故事中，四个部分无法解释的暴力死亡事件被证明是由于忽视谦卑、诚实、慈善和天主教的宗教实践之类的基本原则而导致的。犹太人团体受到基督教徒邻居冷酷的轻蔑对待，却表现得像是基督教道德基本法的守护者，但它仍然神秘而难以理解。甚至主要人物的身份也是断裂和不确定的。德罗斯特-许尔斯霍夫的生活中心就像默里克的一样，位于任何一个她可以用她继承的文学资源来描述的世界之外，最终有赖于一种后路 91

德宗神学，它将个人身份与一个她不效忠的全能国家相提并论。

女性对男性目的的屈从，或许是无意间成为弗里德里希·黑贝尔（1813—1863）的诗歌和戏剧的主题和象征。他是审美观念论的最后代表之一，试图为新的社会和物质决定论思想发声。他早年在一个情妇的支持下努力写作以摆脱贫困，却对她始乱终弃，然后又依靠他妻子（维也纳最重要的女演员之一）的帮助。《玛利亚·马格达莱纳》（1844）是黑贝尔唯一一部以当代环境为背景的戏剧，描绘了德国小城镇的转型，在那里识字率正在上升，城市化的进程开始了，可是民风的改变还不够快，没能阻止一个未婚母亲因为害怕丑闻而自杀。“我不再理解这个世界”，这是剧本最后一行她对天父的忏悔，该剧启发了后来风行的社会剧，在德国许多剧院大获成功。黑贝尔在巴黎遇见了海涅和德国共产党人，但是政治上他倾向于黑格尔的君主立宪制。1848年的危机之后，他对变化中的世界的反思显然系统地延续了黑格尔带有神学色彩的历史哲学，但女性依然是受害者。在《阿格尼丝·贝尔瑙尔》（1852）中，一个女人自己本身没有过错，却变成开战的导火索，为了人民更大的利益而牺牲。《阿格尼丝·贝尔瑙尔》向喜欢做革命抗争演讲的1848年的激进分子，以及对国家理性持矛盾态度的保守派发出了同等呼吁。然而，国家理性才拥有决定权，尽管政治家们流下了鳄鱼的眼泪：黑贝尔再次捕捉到一个时代的情绪，这是工业化经济繁荣期，此时无论是政治上还是经济上的无耻都被提升为道德原则。“只有一件事是必须的，”他有一次写信给他的情妇说，“世界应该存在，至
92 于个人在其中如何行动，是无关紧要的。”

在生命的最后几年，盛名卓著的黑贝尔遇见了正在老去的

叔本华，在残酷的决定论和对普遍痛苦的愤怒中发现了一种契合自己长期以来的信念的哲学。黑贝尔并不孤单。19世纪50年代，在被忽视了几十年之后，叔本华开始在德国知识分子群体中复兴，同时黑格尔主义式微，或转变为马克思主义。叔本华反对将历史和社会理论化，此举吸引了因德国最长久的自由经济扩张而兴起的个人主义。尽管如此，他相信艺术——除了毁灭之外——是被残酷的因果逻辑完全奴役的物质世界里唯一可能的救赎，这个信念也安慰了那些对自己或他人的致富过程持保留态度，却不想放弃财富的人。

不过，并不是每个人都想要得到安慰，或者像黑贝尔那样被束缚在不甚富裕的更早时代的哲学和美学中。从1848年到德意志第二帝国宣告成立的1871年，德国资产阶级最终摆脱了德国官僚的阴影，满怀名利之心，抛弃了传统文化。1855年，路德维希·毕希纳（1824—1899）发表了一篇非常成功的对新科学的总结文章《力与物质》，把观念论哲学整个贬斥为浮夸的胡闹。他编辑了哥哥格奥尔格的文学遗产，却没有一丝兄长的神学和伦理学上的精妙或文学上的敏感。毕希纳堪称他那个时代的理查德·道金斯[①]，他断言物质是永恒的，生命从无机的粒子中发展，人类由低等动物演化而来，以及上帝或不朽的一切都是没有科学依据的。一百年的文学和哲学都建立在极其痛苦的妥协之上，这样的日子一去不复返了。诚然，《力与物质》剥夺了毕希纳在图宾根的教席，但作为医生和多产的记者，他有钱享受独立。1859年《物种起源》出版后，毕希纳成为达尔文思想的热心宣传 93

① 英国著名演化生物学家、动物行为学家和科普作家，英国皇家科学院院士，牛津大学教授，是当今仍在世的最著名、最直言不讳的无神论者和演化论拥护者之一。

者。人们认为这些思想验证了自由市场的原则，并且是它们的一个表达。商业上最成功的德国诗人之一威廉·布施（1832—1908）的作品也以自己的方式宣传了达尔文主义。天才的自由艺术家兼绘图师布施采用了海因里希·霍夫曼《蓬头彼得》（1846）的样式，在早期的一系列连环漫画（例如《马克斯和莫里茨》，1865）中把文字简省的诗行和杀伤性的警言式对句结合起来。布施对自命不凡的诗人、伪善的宗教信徒和顽劣不堪的小男孩极尽嘲讽，在一个不道德的世界里只有适者生存，这些都成为德国民族记忆的一部分。

新知识分子自由的经济基础是1855年另一个重大出版成果的主题：古斯塔夫·弗赖塔格（1816—1895）的《借方和贷方》直到本世纪末依然是畅销的德语小说。故事发生在弗赖塔格的家乡，普鲁士工业的发源地之一西里西亚。故事追踪了两个中学同学的生活，他们都是资产阶级成员，都与贵族有冲突，都想要成功立业，一个诚实、正直、努力工作，另一个是犹太人，为人狡诈，向他人放高利贷。反犹主义——本书是德语文学中第一个明显非宗教性的例子——是经济和社会革命的结果，它使得本书得以面世。当德国的犹太人从聚集地走出来时，他们遇到的最顽固的障碍仍然是受到法律或实践的阻挠，不能被国家（包括作为德国传统文化中心机构的大学）雇佣。因此，他们的集体心理代表了一种纯粹的力量组合形式——金钱、商业和自由放任主义，以挑战德国政治和文化生活中官僚的主导地位。在19世纪的巨大动荡中，对犹太人的敌意表达了德国资产阶级对自身的恐惧，它害怕资产阶级的力量会毁灭三百多年来给予它（从属）身份的专制和官僚国家。因为这种敌对行为本质上

大娘从屋里走出。
“哎！，”她说，“多好的一只动物！”

话刚说出口，
啪！它已咬住她的手指头。

图10　威廉·布施《汉斯·胡克拜恩》(1867) 中的场景，这本书讲述了一只恶毒的乌鸦的故事

是一种非理性的自我仇恨（《借方和贷方》的两个主要人物拥有相同的背景），小说从一开始就表现出怪诞和噩梦的氛围，尽管就1855年来说，真正的噩梦还在遥远的未来。

如果说“犹太人”的形象代表着德国官员的敌人德国资产阶级，那么在这个国家建设的新时期，出现了一个对两者一视同仁的新概念，这个新概念同时站在它们的对立面：“受教育的市民”——新德国的市民，他（而非她）不是基于经济角色被定义为中产阶级，而是基于他的教育或文化。1867年，在把奥地利最终从德国的政治定义中排除出去的七星期战争[①]结束一年后，这个文化国家得到了法律上的承认，保障当代作家生活的版权在涉及十几位德国“经典”作家（以歌德为首）时消失了，因为人们认为他们的作品非常重要，所有的出版商都应该免费出版它们。尽管歌德的私人文件仍未公开，但是这一举措为大学开辟了一片广阔的新天地。随着独立写作成为有利可图的商业行为，官僚机构退到了民族文学编辑和文献学研究的领域。1872年，在俾斯麦通过对法国的战争统一德国各城邦后，它们别无选择，只能加入他的新帝国。先前批评俾斯麦的大卫·弗里德里希·施特劳斯如今成了他的热心拥趸。施特劳斯提出，培养“我们伟大的诗人”（莱辛、歌德和席勒）和“我们伟大的音乐家”（海顿、莫扎特和贝多芬）对新德国的价值远远超过维护既陈旧又难以令人相信的基督教。在《旧信仰与新信仰》一书中，他认为自己的研究已经摧毁了基督教的历史基础，其哲学主张已被现代科学，特别是天文学和达尔文生物学驳倒。剩下

① 即1866年的普奥战争。

96

的精神需求可以从“艺术”中得到满足。施特劳斯毫不留情地说出了在新统一的德国，资产阶级和国家之间的协议的真相：随着君主们的退位，如今民族“文化”取代了地方性的路德宗的位置。

如果说有哪一位当代艺术家如施特劳斯所理解的那样体现了现代德国文化，那就非理查德·瓦格纳（1813—1883）莫属了，他的歌剧（更甚于黑贝尔的戏剧）真正接替了席勒的戏剧，并且真正实现了18世纪德国对民族戏剧的梦想。瓦格纳本人也把他的作品视为德国文学、哲学和音乐的最佳结合，他个人的职业生涯中汇聚了很多被俾斯麦融入一个国家的矛盾要素。瓦格纳在二十多岁时与青年德意志运动关系密切。1839至1842年在巴黎不愉快的学徒岁月里，他结识了海涅和俄国无政府主义者巴枯宁，了解到马克思和蒲鲁东的社会主义思想，以及费尔巴哈对宗教激进的世俗化。19世纪40年代在德累斯顿歌剧院任乐队指挥期间，他写下了革命的报刊文章，在1849年积极参加了最后失败的德累斯顿地方起义。由于害怕德国警方和债主，接下来的16年里瓦格纳一直在瑞士流亡，他放弃了政治，甚至有段时间放弃了作曲，转向了文字写作。在借鉴了从温克尔曼到浪漫主义的德国前辈们（他们把希腊艺术之完美视为希腊社会之完美的表达，把现代艺术当作教育和改变现代社会的手段）之后，瓦格纳详细阐述了一套理论，主张歌剧继承了希腊古典悲剧，是社会革命的真实工具。1853年他发表了用拟古头韵写就的四部曲歌剧《尼伯龙人的指环》，比起德国的素材他采用了更多古代北欧的素材，展现了一个高度变异的黑格尔主义者眼中的社会发展：先是从自然的状态堕落到权力和财产制度，然后经过个人主义和与爱相反的力量的膨胀（这也越来越多地引发了源于自身的矛盾冲突），直到在世界革命的大火中一切被重塑。然而，瓦格纳对这个庞大事业总谱的谱写在1854年中断了，他发现了叔本华哲学，它论证了“艺术”相对社会拥有形而上的优先权，而音乐又优先于其他任何艺术，这促使他完全走出了政治激进主义。因此他转而创作了《特里斯坦和伊索尔德》（1860年完成），该剧表现了个人是转瞬即逝的，忍受着无休止的渴望。然后瓦格纳又转向一部关于歌剧的歌剧，或至少是关于文字和音乐的歌剧的创作：《纽伦堡的工匠歌手》（1861—1867）。汉斯·萨克斯在剧中被表现为一位叔本华式的哲学家兼艺术家（其实就是瓦格纳本人？），通过他智慧的指引，一对情人瓦尔特·冯·施托尔青和埃娃·波格纳走到了一起。他以此让初时傲慢的瓦尔特所代表的贵族和纽伦堡固执的资产阶级工匠艺术家取得和解，瓦尔特后来还被吸收进入工匠艺术家协会。在最后部分，所有的列席者都可以加入萨克斯的终场颂歌，赞扬“神圣的德国艺术”（大约指的是歌剧），它被认为是比德意志帝国更加坚韧的民族团结的纽带。就在瓦尔特与纽伦堡市民联合的同时，俾斯麦也在19世纪60年代摒弃了1848年的议会制，努力促进独裁的和等级制的国家结构与新富起来的中产阶级的联合。1864年瓦格纳的个人生活发生了童话般的转变，时年19岁的巴伐利亚国王路德维希二世宣布他打算消除瓦格纳的一切日常烦扰，让他能够专注于作曲。此举让这位依靠自己的努力成功，也差点被自己毁灭的艺术家成了国家机构的一部分。

《尼伯龙人的指环》完成了（结尾部分变调成叔本华的普遍悲观主义），然而瓦格纳最后的18年古怪而落伍，重复了歌德在

图11 19世纪70年代路德维希二世在建中的瓦格纳梦幻世界——新天鹅石堡

98 革命前时代在魏玛作为二流君主宠臣的日子。不过，这只是再现了施特劳斯同样怪异地分配给18世纪晚期以农业为主的专制主义德国和奥地利的文学和音乐文化的角色：为一个太过现代而不能接受宗教的19世纪工业化、城市化的大众社会提供精神养分。这种文学和音乐诞生的环境与它们当前应该服务的目的之间的不协调，例如瓦格纳表面上的中世纪主题（吸引了路德维希国王）与他的音乐的超现代性之间的不协调，可以通过给这些作品冠以“古典”、“永恒”或“神圣”的“艺术”之名来掩盖。这类艺术又可以反过来掩盖消费它的“受教育的市民”身上不协调的杂合性，新国家的中产阶级只能通过“文化”统一起来。在路德维希的赞助下，瓦格纳建造了一座神圣的德国艺术殿堂——位于拜罗伊特的歌剧院，歌剧院的首场演出是1876年《尼伯龙人的指环》的首次全本演出。为了给神殿“献祭”（他的原话），瓦格纳写下了他的最后一部歌剧《帕西法尔》（1882）。基督教的象征和仪式原本的作用被明确宣布为过时，《帕西法尔》转而服务于叔本华的伦理学。施特劳斯最爱的作曲家是海顿，他认为叔本华“不健康”，可是他为现代德国设想的新的信仰计划却由《帕西法尔》实现了。

（二）“权力保护内心”（1872—1914）

“要说德国‘教化’和文化的成功，只是在混淆概念，”尼采在普法战争和俾斯麦帝国宣告成立后的民族主义狂热高峰时期写道，“混淆是基于在德国纯粹的文化观念已经丧失这一事实。”在军事胜利中他更多地看到了“德国精神为了有利于德意志帝国而失败，甚至是灭绝”的可能性。对尼采来说，“文化”要求的

是“一个民族生活中所有表现的艺术风格的统一”，他认为德国
文化不和谐得令人绝望，虽然他不承认这种不和谐是源于强行 100
把商业上成功的文学和新兴资产阶级的物质论哲学与旧官僚
的精英主义和理想主义遗产相结合。尼采最尖刻（即便不是最
后）地表达了德国文化官员们的仇恨，他们正在被资本崛起的
力量所欺骗（“仇恨”这个词是他后来为定义历史的失败者对征
服者的情感复仇而创造的术语）。《反基督者》（1888，1895年出
版）是他陷入无法治愈的疯狂之前所写的最后几部作品之一，在
其设想的理想社会中，统治阶级是知识分子，“精神之人”甚至凌
驾于国王和军队之上。尼采无与伦比的破坏和自我破坏的批评
力量指向一切力图调和引导德国取得新成就的原则（决定论科
学、大规模生产、竞争性的经济个人主义）与作为旧德国文化基
石的世俗化神学的尝试。有时他以新的名义批评旧的——开明
的理性主义、人道主义，尤其是更为公开的宗教残余。有时他又
从旧的（现已被剥夺名号的）精英立场出发，批评新的——平等
主义、社会主义、女权主义和反犹主义。将思想从一切真实的社
会客体或背景中分离出来，是他写作的目的，也是他孤独、流浪
的生活方式的目的。对于每一个看上去可能体现了自己所代表
的思想的当代人，他往往采用重新定义自我的暴力方式与其拉
开距离：施特劳斯之所以被尼采敌视是因为他比尼采更有效地
批判了宗教；叔本华的形而上学是《悲剧的诞生》的基础；瓦格
纳的音乐剧在此书中被奉为现代文化的顶峰，后又因为剧中的
伦理观里暗藏的基督教因素而遭他唾弃。尼采没有能力规划一
本书，甚至是一篇散文长度的论证。他的一部巨著，《圣经》的仿
作《查拉图斯特拉如是说》（1883—1885），与同时代人的作品存 101

在同样的毛病：风格的不真实性。但是在格言集和短小的反思集［最好的应该是《人性的，太人性的》（1878—1880）和《善恶的彼岸》（1886）］中，尼采可以不受任何连贯性要求的束缚，大放光彩，因此成为20世纪最具多样性和颠覆性的、成果丰硕的思想家之一：

“为知识而知识”——这是道德设下的最后一个陷阱：人们由此再一次完全被道德缠身。

“我做了这事，”我的记忆说。“我不可能这么做”——我的骄傲说，并顽固地坚持。终于——记忆让步。

与怪物战斗的人应该留心自己不要变成怪物。如果你长时间看进深渊，深渊也会看进你。

1885年，帝国赢得了它最伟大的胜利之一，尼采曾向其宣告过知识分子的战争。歌德孙辈的最后一人去世后，他的遗作向公众开放，魏玛再一次成为歌德和席勒之城。以魏玛为中心的歌德学会迅速影响了德国和全世界。诗人的住房变成博物馆，他们的文献被转移到专门建立的档案馆中，教授及其助手们立即开始编辑歌德全集的历史评注版，最终达到150卷本，直到1919年才完工。一边是歌德及同期的“古典主义者们”的作品，另一边是编辑这一切的学术官僚体系的成果，两者成为德国民族文学的双重支柱，成为“受教育的市民阶层”和把这个奇怪阶层团结起来的新政治国家的共同财富和种族图腾。它们彼此赞扬、诅咒或相互对抗，在所有后来的德国形态中保持这样的状态直到今天。即使制度化进程已经开始，尼采仍然

102

图12　尼采（右）和他的朋友保罗·雷，他们在争夺露·安德烈亚斯–莎乐美（左，持鞭者）的芳心，后来她与西格蒙德·弗洛伊德和诗人里尔克都有交往。这张照片是尼采在1882年组织拍摄的，他题名为《圣三一》

指出了它所依据的错误前提：根据1867年的定义，“古典主义者”是民族文化的发现者和建造者，但事实上他们是某种文化的寻找者，并且没有找到。然而在1896年，尼采的妹妹把她已经成名却在慢慢走向死亡的哥哥连同他的所有文献搬到魏玛；1953年，这一位“古典作家”的文学遗产最终也被藏入歌德-席勒档案馆。

尼采对俾斯麦帝国杂合文化的反感首先在慕尼黑找到了共鸣，慕尼黑是帝国最大、最犹豫不决的新成员的首府。巴伐利亚国王不仅赞助了瓦格纳，也赞助了一群二流作家和诗人，他们认为自己在一个敌对的时代保持着审美观念论的精神——出身资产阶级的富有的男人们，没有勇气接受适合他们阶级的物质论，反而感谢德国官僚们给他们提供了艺术避难所。他们之中有后来的诺贝尔文学奖得主保罗·海泽（1830—1914），他的一个想法比他的一百多部虚构作品贡献更大。他凭借文集《德国故事宝库》（1871）及其理论思考创造了一种文学概念，它具有必要的多元性，可以同时容纳第二帝国文化生活中的商业派和学术派。“传奇故事”是一个使用了很久的指代散文体短篇故事的术语，对这种体裁的特征已经有了不少思考（比如来自蒂克的）。但是海泽所创造的“传奇故事”是这样一种散文形式：它可以通过刻意封闭内部的结构和象征符号的连贯性，把在欧洲迅速兴起并反映大众读者生活和兴趣的现实主义自由叙事置于德国“艺术”概念的控制之下。如果说18世纪晚期的诗体戏剧是变
104 身成书本的精英文化，那么19世纪晚期的“传奇故事”就是变身成精英文化的书本。其中最在行的作家之一，北德抒情诗人（兼国家官员）特奥多尔·施托姆（1817—1888）把“传奇故事”称

为“戏剧的姐妹”，他在石勒苏益格-荷尔斯泰因的离群索居是他对抗新秩序的独有方式。

第二帝国期间，慕尼黑一直是在美学上对抗从西里西亚延伸到鲁尔的普鲁士商业和工业强大集团的中心。慕尼黑地处南方，信仰天主教，穿越阿尔卑斯山脉可直达地中海国家；另外还享有双重的福分：丧失大部分功能的君主政体乐于为艺术和音乐修堂盖庙，并且去北方碰运气的人腾出了一大堆廉价公寓。这些像磁石一般吸引着作家、画家、无政府主义者和世俗先知们。在慕尼黑，人们可以坚持幻想，歌德时代的诗人和哲学家们所实现的希腊精神与观念论的结合代表了一个真正的德国，它反对经济和政治的力量，但事实上正是这些力量在推动国家的发展。“慕尼黑是世界上唯一没有‘资产阶级’的城市，”斯特凡·格奥尔格（1868—1933）写道，“比柏林低等官员和妓女的大混杂好上千倍。”莱茵省人格奥尔格依靠从资产阶级的父母那里继承的私人财产生活，原本想成为天主教神父，却在诗歌和男性友谊里找到了自己的信仰。在巴黎遇见魏尔伦和马拉美后，他试图赋予他的德语诗歌法语的品质，甚至（通过取消大写字母）模仿法语。格奥尔格频繁地从一个熟人家搬到另一个熟人家，试图培养难以捉摸的特性，但是在19世纪90年代，他在慕尼黑定居了一段时间，人们看到他大步“穿越”咖啡馆的样子好似主教跨越罗马圣彼得大教堂的中庭。他在内部传阅的杂志《艺术之叶》上发表诗歌，杂志用精心挑选的纸张和彩色油墨印刷，配以新艺术风格的装饰图案和书法，以及印度神秘的万字符。他的诗歌含义深奥，用词精致，韵脚绝对完美。《灵魂之年》（1895）——这个标题借用自荷尔 105

德林，他被格奥尔格和尼采奉为德国诗歌的贵族，却被德国轻视——讲述了在四季轮换中，对女人的爱情失败和对男人爱情的“新冒险”。格奥尔格粗暴地终止了默里克和德罗斯特-许尔斯霍夫的妥协。在他的诗中，自我并不是那么不可知，而是经常缺席：他的诗一心一意地关注“你”，这个“你”除了对象征性景物的共同体验之外，没有任何自己的特色，象征性景物又更像是一种色情的梦境。诗歌已成为纯粹的权力意志的载体，无视独立人格或物质世界的反对。世纪之交过后，民族主义愈演愈烈，但唯物主义并没有出现失去控制的迹象，格奥尔格的作品采用了更具有预言性和天启性的语调（《第七环》，1907）。他全力建立了一个门徒圈，门徒们仰望他，视他为“主人”，并将在世界上建立一个精神王国。他现在感觉这个世界的腐败只能通过战争来清洗（《联盟之星》，1914）。

图13 斯特凡·格奥尔格《第七环》(1907) 初版的标题对开页，由梅尔希奥·莱希特 (1865—1937) 设计

如果说在第二帝国，慕尼黑是艺术之都，那么柏林就是现实之都。在迅速膨胀的柏林，德国终于拥有了大都市和现实主义文学的背景和机会，足以媲美19世纪的巴黎、伦敦或圣彼得堡。在特奥多尔·冯塔纳（1810—1889）的现代性中没有任何犹豫不决或不通人情世故的天真，他是一位职业记者兼诗人，在英国和法国居住了一段时间后，定居于柏林，在生命的最后20年写出了14部关于新普鲁士的小说。在19世纪80年代，冯塔纳从历史题材前进到自己时代的生活。他风格成熟后的第一部杰作《混乱与迷惘》（1888）简洁得可以被归为传奇故事，其中囊括了大量平和的主题，情节主要由貌似偶然实则严密的谈话推进，让人联想起当时年轻得多的亨利·詹姆斯的写作方式。如果说它的中心主题——贵族男士博托和下层中产阶级女子莱妮之间注定悲剧的爱情——似乎回到18世纪中期的文学，回到《阴谋与爱情》和狂飙突进，那么这就显示了冯塔纳成就的历史意义。作为决然的亲英派，他再次发掘了早先失败的革命者们的雄心，并且正在实现这个雄心：创造与英国当代社会小说匹敌的德国版本。在莱妮和博托快乐相处的旅馆房间的墙上挂着两幅画，莱妮看不懂上面的英文题字——除此之外她很喜欢这些画，这种能力的欠缺象征着分开这对情人的阶级差异以及维持这一差异的政治压迫，这两幅画标志着抵抗专制的盎格鲁-撒克逊传统：《华盛顿横渡特拉华河》和《在特拉法尔加的最后一小时》。在冯塔纳的小说《燕妮·特赖贝尔夫人》（1893）中，英国和来访者尼尔森先生身上体现出的对特拉法尔加的回忆也表现了德国的内部矛盾，该书致力于凸显“受教育的市民”的两种形式——资产阶级和学者之间的可笑差异。不过，冯塔纳不仅仅是讽刺作家，

107

还是一位具有深刻政治和历史现实感的道德家。他不满足于仅仅批判他所处的社会：他必须借助对它的表现来反思对与错以及人类目标之类的终极问题。1892年，他开始创作一系列小说，达到的某些成就在德语文学中几乎没有先例：表现独立、负责、没有政治压迫的生活，就像人类生活可能成为的那个样子，因为这样的生活属于统治阶级的成员。在《无可挽回》（1892）、《艾菲·布里斯特》（1895）和《施泰希林》（1898）中，冯塔纳完成了18世纪的前辈们无法做到的事。他以文学现实主义的素材来描绘一个独立的阶层：普鲁士的地主贵族。为了他们，俾斯麦建立了他的帝国，并指控是他们抑制了德国资产阶级的政治野心。但是，冯塔纳笔下的角色们不得不面对意义和良知、行为和后果的质问，以及时间的流逝。这些超越了他们所处的历史环境，而且他们明白这一点。《艾菲·布里斯特》尤其以紧张的心理和象征结构见长。它不仅讲述了年长的丈夫雄心勃勃地攀上俾斯麦一个部门的晋升阶梯，活泼的女主角在与他无爱的婚姻中陷入通奸，而且表明了几年后通奸事件被意外发现的后果。艾菲的丈夫冯·殷士台顿受自己所属阶层荣誉准则的驱使，在决斗中杀死了他的情敌，并与妻子离婚，迫使她与唯一的女儿分离，由此摧毁了四条生命，包括他自己的。为什么要这么做？他不知道，我们也不知道。他有残忍的倾向吗？他是否正好缺少故事的讲述者或艾菲忠实的天主教女仆，甚至是她的狗所拥有的人类的同情心？还是说，他是自己无法掌控的命运的受害者，它像社会存在一样无法避免，但也像看似偶然一样随意——我们正好生活在某一个时代而不是别的时代？“你**是**对的！”殷士台顿所信赖的朋友说，“世界就是这样，事情不会像我们期待的那样发生，而是以**他人**期待的方式发生……我们对荣誉的崇拜是偶像崇拜，但是只要人们还相信这偶像，我们就必须服从。”因为冯·殷士台顿属于有权力的阶层，他和其他角色们认为不得不服从的强制力在我们看来，其形式可能会随着权力的再分配而改变，但它本身不会被铲除。他们不会沉溺于对它的服从，他们的人性价值依赖于履行义务的精神，这些义务是易逝却不可避免的时间和地点强加给他们的。因此他们似乎是叙述者机智而低调的同情和讽刺的合适对象。冯塔纳对他三部最伟大的小说所描写的阶层谙熟于胸，但他本人并不属于它。因此他的现实主义总是暗示了不同于他的主人公的另一个角度，暗示了历史的确定性：总有一天这场有名无实的盛会将消失，另一座圣殿里的另一个偶像将要求我们臣服。“我们的古老家庭都是这个思想的受害者：‘地球没了它们就不转。’这是相当错误的，”冯塔纳最后一部小说《施泰希林》中的一位深思熟虑者如此说道，“无论看向何方，我们都在一个充满民主态度的世界里。一个新的时代即将降临。”

在新的世纪，老旧的普鲁士家庭连同普鲁士本身确实消失了。柏林年轻一代的作家在技术和工业时代已然无足轻重。文学需要聚焦的不是占有土地的阶级，而是占有金钱的阶级及其从中榨取金钱的阶级，即产业工人新阶级。19世纪八九十年代，由阿诺·霍尔茨（1863—1929）和约翰内斯·施拉夫（1862—1944）领头的自然主义运动在一定程度上是对左拉和易卜生作品的热烈回应，但同样也是对激进的资产阶级现实主义这一德国本土传统的恢复。它在18世纪中期露出苗头，接着出现在毕希纳的作品中（他的《沃伊采克》于1878年首版，标题被错抄

成“Wozzeck”[1])。在这个意义上，自然主义运动与冯塔纳有着
109 近似的目标，后者对它的一些作品做出了积极的评价。为一名职业小说家提供生活保障的财富也在戏剧方面产生了类似的影响，特别是因为德国王室继续维持对剧院的广泛资助。审查制度或许很严格，可是在财富中心柏林这是可以回避的。剧院经理奥托・布拉姆（1856—1912）组建了一家私人（所以是未经审核的）剧院俱乐部，1889年上演的第一部剧易卜生的《群鬼》遭遇禁演，因为剧中讨论了梅毒；第二部剧更加令人震惊：格哈特・豪普特曼（1862—1946）的第一部成熟之作《日出之前》，主题是遗传性酗酒（优生学时代的典型幻想）。西里西亚人豪普特曼最初由他的妻子资助，在柏林开始写作生涯，和海涅一样对现代主义抱有矛盾的态度，并将之引入文学：在一首描绘夜间火车旅行的早期诗歌中，车厢外月光笼罩下的风景引起了他的遐想，但一想到为了他的舒适而去修建铁路的贫穷且愤怒的工人们，他的遐思戛然而止。赋予他灵感的不是理论，而是慷慨的同情心，他很乐意暂时被霍尔茨和施拉夫称为自然主义者，但是不久之后他展露出多样天赋中更主观的一面。

在《日出之前》中被酗酒毁灭的一家人正是俾斯麦德国的一个写照：西里西亚农民凭借矿业资产一夜之间转变成了工业资本家。一位记者闯进他们粗野原始的环境，他满腹当代的物质论和决定论思想，似乎给这家里喜欢读《少年维特的烦恼》的女儿提供了逃离的希望。但是作为一个优秀的达尔文主义者，他因为害怕这个家庭所谓的遗传污点，无法强迫自己与她结婚，

---

① 正确写法是“Woyzeck”。

于是她像维特一样自杀了。意志薄弱的知识分子是为18世纪文学做出重大贡献的疑心重重的神学家的直系后裔，他们是豪普特曼当代背景的作品中反复出现的形象。这类形象体现了豪普特曼的犹豫，他不愿跟随冯塔纳把他的现实主义扩展到作为政治权力中心的阶级身上：如果在所展现的世界中，人们没有自由行动的权利，那么被动地接受必要之事可以被视为对痛苦的恰当回应。 110

这样一个短视的辩护者甚至改头换面出现在豪普特曼的杰作《织工》（1892）中。《织工》是青年歌德、伦茨和毕希纳所开创的风格的一次胜利，剧中有众多情节线索，但没有一个主人公，剧本的生命力来自工人语言的能量（豪普特曼最初用他的家乡方言起草）。它的主题（1844年忍饥挨饿的西里西亚家庭纺织工人为反抗工厂主揭竿而起，遭到军事力量的镇压）导致政府一

图14　埃米尔·奥尔利克（1870—1932）：1897年《织工》演出的海报

再试图禁止该剧上演（新皇帝威廉二世出于嫌恶取消了对布拉姆剧院的赞助）。然而，正如冯塔纳在评论中所说，这是一部带有反革命结论的革命戏剧。在最后一幕，一位老年织工作为戏剧的道德中心人物现身，敦促非暴力行为，并在最后时刻被流弹
111 击毙。冯塔纳坦率地指出了此剧与席勒的相似之处。和小说不同，戏剧在德国仍然与王权制的过去牵扯不清，不能很好地反映新社会中的权力现实。豪普特曼复兴的不仅是伦茨时代的现实主义，还有它的自我贬低、向专制主义的臣服，以及向观念论的最终转变。1896年，他的五幕“童话剧”《沉钟》表明他自己依然是月光下顽强的梦想家。1912年他收获了诺贝尔文学奖。

托马斯·曼（1875—1955）在1933年回顾理查德·瓦格纳的职业生涯时，看到了整个德国中产阶级的典型发展过程——从令人失望的1848年革命到俾斯麦帝国里“受权力保护的内在性”的顺从培养：只要提供保护的、专制的和最终是军事的结构没有受到质疑，艺术和文化的内部世界就可以蓬勃发展。曼为自己考虑的显然不会比为瓦格纳考虑的少。第二帝国的中产阶级中很少有作家像他那么典型：他一人融会了资产阶级和知识分子、柏林和慕尼黑。他的家庭是典型的资产阶级家庭：他出生在直到1871年前都是自由城市的吕贝克，是富裕的谷物商人和生在殖民地巴西的德国女子的孩子。1891年他的父亲去世，他依靠继承的钱和后来的文学收入生活：他从没有，哪怕是间接地依赖国家。然而他所有的作品都或多或少地明显受到无私艺术这一概念的主导，这是18和19世纪官僚意识形态的核心，也是“受教育的市民阶层”两翼之间的桥梁。19世纪90年代初期，曼一家紧跟他哥哥亨利希·曼（1871—1950）的脚步搬到慕尼黑，

托马斯开始成为一个厚脸皮的、玩世不恭的短篇故事作家。他
在新的环境中回顾他成长的世界，刚满22岁的他开始创作第一 112
部大获成功的小说《布登勃洛克一家》。《布登勃洛克一家——
一个家族的覆灭》（1901）是德国对19世纪欧洲描绘资产阶级生
活的现实主义小说传统做出的最伟大或许也是唯一的贡献。它
的伟大和在欧洲的地位，部分源于它是一部特别的德国作品。
它讲述了吕贝克一个商人家庭四代人从1835至1877年的故事，
北德的生活背景随之生动铺展：本土建筑、晚宴聚会、语言习
惯、北海度假、至今仍部分保留的教室练习、1848年公共事件罕
见的短期影响，以及街道照明的出现。结婚、离婚、桃色事件、败
家子、流言蜚语、与商业对手之间的社会摩擦、失败的生意及其
导致的布登勃洛克公司的衰败，以及家族男性的灭绝，都由此蒙
上了特殊的德国色彩。不过，让《布登勃洛克一家》比德国背景
下的高尔斯华绥或阿诺德·贝内特更高明的地方是，它有一个
只有德国人才能提供的结构特征。为家族生意而牺牲的个人生
活的喜剧、悲剧和讽刺剧的背后，存在着对更普遍的原则或命运
的暗示。我们似乎被指向尼采对叔本华的批判和他提出的达尔
文主义退化论的变种，豪普特曼曾在《日出之前》里粗略地借用
过后者。在尼采看来（至少有时候），让叔本华部分逃离可怕的
生存斗争的知识分子兼艺术家的洞察力本身就是斗争失败的征
兆。随着布登勃洛克家族的衰落，伦理的疑虑、哲学的困惑和艺
术的敏感赢得了比求生意志更重要的意义。然而这些对故事的
哲学意义或下层结构的暗示产生了双重效果。它们确实开放了
应该如何阅读本书的一种可能性：本书显示了人类的生活是无
可避免地被决定好的，并且最终是没有意义的。但是通过质问

113 书中角色生活的永恒价值或永恒无价值，它们使得这些生活轨迹不再仅仅是被金钱或社会守旧力量扭曲的人性可悲或可笑的范例：人物及其对自由和意义的追求，即便虚弱无力或注定失败，都获得了意义——或许可以称之为宗教意义，他们所处的环境还没有能力将之表达出来。通过将欧洲资产阶级的小说现实主义与德国官僚传统的哲学内省如此结合起来，托马斯·曼为第二帝国建造了最伟大的文学丰碑。为此要付出一点代价。《布登勃洛克一家》描写的是一个没有普鲁士也没有大学的德国。曼的早期叙事（不同于冯塔纳几乎在同时写就的最后几部作品）向我们展现了没有国家的社会，显示了道德和个人判断的社会和经济源头，但没有指出支撑着小说，尤其是短篇小说的“艺术”和“精神”、“生命”和“意志”的观念的源头。

“生活”和“艺术”、“资产阶级”和“艺术家”之间假定的对立是曼职业生涯下一阶段故事创作的中心，其中特别突出的有《特里斯坦》、《托尼奥·克鲁格尔》（1903）和《魂断威尼斯》（1912）。就“资产阶级”和“艺术家”同属“受教育的市民”而言，两者的对立是不真实的，但是它可以表现为不同的形而上学原则之间真实且深刻的对立，因为曼的写作没有塑造一种把德国社会的异质元素统一起来为新的德国国家服务的“保护性的”统治力量。相反，在这些早期叙事中统一的原则是曼的写作本身。托尼奥·克鲁格尔虽然在慕尼黑成为一名“艺术家”，仍然眷恋着他离开的北德“资产阶级”世界，即使这世界对他充满冷漠和怀疑。“你是迷失了道路的资产阶级者。”一位朋友告诉他。他回答：“如果有什么东西能够把一个写手（即为金钱写作的人）改造成诗人（即为献身艺术写作的人），那就是我这种资

产阶级的爱，对人类的、有生命的和平凡之物的爱。”《布登勃洛
克一家》是曼从对资产阶级世界充满爱意的表现中创造出的可 114
以被德国的高雅文化传统认定为“艺术”和“诗”的作品，在此之前，资产阶级世界是被排除在外的。只是，他渐渐意识到，还有必要说明高雅文化有赖于与政治权威的合作。随着全球经济的欧洲中心即将面临危机，大众渐渐明白，德国的未来将更多地由政治和军事力量，而不是资产阶级的礼节和平庸决定。曼的中短篇小说里最突出的是他对危机的文学反应，绝大部分非常巧妙，但标志着开始在政治背景下表现德国文化的意愿。“世界上艺术的王国在扩张，健康和纯洁的领土在缩小。”托尼奥·克鲁格尔说。在《魂断威尼斯》里，艺术在各个方面取代了生活。颇负盛名的成熟作家古斯塔夫·冯·阿森巴赫在霍乱肆虐的威尼斯对同住一家旅馆的波兰贵族家庭年少的儿子产生了同性间的痴迷，受其诱惑逗留太久，也被疾病击倒。这看起来像是另一个艺术爱上生活的故事，艺术被动地与生活分离，却对它效忠。但是冯·阿森巴赫的贵族头衔表明他不是克鲁格尔：他是长期服务于普鲁士国家的臣仆的后代。他把自我克制的职业生涯奉献给了艺术，而艺术并非是用来娱乐“资产阶级大众”的“活泼的、智力要求不高的具体描写”，而是如我们被告知的那样，是哲学的、道德主义的、古典化的和高度形式化的。阿森巴赫所臣服的爱并非吸引了托尼奥·克鲁格尔的健康的纯真和无瑕的性爱（与头脑无关），而是已经审美化了的、博学的和明显不“寻常”的爱。阿森巴赫在他的思想中用古典神话和尼采哲学的语言来表达它，但它的真名是死亡——故事中死亡以瘟疫的形式开始渗透威尼斯的运河和广场，预示一切文明秩序的崩

塌。1912年，欧洲的死神也正在为即将来临的灾难调兵遣将，其
115 中就有普鲁士的士兵和官僚，他们的民族精神也是阿森巴赫的。以完全感性的，但总是富含象征意义的叙述方式对阿森巴赫展开的讽刺——与那种据说使故事的主人公出名的技巧截然不同——显示出曼可以在文学中表达对德国现实更微妙的理解，远超过我们在他1914年后畅谈祖国动机的那些好战散文中的发现。

山雨欲来风满楼。到20世纪初，有先见之明的作家们可以感觉到国家、集体和个人的身份受到全球工业大众社会发展的威胁。亨利希·曼早在他兄弟之前就认识到民族保护主义只会引向战争，不能代替国际主义，并在自己的小说中讽刺了《布登勃洛克一家》几乎未涉及的德国的国家支柱：《垃圾教授》（1905）里的学院文化和《臣仆》（1914）里的君主制意识形态。在弗兰克·魏德金德（1864—1918）的戏剧中，个人身份被转化为社会角色和性欲之间的交界，魏德金德是一个不稳定的人物，既没有确定的民族根源（他是一个美国公民，“弗兰克”是“本杰明·富兰克林”的简称），也没有稳固的社会地位（在挥霍完一份遗产后，他在慕尼黑为“美极汤料”工作，后又成为小酒店歌舞表演艺术家，直到借助体面的婚姻才能够靠写作生活）。《春之觉醒》（1891）于1906年首次在柏林的布拉姆剧院上演，由马克斯·赖因哈特执导，但由于其中的鞭打、性交、同性接吻和手淫比赛的场景而未能完整演出，直到20世纪60年代才被解禁。该剧断片化的写作风格很大程度上受益于毕希纳。融合了自然主义、讽刺漫画和略显过激的浪漫主义的遣词造句产生了重大影响。在怪诞木偶组成的成人世界和性欲的萌芽被成

人惩罚、压制或否定的不成熟的青少年之间，不存在成熟或全面 116
的人格。性欲毕竟先于人格，因此也非常接近破坏它的暴力行为。戏剧两部曲《露露》（1895、1904）为阿尔班·贝尔格[1]的第二部歌剧（第一部是《沃伊采克》）提供了标题和素材，主人公露露与其说是受性欲驱使的人，不如说就是性的化身，最终她成为由魏德金德亲自扮演的开膛手杰克的受害者。正如某些军事对峙（如1911年的摩洛哥危机）所显示的，保护了内在世界40年之久的暴力力量正在摆脱束缚。暴力在年轻一代作家的作品中扮演了重要角色，他们在1910年前后创办了很多期刊，如《行动》和《风暴》。在事故中英年早逝的格奥尔格·海姆（1887—1912）写了一首关于森林中一名死亡士兵脸上的蛆虫的诗，这看起来像一个预告片；可是经分解回归大自然的身体，作为柏林医生戈特弗里德·本恩（1886—1956）出版的第一本诗集《停尸房》（1912）的主题，只不过是专业人士日常工作的材料。本恩无法相信个人人格，更不用说人格之间的关系，这在他把与犹太女诗人埃尔泽·拉斯克-许勒（1869—1945）的桃色故事描绘为“黑暗、甜蜜的手淫”时就显示出来了。拉斯克-许勒本人则以不同的基调创作了这一时期最好的几首诗歌。她的诗歌往往有着或温和或古怪的韵律，借用了有限的意象（首饰、星星、花朵、原色、她的犹太传统）来探索对他人、世界和上帝的爱。她也能感觉到尼采式世界末日的接近，但是在她的诗歌《世界的尽头》中看不到任何野蛮或愤世嫉俗的激昂：

① 奥地利作曲家，是与勋伯格、韦伯恩齐名的新维也纳乐派代表人物。

世界上有人在哭，
似乎亲爱的上帝已经死去，[……]
117 哎！我们想要彼此深吻——
有个渴望在撞击世界，
我们必会因此葬身。

一种相似的感觉——即便深陷第二帝国的矛盾和荒诞，人道主义和富有同情心的生活仍然可能存在——贯穿了这一时期最精致的幽默诗歌：克里斯蒂安·摩根斯特恩（1871—1914）的“谵妄之诗”。他的《绞刑架之歌》（1905年及其后的选集）除了标题外并无多少可怕的地方，其中的主要角色是过分敏感的帕尔姆斯特伦教授及其朋友冯·科夫，后者对官僚主义的恐慌缺少切实的体验。在大致位于爱德华·利尔[1]和希思·鲁滨逊[2]之间某处的领域，他们遇见了“月亮羊”和“鼻行动物”（用许多鼻子来四处行走），并通过阅读后天的报纸或发明可按需倒退的手表来放松。他们模仿中学校长的德语，已死去的隐喻回到有形的生活，帕尔姆斯特伦在“嗅觉风琴”上演奏科夫的《嚏根草奏鸣曲》（装饰以各种抽象的花音），小男人巧妙而愉快地避开了受官僚和知识分子管理的现实的限制：

一头黑驴
跟它那口子说：

① 爱德华·利尔（1812—1888），英国著名的打油诗人、漫画家、风景画家，代表作为《荒诞书》。

② 希思·鲁滨逊（1872—1944），英国漫画家、作家、舞台设计师。

“我蠢,你也蠢,
我们去死吧,走!” 118
但事实往往是:
它俩活得好好的。 119

第五章

创伤和记忆（1914 年至今）

（一）文化的克星（1914—1945）

19世纪的人们试图把世界经济规划进各个独立的政治帝国，然而1914年爆发的战争引发了这类尝试的长久崩溃。大多数德国人欢迎这场战争，它是十多年来日益恶化的竞争压力的释放，也是对抗英、法、俄三个协约国围剿的战斗。对托马斯·曼来说，这是一场“文化”反抗“文明”的战斗，也是他反对自家兄弟的战斗。

他在战争时期写的两卷本的《一个不问政治者的观察》（1918）中说，正宗德国的一切是“文化、灵魂、艺术、自由，而**不是**文明、社会、投票权和文学”。“文明”是英国和法国的肤浅事物，是左翼知识分子（亨利希·曼尤为突出）普遍怀有的幻想，他们认为精神的生命等同于政治的动荡和把改变世界视为写作目的的新闻工作者的社会“参与”。相比之下，德国知道“艺术”比文学的闲话更深刻，真正的自由不是议会和出版自由的问题，

图15　1927年的海因里希（左）和托马斯·曼

而是关乎个人、道德和责任。西方列强虽然声称它们是为了争取自己的“自由”而反抗德国的“军国主义”，但是从这个角度
120 看，它们正在联合起来把自己的商业大众社会强加给致力于个人自我修养的德国人。因此，托马斯·曼正确地认识到了“艺术”、“精神”、“教养”、康德的内心“自由”等概念与作为专制国家仆人的德国官僚阶级对诸如议会制、自由企业、商业化大众媒体等实施资产阶级自我主张的手段的敌意之间的联系。1918年11月，皇帝及其将军们不再有能力保护，甚至喂饱德国人民，只好把他们的责任移交给社会党多数派，官僚们留在政府部门，把坚持专制的态度维持到议会制政府的新时代。1919年在共和国内最大的普鲁士邦，一个社会民主政府在魏玛通过宪法无缝接入旧的结构。奥斯瓦尔德·斯宾格勒（1880—1936）在《普鲁士主义和社会主义》（1920）中为两种体系各自的特征辩护，因为二者都旨在将全体工人转变成国家官员，从而回答“不仅针对德国，而且针对世界的决定性问题［……］：未来是商业掌控国家还是国家掌控商业？”。接受无声无息地结束了德国君主制的政治革命，并不意味着放弃与“文明”的抗争。事实上，斯宾格勒认为他为世界历史所作的大型“形态学”调查《西方的没落》（1918，1922）证明了德国精神的惨胜，让人们通过作者就能够了解到技术和数理组织即将取代传统的欧洲文化。

对德国来说，战争并没有在1918年结束。饥饿、流感、内战、法国为了确保赔偿对领土的重新占领、在1923年的通货膨胀中达到顶峰的由人口和资源流失造成的经济崩溃，使战时紧急状态延
122 续了五年。在危机结束时，魏玛共和国由财产权益在通货膨胀中幸免于难的几位巨头、直接面对世界经济波动的劳动人口以及一

个比1914年膨胀了13倍的福利国家管理者和受益者组成。搅乱了战前世界的资产阶级即将面临瓦解的征兆首先出现在德国。这段革命转型时期的文学反映了制度的不稳定和个人的孤立。现在不是现实主义的时代了，而是绝望、抽象的反抗和乌托邦希望迎来新的开始的时候。相应地，“表现主义”运动在诗歌和戏剧这类预言性和情感丰富的形式中最为活跃。1920年的诗选《人类的薄明》收录了23位诗人的诗歌，称颂模糊不明的道德热情：

永远团结我们的词：
人

表现主义戏剧的特点同样是借助拔高的激昂语言故意追求抽象性和普遍性，但是通过应用合唱和角色的风格化，它在表现大规模的工业和政治冲突方面比诗歌取得了更大的成功：赖因哈德·戈林（1887—1936）、格奥尔格·凯泽（1878—1945）和恩斯特·托勒尔（1893—1939）的作品如今不容忽视。

尽管社会革命是深刻的，但它仍然没有改变一切。1919年，阿尔伯特·爱因斯坦在评论柏林的氛围时把德国比作“一个倒了胃口，但尚未呕吐干净的人”。等到1924年美国道威斯计划和一笔巨额的相关贷款使德国经济稳定下来，表现主义的时代实际上已经结束了，一种“新的清醒”（新写实主义）统治了文学界，旧的连续性可以重新建立起来。魏玛似乎是新共和国制宪会议开展工作的合适场所，这至少部分是因为19世纪后期的一个神话：在歌德的魏玛诞生了一个文化国家，它是政治国家的先兆。这个神话般的魏玛现在可以被视为真正的、经久不变的德 123

国。连续性也不仅仅是意识形态方面的。德国的众多剧院经历了宫廷赞助人的罢黜仍幸存下来，现在接受了政府补贴，并摆脱了审查制度，继续为被视为“艺术”而非仅供娱乐的戏剧提供平台。新教神职人员和大学把官僚知识分子在君主制下的任职带进了一个君主空缺的迷乱时代，大学几乎立刻开始了对新共和国的智力攻击。马丁·海德格尔（1889—1976）在天主教徒被归为二流德国人的时代出生在天主教家庭，1919年改宗路德宗，从而进入更广阔且资源更佳的新教的大学世界。在《存在与时间——第一部》（1927，第二部从未动笔）中，海德格尔用罕见的方式把哲学中某些最基本问题的极端非个性化的重读与路德教对个人道德救赎的解释结合起来。因此，他的“存在主义”为拒绝“不真实的”当代社会提供了概念手段。他认为每个人选择了自己的历史，因此他的“存在主义”也为罔顾理性的政治激进主义提供了借口。海德格尔迅速成为右翼知识分子的图腾，但是当前占据教席的斯特凡·格奥尔格的门徒们也对人文科学的学术话语具有深远影响，他们把学术话语从社会和经济的考虑范围转移到后来被称为“思想史”的领域，详细阐述了他们的老师对孤独的、改变世界的历史人物的膜拜。1916年，海德堡的弗里德里希·贡多尔夫（1880—1931）出版了划时代的歌德研究
124 报告；1918年，波恩教授恩斯特·贝尔特拉姆（1884—1957）发表了相似的尼采研究报告，并在标题页印上了格奥尔格的万字符标志。1928年的重要出版物不仅有法兰克福和马尔堡的教授马克斯·科默雷尔（1902—1944）的文学批评代表作《诗人——德国古典主义领导者》（它已将威廉皇帝对德国的愿景与君主国的民族社会主义版本结合起来），还有斯特凡·格奥尔格本人最

新也是最后的诗集《新帝国》。尊严让格奥尔格不屑于表达某种政治观点，但是从一首被冠以预言性标题的诗作《致第一次世界大战中的年轻领导人》荷尔德林式的措辞和军事化的韵律中可以清楚看到，他认为德国在最近的冲突中的屈辱只是一个更伟大的未来的前奏：

在光荣的战斗中成长繁荣的一切
仍然为你永不磨灭，让你变强，为了未来的宣泄

在全体国家雇员中，武装部队的成员最不可能对签署了投降文件和《凡尔赛条约》的新政府抱有尽忠之心。恩斯特·云格尔（1895—1998）在整个第一次世界大战期间战功卓越，四年前线生涯的回忆录《在枪林弹雨中》（1920）证明了为求生必须冷酷无情。"要活着就要杀人，"他后来写道。尽管《在枪林弹雨中》的巨大成功已确保他成为一名职业作家，他仍在继续谈论他那一代人机械化大规模战争的经历。在《工人》（1931）中，他将现代化经济生活阐释为战时总动员的延伸：他正确地看到，资产阶级的消亡和中间阶层的无产阶级化在德国已经进展迅速，注定要普遍化，但是他错误地认为只有官僚加军事的指挥结构才能组织由此产生的工业社会。海德格尔对云格尔针对现代世界的分析印象深刻，但他的反应是转而把荷尔德林和尼采奉为德国未来的指南。戈特弗里德·本恩曾作为军医参加战争（并以此身份出席了对艾迪丝·卡维尔[1]的行刑），却更加激进地拒绝

① 英国护士，因在第一次世界大战中帮助协约国士兵逃离德占比利时而被军事法庭判处死刑，最后被德国行刑队枪杀。

平民世界，而他正是依赖平民世界的堕落维生的（他还是性病专家）。受斯宾格勒和毒品实验的影响，他在20世纪20年代开始蔑视现代文明在人类经验的远古和神话层面之上建构的肤浅秩序：在他看来唯一真正的秩序是他（有时借用过于明显的强力）强加给自己的诗的秩序。他公然拒绝诗人的社会角色，蓄意挑衅在《人类的薄明》中与他并肩作战的社会主义者和共产主义者。不过，与海德格尔和云格尔一样，他也乐意借助受共和国的右翼反对派青睐的军事领导层的傲慢辞令来赢得知识分子的体面表象。

左翼面对的情形也好不到哪儿去。德国共产党人坚持自己的革命，在莫斯科的指示下，他们的第一个目标必须是摧毁执政的社会民主党。他们和右翼一样喜欢使用反资产阶级的言辞，这种言辞在通货膨胀之后没有了真正的敌人，而是协助动摇了脆弱的政治共识。格奥尔格·格罗兹（1893—1959）的邪恶漫画把魏玛德国塑造成一个肆意抢掠资本的野蛮之地。然而当格罗兹搬到20世纪30年代的美国时，他看到了更多的自由企业和
126 更少的社会福利，并且缺少了德国背景所能提供的政治推动力，他的灵感枯竭了。不仅政治关系重大，而且政治机构同样重要的感受在诗人兼剧作家贝托尔特·布莱希特（1898—1956）的作品中也难觅踪迹，而他的作品一向被认为丰富多样且往往富有人道主义。

布莱希特出身于奥格斯堡的造纸商家庭，他的家庭属于正在消失的资产阶级，但在他于1924年为了成为专业的作家兼导演迁居柏林之后，对马克思主义的研究让他靠近了那些看到了未来完全被国家掌控的人，不过他从未成为共产党的一员。相反，和格罗兹一样，他描绘出讽刺的、喜剧的、有时甚至是悲剧的

图16　1927年的贝托尔特·布莱希特，在《三毛钱歌剧》大获成功之前

怪诞画面，特别是虚构的盎格鲁–撒克逊世界（无论是18世纪的英国、19世纪的美国还是吉卜林[①]的殖民帝国），这个世界在战争及紧随其后的繁荣年月，似乎成为现代性的权威体现，再次把自己强加于德国。布莱希特20世纪20年代作品中欢快的不和谐，尤其是同库尔特·魏尔合作的《三毛钱歌剧》（1928）和《马哈哥尼城的兴衰》（1928—1929），源于对“资本主义”生活的想象或称幻觉的矛盾感受。一方面，它提供了消费和不受限制的享受的机会，引发了人们任性而不道德的贪欲——这是从布莱希特的第一部剧作《巴尔》（1918，描述一个肆无忌惮地放纵自我、绝无半分自怜自哀的诗人）开始的常驻主题。另一方面，官僚德国的道德观念仍然存在，其悠久的传统被不负责任的消费主义侵犯，在布莱希特的作品中借助苦涩的讽刺得以表达。然而，这种经济批判背后的道德推动力量并非对国家完整性的政治关注，而可以说是对享乐主义正当性的要求，要求平等地分配快乐，团结那些拒绝享乐或把享乐视为痛苦的人。从主旨到形式，布莱希特都与毕希纳有着某种联系。布莱希特的首部诗集《家庭祈祷书》（1927）
128 中最重要的叙事歌谣之一借用了“狂飙突进”的主题——杀婴的母亲；《三毛钱歌剧》里的歌曲《海盗詹妮》向我们塑造了一个洗碗工，她梦见海盗船上的8艘帆船和50门大炮，将为了向她致敬而悬挂旗帜，然后轰炸让她受苦受难的城市。但是布莱希特与社会的接触并没有超出轰炸它的欲望。尽管他一再声称，使他的作品既可耻又成功的艺术技巧是为了让观众思考剧中提出的政治问题，但是这些戏剧真正涉及的魏玛共和国的机构，就只有剧院。

① 约瑟夫·鲁德亚德·吉卜林（1865—1936），英国小说家、诗人，1907年诺贝尔文学奖得主，以描写英属印度殖民地的生活著称。

从索具板降下的海报、对观众的直接宣讲、对大歌剧的仿拟、套用魏德金德的风格将角色缩减为提线木偶的做法，一切都在鼓励人们思考，不是思考公共事务，而是思考表演的戏剧性。这是对德国本土戏剧“剧即书”传统完全且成功的突破，但也是一种颠倒的唯美主义，把对艺术的批评转变为艺术。

在布莱希特的柏林朋友瓦尔特·本雅明（1892—1940）的作品（大多于其死后出版）中也可以发现相似的倾向：在批评新世界的表象下固化旧的观念。本雅明试图成为德国文学教授，但失败了。他起初致力于相对非政治性的“思想史”，后来接近马克思主义，寻求一种能阐释艺术和社会之间关系的更唯物主义的理论，最后在文论《机械复制时代的艺术作品》（1936）中程序化地表达出来。他在文中论证了与布莱希特极为相似的观点：在大众传媒的时代，艺术不再能创造个性化的美丽物品，不得不变成政治。他忽视了“艺术”概念特殊的德国渊源：从范围上说，艺术是官僚专制主义意识形态的一部分；从后果上看，以艺术的名义批判社会是在维护压迫时代的价值观。本雅明曾与法兰克福的社会研究所合作过一段时间，该研究所由一位百万身家的谷物商人的儿子于1923年创立，任务是调研工人阶级的状况，后被并入当地的新大学[①]（1914年建立）。1931年马克斯·霍克海默（1895—1973）担任研究所所长，研究所的任务转向了一个新的方向：发展一套普遍性的社会批判理论。在被霍克海默暂时集中于法兰克福的杰出人才中，有信仰黑格尔和马克思主义的哲学家赫伯特·马尔库塞（1898—1979）、心理

① 法兰克福大学的创办历史可以追溯到1890年，早期主要靠民间集资，1914年正式建立，故被称为“新大学”。

129

学家埃里希·弗洛姆（1900—1980），以及阿尔班·贝尔格的学生、年轻的作曲家兼音乐理论家特奥多尔·维森格伦德·阿多诺（1903—1969）。阿多诺致力于德国的音乐传统，并为本雅明对现代社会中艺术角色的捍卫所感动，因此在1934年纳粹禁止播放被称为爵士乐的堕落的美国音乐时，他对此禁令表示欢迎。

魏玛共和国的知识分子朋友寥寥无几，但是最杰出且最笔耕不辍的终究是托马斯·曼。在漫长的德国战争的尾声，他勉强承认其兄长的政治思想比自己的更加现实，然而在1922年，右翼极端分子谋杀了犹太籍的德国外交部长——受人敬仰且成果斐然的瓦尔特·拉特瑙，他对此大为震惊，因而全心全意投身于共和国的事业。在接下来的十年里，特别是在1929年之后他凭着诺贝尔文学奖得主的权威，发表了众多备受瞩目的作品，以支持他目前认为能实现德国启蒙运动承诺的制度。当被解放的犹太人在一个社会民主的政府里脱颖而出，而对这个政府的敌意以反犹主义的形式日益明显之时，他开始创作一系列基于《圣经》的互相联系的故事《约瑟和他的兄弟们》（1933—1943），特意提请读者注意西方历史的犹太根源。1922年的危机也让曼找到了自1913年开始动笔的《魔山》的一个聚焦点，本书最终于1924年出版。达沃斯的疗养院为他的这部小说提供了一个关于战争爆发前夕高雅文化清高闭塞的氛围（骄纵、道德松懈、充满对即将到来的崩溃的预感）的隐喻。汉斯·卡斯托普是一个平凡的、“不问政治”的德国资产阶级年轻人，在这个时间似乎停滞的虚幻环境中屈服于一系列智力诱惑，从唯物主义科学到疑病症再到性暧昧，从精神分析到X射线再到唱片音乐。自由民主的资产阶级启蒙运动代表罗多维科·塞特姆布里尼和犹太籍耶稣会会士利奥·纳弗塔之间维持着一场关于政治和道德问题的、半漫画式的，但以自杀悲剧告终的争论，后者为非道德神权的恐怖统治的辩护让人想到了尼采——德国整个官僚传统的噩梦般的浓缩，无论左派还是右派。在一个极端的高潮时刻，汉斯·卡斯托普逃离疗养院跑到雪地里，但只是勉强逃脱了低温导致的死亡。让他重返生活的是对“爱与善”的信念，它超越了塞特姆布里尼和纳弗塔的对立。他认识到他的德国浪漫主义传承——从诺瓦利斯到叔本华、瓦格纳和尼采——给予了他对死亡背景的特殊理解，生命被定义为死亡的反面，相对地，死亡赋予生命意义。不过他也同样认识到：“对死亡和过去的忠诚只有在它决定了我们的思想和被统治的方式时才是邪恶、黑暗和反人类的。”凭借这种比斯特凡·格奥尔格的任何神谕都具有更精准的预言性的洞察，托马斯·曼从第二帝国的衰亡中得出教训，他可以将之传递给魏玛共和国，并引导自己的政治参与：德国人厚颜无耻，但在“生命与善良”方面毫不含糊。不幸的是，当汉斯·卡斯托普平安之后，他忘记了这一洞察，并在文化衰落的最后阶段进入了世界大战的杀戮场。这一点同样颇具预言性。 131

20世纪20年代的德国是一个成熟的工业国家，处于技术创新的最前沿（其电影产量高于所有欧洲竞争对手的总和），帝国不复存在，剩下无产阶级化的资产阶级、活跃却群龙无首的官僚阶层、兴旺的大众传播和一个巨大的身份问题。社会和政治的后现代性让德国成为文化潮流的天然孵化器，随着其他国家也进入后现代，各种文化潮流自此广泛传播。恩斯特·云格尔、卡尔·施米特（1888—1985）和列奥·施特劳斯（1899—1973）开创了新保守主义政治。海德格尔作为首先使用“解构主义”概念的人之一，是20世纪下半叶大多数法国哲学的源头。人造西方世界的外观深受沃尔特·格罗皮乌斯（1883—1969）的影响，他在1919年决定将造型艺术和手工艺品这两个领域的教育整合进魏玛的一所学校——“包豪斯”。改变生活的“艺术”的理想主义概念与功能主义的设计观念在这里被结合起来，应用于工业、建筑和家具的大规模生产。文学界也在认真寻找让旧形式适应前所未有的社会环境的道路，经历战争失败之后，这个社会比任何一个战胜国都更加彻底地革命化了。多产的小说家阿尔弗雷德·德布林（1878—1957）是柏林东部的一位犹太医生，最后皈依天主教，他在代表作《柏林亚历山大广场》（1929）中采用了高度碎片化的风格来再现大型工业化城市的生活，让人想到《尤利西斯》（虽然德布林下笔时并不知道乔伊斯的著作）。尽管标题如此，但它并非一部地方志：1928年的柏林太庞大、太现代，不能像1904年的都柏林那样自在。《柏林亚历山大广场》是一本关于语言的小说。无产者和小罪犯等主要人物的方言贯穿他们的交谈和间接表达的思想，出现在各种叙事声音中，夹杂着官话、报纸故事、广告、古老民歌、20世纪20年代的流行音乐、德国古典文学的仿拟和引用、统计报告和政治家的宣传。通过这座现代化的巴别塔，我们依稀看到出狱的囚犯弗兰茨·比伯科夫的故事，他高大、愚钝、善良，受到朋友们的无耻伤害，他争取成为“体面”的人的努力失败，最终可能重回监狱。这是蠕虫视角中的魏玛共和国，社会主义者、共产主义者和无政府主义者在背景中隐秘地厮杀，民族社会主义者强势崛起。游行的歌曲和节奏、对战争的回忆和预见作为主题贯穿整本书，而对柏林最大的屠宰场的集中描写为比伯科夫“巨斧下”的生活提供了压倒性的象征，全国的铁路线汇聚此地——这是一个超越德布林认知的贴切得可怕的象征。

一位知识分子在1927年出版的一本最富冒险精神的书中认为，现代生活迷失方向的多样性中潜藏着破坏力，作者从前专攻的不是自怜自哀的纪念碑式作品，就是（并非都写得好的）关于后尼采"教育"的微甜故事：那些超越善与恶，向着神秘主义的或美学的完美成长起来的个人。赫尔曼·黑塞（1877—1962）并不否认他的出身，但他嫌弃德国人的生活：出生在符腾堡州，在印度旅行，定居瑞士。《荒原狼》显然是关于个人精神危机的自传性描述，但也是当代德国中产阶级的心理记录。主要叙述人哈利·哈勒尔是战后年代迷失方向的"受教育的市民"的缩影，他认识到自己在两个世界之间徘徊，无法摆脱：他热爱资产阶级的秩序，靠自己的投资生活，一心扑在作为德国官方文化的古典文学和音乐上，同时他也体现了他的阶级秘密培育出的、狼一般的、反社会的、尼采的个人主义。然而，20世纪20年代全新、开放、美国化的世界里有爵士乐、狐步舞、留声机和收音机，给他提供了将心灵的阴暗面（即来自荒原的狼）分解成潜伏在他身上的无数人格的可能性，从而使他完全摆脱了"受教育的市民阶层"。他沉浸在萨克斯演奏者巴勃罗的"魔幻剧场"中，好似食用了致幻药物一般，经历了各种场景：与所有打过照面的女人睡觉，遇见莫扎特（莫扎特递给他一支烟），扮演恐怖分子和杀人犯。但这显然是一种高度模糊的释放。反对第一次世界大战的哈勒尔知道，在自己正在被重塑的新时代，"下一场战争正在由成千上万的人日复一日地热烈准备着"，它将比之前那一场"更加可怕"。我们可以看到，"魔幻剧场"是恐怖被预演的手段之一。可是，哈勒尔不能阻止战争，也不能阻止死亡，所以他转而学习去爱和嘲笑自己。黑塞是诚实的，他描述了自己走向平衡的道路及其代价：苦涩地认清一个怪物般的贪婪机制的运作方式，并放下对它的责任感。

1929年的大崩盘结束了实现个人发展梦想的时代。随着共和国内部政治紧张局势达到爆发点以及失业率上升至30%，曾造就“受教育的市民”的文化妥协失去了所有的可信度。布莱希特放弃了对消费主义的调侃，从1929至1932年写了一系列“教育剧”，其中不少应用了清唱剧的形式。他无意塑造人物，而是意在鼓励观众（特别是学童们）对这种解决问题的方法——让个人的利益，甚至生命，服从于集体的事业——三思而后行。得知自己即将被捕，布莱希特在1933年2月国会纵火
134 案的第二天离开了德国，此案给新近当选的纳粹政府提供了动用应急权力和引入极权统治的借口。政治民族主义是德国对全球经济保护主义的回应，对此表示支持的那些人是“文化”自焚的直接责任人。海德格尔如今是纳粹党的一员，他在5月作为弗赖堡大学校长发表就职演说，题目是《德国大学的自我主张》，显示了希特勒追随者的残酷错觉。在第三帝国，除了纳粹党及其领袖之外的任何一个机构都没有自我主张，更不用说大学了，大学是三百多年来德国官僚机构的核心，并且在两百多年里赋予了德国文学文化独一无二的特征。德国官方政府最终退化为杀戮暴政的忠实执行者的一天已经近在眼前。海德格尔一心促成德国退出国际联盟，支持新政府对全球化的拒绝，可是在一年之内，他辞职了并被政权抛弃，尽管他仍留在
135 党内。

图17　马丁·海德格尔（十字标记处）在1933年11月11日莱比锡阿尔伯特大厅举办的德国学者选举集会上

本恩也被“把自我交付给整体”这一思想诱骗，遭遇了类似的命运。在1933年4月的一次无线电广播中，他粗暴地谴责了“自由知识分子”过时的国际主义，无论是满脑子工资水平的马克思主义者，还是对工作的世界一无所知的“资产阶级资本家”都遭到了抨击，他们的对立面是新的极权主义民族国家，他声称它结合了尼采和斯宾格勒，拥有历史和生物学的依据，并通过控制其成员的思想和出版物来展现自己的实力。确实是这样，本恩的诗歌在党内刊物上遭到一连串猛烈攻击，被斥为“卑劣猥亵的”，于是他只好像云格尔一样重新加入军队来躲避——被他自己粉饰为“贵族式的流亡”，1938年他被官方禁止出版或写作。斯特凡·格奥尔格在1933年12月离世之前以更高贵的尊严抽身，拒绝接任亨利希·曼在新近“净化”过的普鲁士科学院的院长职位（原因不明）。豪普特曼留在西里西亚，没有任职，但是同时接受了荣誉和禁令（《织工》被禁演），经历了德累斯顿轰炸袭击，然后去世。除此之外的德国所有重要作家和艺术家都流亡国外，或退出公众视线了。可以说，德国文学在1933年5月10日被官方画上句号，那一天德国学生联合会在全国各地公开焚毁“非德意志的作品”。

本雅明为了不落入盖世太保手中情愿选择自杀，托勒尔也在深刻的绝望中走上同样的道路；而对那些幸存下来的流亡者来说，在一个非德语国家的流亡意味着他们不为人知，也鲜有出版机会，文学生涯通常就结束了。例如阿尔弗雷德·克尔（1867—1948）曾经在柏林以自然主义及表现主义戏剧评论家的身份几经沉浮，如今沦落为犹太难民蜷缩在伦敦的公寓中。他的女儿写出了记录他们流亡生活的感人的三部曲回忆录，第一部的标题是《当希特勒偷走了粉红兔子》[1]。不过，对于布莱希特

来说，流亡意味着解放。1941年之前他主要生活在丹麦和芬兰，但他已经国际知名。他四处旅行，在巴黎、哥本哈根、纽约和苏黎世都有他的剧本上演。可是，即便他个人生活并不孤独，却仍是在一个人写作，而且不再拥有自己的剧院，所以他写的东西日益趋于反思，不再与德国的情况关系紧密，戏剧性没有减少，但在情感和心理上更加多维化。他的诗歌进入鼎盛期。他之前已经与路德和歌德一样，与热爱地方话、接受威权主义政治的城镇市民有了相似之处，现在他又和那两位一样，让自己矛盾的人格和公众目光玩起了捉迷藏的游戏。（他当下阐述的戏剧理论是这场游戏的一部分，无须严肃对待。）也许是因为公众变得更加难

① 于1971年以英文出版，德语版标题是*Als Hitler das rosa Kaninchen stahl*。

以定义，无论空间还是时间的维度都比特殊时期的魏玛更加广泛，他诗意的声音达到了普及性的新高度，这当然是一种德国的声音，但是触及了每一个陷入全球危机的人：

> 这些是怎样的时代
> 谈论树木几近犯罪
> 因为它包含了对那么多不道德行径的沉默！［……］
> 从我们沉没的洪流中
> 你们浮现出来
> 当你们谈论我们的弱点时
> 也要记得
> 你们从中逃离的
> 那段黑暗年月。
>
> （《致后辈们》，1939） 137

从1938年起，布莱希特实际上是在为全世界的观众创作道德剧，回归了他早期作品中更深刻的主题：他充满激情的感受是，人类为了快乐和善良而生，快乐应该是普遍的，善良要被奖励，这样才公正；他与此感受相对立的苦涩信念则是，不公正是普遍的，为了善良的存续甚至是必需的，可能只能通过不公正的手段来矫正不公正；马克思主义不是解决这些两难困境的答案，而是一个背景信念，即答案是可能存在的，因此应该去寻找它们。如果忽视其中“好女人”自己备受折磨的爱，《四川好人》（1938—1939，1943年首演）仍然可以被阐释为某种示范，即在资本主义社会中，道德良善必然与经济剥削共栖；但《伽利略传》（1938—1939，1943年首演）则是布莱希特最个人化的戏剧，尽管在1945年后它被大幅改编，还是无法被纳入马克思主义的框架。伽利略这位追求享乐的天才有着强烈的求生欲望，在受到宗教裁判所的威胁时，未能通过政治考验，撤回了自己的主张，但是他辩称，比起毫无意义的英雄主义，迂回屈从能更好地为进步做贡献，这清楚地体现了布莱希特自己的一贯感受：他的文学创作优于政治斗争。他唯一一部真正意义上的悲剧《大胆妈妈和她的孩子们》（1939，1941年首演）虽然写于战争爆发之前，却是他在一部戏剧中对该时代的大事件做出的最早点评。故事背景设置在17世纪早期的德国，一个硝烟遍地的国家，战争看不到头，也看不到尾，它戏剧化地表现了布莱希特这一代人不得不用这种或那种方式苟活的"黑暗时刻"。大胆妈妈和格里美豪森创作的人物有着共通之处，他们的名字说明了一切（甚至丧失了大部分性别内涵），她拖着小贩车尾随四处劫掠的军队谋生。她锱铢必较、肆无忌惮的商人务实精神——正如伽利略的狡猾——只要能让她的家人活着并在一起，就是有意义的。可是她一个接一个地失去了她的孩子，以她警告过他们的各种良善的方式。最终只有她一人幸存——为什么会这样？这也是布莱希特要问自己的问题。

1941年布莱希特离开芬兰前往俄罗斯，没有停下来察看社会主义的运作情况，就乘坐跨西伯利亚的火车到达太平洋，转往加利福尼亚了。他在那里遇见威斯坦·休·奥登[①]（被他视为他所知晓的最不道德的人），并发现了一块德国流亡者的聚居

① 威斯坦·休·奥登（1907—1973），诗人，生于英国，后成为美国公民，代表作有与人合作的《战地行》。

地，其中有扣人心弦的畅销书《西线无战事》（1929）的作者埃里希·玛利亚·雷马克（1898—1970），他们中的大多数人和布莱希特一样被在好莱坞工作的前景吸引。也是在那里，布莱希特写出了他最快乐也是最后一部重要的戏剧《高加索灰阑记》（1944—1945，1948年用英语首演）。另一个"好女人"纯粹的、自我牺牲的爱和法官只求自保的不道德行为体现在和大胆妈妈或伽利略一样丰满的形象中，在一个"差不多公正"的时刻被统一起来。剧中，马克思主义被视为乌托邦式的社会主义现实主义框架场景，该框架场景自称会确保在主线情节中表达的希望能够实现。然而，布莱希特的流亡同伴们并非都能轻易融入美国生活。霍克海默和阿多诺设法在加利福尼亚重建了社会研究所，尝试用德国哲学的传承观念来解释正在吞噬欧洲的野蛮行为。但是他们的联合研究《启蒙辩证法》（1944）像马克思主义传统本身和布莱希特对纳粹政权直接代表的微弱攻击一样，缺 139
乏充分的政治理论（仅简单地作为经济利益的外衣），而且对他们的出生地德国社会的特殊性质理解有限。把美国用极大代价拯救他们的生活和工作的资本主义和种族灭绝的法西斯主义相提并论（布莱希特少数的不重要作品中也是如此），是粗暴且无能的。他们对美国娱乐产业的抨击不仅是来自艺术之乡的流亡人士的自命不凡：阿多诺和霍克海默明确反对曾摧垮他们的大众市场和大众政治，认为19世纪德国的"君主和封建领主"才是他们眼中各种机构（"大学、剧院、管弦乐团和博物馆"）的"保护人"，这些机构维持着经由艺术实现自由的思想，这种自由超越了经济和政治生活（所谓）错误的自由。他们就这样准备将关于德国资产阶级和官僚阶层之间过时的、冲突的观念和口号当作现代生活的钥匙转交后代，这和他们压根无暇顾及的作家如赫尔曼·黑塞一样，开出的是一张半真半假的处方。

1943年，黑塞在他的瑞士隐居地对当代危机做出了自己的回应。《玻璃球游戏》是一部关于个人“成长”的小说，故事发生在遥远的未来和一个虚构的欧洲省份卡斯塔利亚。正如对缪斯们的神泉的暗示一样，书中的卡斯塔利亚也是艺术圣地，但其中只有一项艺术，它将以前一切艺术和知识表达的形式融合为唯一一项至高无上的活动——玻璃球游戏。一家世俗的修道院负责游戏的教化，小说讲述了最顶尖的大师约瑟夫·克奈希特的成长，直到他认识到有必要将这种艺术的宗教告知外部世界。与作为游戏起源的20世纪中期的“尚武时代”一样，卡斯塔利亚也受到战争、经济压力和政治敌对的威胁。然而，克奈希特以及小说的结局都是模棱两可的：他确实保障了保存他记忆的卡斯塔利亚的存续，还是像他的卡斯塔利亚接班人显然更乐意相信的那样，把艺术出卖给了生活，因而遭到了惩罚？精神的卡斯塔利亚世界似乎与社会的历史世界完全隔离，即使精神在事实上依赖于社会，它似乎也不承认，甚至并不知道这一点。黑塞对艺术和精神是否能幸存到战后年代的焦虑比我们在《启蒙辩证法》中发现的更温和，政治敏锐性更强，但他也不比阿多诺和霍克海默更有能力将这些概念与特定的时间、地点和传统联系起来表述。

这项任务交由另一位在加州的德国侨民托马斯·曼来完成，他1939年到达美国，自1943年起，每天追踪关于德国军事崩溃的消息，潜心写作他最伟大的小说：完成并出版于1947年的《浮士德博士——一位朋友讲述的德国作曲家阿德里安·莱韦屈恩的生平》。曼就他的手稿请教了阿多诺，特别是其中关于音乐的部分，给黑塞寄了一本已出版的书，并题字："用黑球玩的玻璃球游戏"，但他的书触及了被他们的作品回避的问题核心。《浮士德博士——一位朋友讲述的德国作曲家阿德里安·莱韦屈恩的生平》是在众多层面上对德国历史的清算。小说虚构地描述了第二帝国和魏玛共和国的社会和知识界，特别聚焦于慕尼黑（包括几个法西斯诗人的原型）。作者把尼采的生平作为阿德里安·莱韦屈恩生活故事的范本，他为了取得看似能改变世界的艺术成就付出了梅毒和精神病的代价。小说所刻画的典型人物的思想在20世纪的德国遍地可见，他们做出的贡献不久之后就被转化成纳粹的意识形态。小说暗指德国文学和历史破坏性的非理性主义的早期阶段，最重要的是它挪用了现代德国文学的中心神话，声称莱韦屈恩的故事与现代德国的历史是平行的，因为两者讲的都是浮士德与魔鬼订契约的故事。与当代现实的联系是由莱韦屈恩的朋友、退休教师塞雷努斯·蔡特布罗姆的叙述来强调的，他的写作和曼一样从1943年开始，在1945年全面战败的混乱中结束。不过，这部极其复杂的作品最高超的技巧是，尽管看上去一切都在集中刻画艺术家莱韦屈恩及其和浮士德的相似，德国的真正代表却是蔡特布罗姆。他是一位国家公务员，沉溺于古典主义和德国文学，对于第一次世界大战抱持着和托马斯·曼一样"不问政治"的态度，但没有和他一样的战后转变；他没有流亡，两个儿子是纳粹，他只是出于美学原因沉默地反对希特勒的政治，而且这反对仅在纳粹初见败象时才开始。在本书中，体现德国命运的不是浮士德、艺术和"临终"状态下的生活，而是相信这些观念的人们，他们需要用这些来给生活赋予色彩和意义，并且据此组织他们的叙述。书中的道德高潮（直接表现第三帝国虐待狂式的丑恶的地方）是蔡特布罗姆描写莱韦屈恩五岁的侄子罹患脑膜炎后受尽痛苦而死亡的那一整章，据称他是被魔鬼带走的。这位叙述者用十几页的篇幅把一个孩子折磨至死，以证明自己实践一个神话的欲望。在被德国占领的欧洲各地，他的同胞们就是这么做的。在蔡特布罗姆（这个名字的字面意义是“时代之花”）身上，托马斯·曼塑造了一个德国阶层的形象，这一阶层自认为是被“文化”定义的，并且接受希特勒当他们的君主、命运决定者和克星。

（二）学习哀悼（1945至今）

1967年，心理学家亚历山大·米切利希（1908—1982）和玛格丽特·米切利希（1917—2012）发表了《无力哀悼》，分析德国对1945年创伤的集体反应，这是德国历史上的“零点”，过去已经失去，现在是遍地废墟，未来是一片空白。他们的结论是任何反应都没有出现：德国在情感上冻结了，它故意忘记了对第三帝国的巨大感情投资，也忘记了自己和他人付出的可怕代价，以此摆脱那个幻觉。德国已经甩掉了旧的身份，转而与胜利者（无论是西方的美国还是东方的俄罗斯）寻求一致，无忧无虑地投身于重建工作中，还创造出了西方的“经济奇迹”，东德也成为苏维埃集团里最成功的经济体。这篇分析，尤其是它的结论认为，纳粹思想在（西部）德国社会仍然像老纳粹一样无处不在，对1968年的革命一代产生了巨大影响，强调了“胜任过去”是当代文学的主要任务这条公认的智慧。然而需要哀悼的事情还有很多，不仅仅是不被认可的纳粹主义、被压抑的关于纳粹罪行的记忆、轰炸平民的恐怖、军事失败的痛苦，或这个令人不适的事实：从战争结束到1949年两个战后德国建立的四年里，普遍的情绪不是快乐和缓解，而是对盟国和德国流亡者的愠怒不满。除此之外一个更复杂的情况是，要求被重新评估的过去并不是从1933年开始的，它可能和德国本身一样古老，而现在，尽管对重建众说纷纭，却没有一个历史先例。现在可能类似于三十年战争之后，尽管不再有诸侯，但更重要的是也没有资产阶级：两个德国都是工人的国家，只不过一个比另一个更富裕些。但是因为在东德，官僚的绝对统治在"社会主义"的名义下幸存下来，这就为西方的竞争对手打造出一个官僚宿敌的形象，并把联邦德国定性为"资产阶级"的德国。随着1961年柏林墙的修建，这种双重错觉被固定在混凝土和铁丝网上，对隔离墙两侧的德国知识分子的生活产生了越来越恶劣的影响。对现在和过去进行清晰评估的最大障碍没有被米切利希夫妇提及：瓜分德国的世界大国们也不希望鼓励这项评估。相反，它们更希望作为前线的、中间横亘了铁幕政策的两个德国将自己理解为在两极化全球系统中展现各自阵营的橱窗。"非纳粹化"的程序在西德停止了，在东德也被视为无关紧要。直到1990年之后，德国作家们才从这种强制性和误导性的对峙中解放出来，随着他们能够自由地理解德国在全球市场和国家身份早已消失的全球文化中的地位，他们也可以自由地面对自己的历史。 143

1945年后，很多流亡者留在原地，或避免定居德国。到这时候他们无论如何已经筋疲力尽。返回瑞士的托马斯·曼和继续留在瑞士的黑塞获得了荣誉（黑塞1946年获诺贝尔文学奖），但他们不再积极创作。共产党人返回俄罗斯占领区，但是除了布莱希特外都没有什么国际声誉。阿多诺于1949年回到法兰克福担任教授，1951年社会研究所重新开张。在西部，对创伤性的过去做出文学反应的任务是由新一代人（退役军人和前战俘）完成的，其中的很多人每年开会讨论他们的作品，被称为"四七社"。对这新一代人来说，诗歌中的传承问题尤其明显。阿多诺1949年的著名格言"奥斯维辛之后写诗是野蛮的"，一定程度上反映了抒情诗在德国作为探索个人伦理体验的文学媒介的特殊地位。这个地位已经终结了，这是戈特弗里德·本恩在晚期作品中所强调的，它们在20世纪50年代早期才为公众所知。尽管被纳粹封禁，他仍然偷偷写作。被他称为"静态诗"的作品形式普通，却富含秋天和灭绝的意象。1943年一本私人传阅的诗集收录了他伟大的诗歌之一《再见》，他痛苦地承认他在1933年背叛了"我的话，我的天堂之光"，不可能再安于这样的过往："经历此事，须忘却自己。"这次个人的呐喊之后，他在战后公开表现出的坚定的虚无主义立场完全是始终如一的：

只有两样东西：空虚
和一个构想出的我

（《只有两样东西》，1953）

如果自我只是变成纯粹的构想产物，而不是出自与过去的经历或与某个特定世界的互动，那么从歌德到拉斯克-许勒在德国所实践的诗歌就没有了容身之地。向阿多诺表明在知晓奥斯维辛的情况下仍然有可能写诗的诗人当然明白这个训诫。来自罗马尼亚的德裔犹太人保罗·策兰（1920—1970）的作品中没有自我的位置，也没有任何主导性的构想物，他的双亲在死亡集中营中被谋害，他选择在巴黎生活，也在那里自杀。

策兰最出名的作品是深切悲叹犹太人种族灭绝的《死亡赋格曲》，这是收在葱翠丰饶的诗集《罂粟和记忆》中的一块突兀的顽石。但他似乎感觉到，即使是这种非个人化的、重复的音乐结构及其主题意象（“黑色牛奶”、“灰头发”），犹太美人的名字（“苏拉密特”）以及可怕的高潮句子（“死神是来自德国的大师”），也给简直无法想象的事件强加了太多的主观秩序。 145

图18　1967年的保罗·策兰

在他后来的诗集［（例如《语言栅栏》1959）、《呼吸转折》（1967）］中，他把诗歌看作一条“子午线”，这条假想的线一方面将不同的词语、名称、事件联系起来，另一方面又随意把它们
146 分开，以此追溯20世纪历史毫无意义的、暴力性的并存和不连贯。尽管包括词汇在内的很多元素都是极其个人化的，但这些韦伯恩风格似的短章难于索解，但也因此更像是某种公开声明，其中死者家属的痛苦基本上没有被日益严重的意识形态的分裂污染。

［……］方舟内部的**声音**：
只有
嘴巴
被拯救。你们
正在沉没，也听见
我们。［……］

在本恩宣告诗歌的终点是孤独的私人声音的连贯表达时，布莱希特却认为它是个人参与政治后发出的公众声音。无论在联邦德国还是在民主德国，他都是对诗歌产生最大影响的人，但是这影响和政治参与一样模棱两可。布莱希特于1947年回到欧洲，被美国人禁止进入西部地区，于是定居东部。他在那里获得了一家剧院和特权地位，成为共和国文化桂冠上的宝石。虽然他没有公开反对1953年对工人罢工事件的军事镇压，但他写下了一系列讽刺性的格言诗，表明自己与此次行动保持着距离（也许政府应该重新选择自己的国民？）。或许是为了替宫廷诗
147 人的地位辩护，他强调了文学愉悦的社会价值。无论是布莱希

特最后这种简练的风格，还是他早期东拉西扯的诗歌，都让后来的诗人们学会用直接且常常是轻巧的方式来对待公共的争议事件。但是他与东德政府和解，既未能揭示关于德国“古典主义遗产”文化传承的虚假声明，也未能指出它与第三和第二帝国的官僚系统具有制度上的连续性，这形成了一个不好的先例。即使是下一代最有天赋的西德诗人汉斯·马格努斯·恩岑斯贝格尔（生于1929年）也盲从于这一设定：被他的讽刺焰火点燃的联邦德国国内生活的矛盾和满足在某种程度上是左派和右派世界分裂的产物。对他来说（也对我们所有人来说），现代化意味着要承受这两个敌对体系的热核武器互相破坏的威胁。因此他写了一首与布莱希特的《致后辈》相反的诗，开头就把冷战和在1989年已鲜有谈论的第二次世界大战相提并论：

如果我们沉入水中，
还有谁会从洪流中浮现？

（《续》）

对比之下，策兰对布莱希特诗歌的改写更接近德国被过去困扰的当前困境的核心。他明白，诗歌需要语言和记忆的净化，不需要罗列了可接受主题的处方：

［……］这些是怎样的时代，
任何谈话
几近犯罪，
因为它包含了

148

太多陈词滥调?

（《一叶》,1971）

在戏剧领域，布莱希特当然也是无处不在的。他返回德国后，没有再写出重要的作品，但是在与柏林剧团合作的十年里，他创造出一种现代主义的模板：政治教育剧。它起初对坚决维持第二帝国演剧传统的东德戏剧影响甚微，却在西德（特别是1968年之后）赢得了巨大权威，可以在批判的距离下隐藏与文学遗产直接接触的缺乏。然而，制度上的连续性几乎没有中断，1918年德国剧院在浩劫中幸存下来，之后20年没有出现重要的新剧作天才。即便如此，分配给新一代制作人和作家的任务仍然一如以往（除了1914年前短暂的资产阶级时代）——剧院是一个国家机构，知识精英可以通过艺术完善公民（或臣民）的道德。罗尔夫·霍赫胡特（生于1931年）的戏剧不否认它们对席勒的传承。他的五幕剧《代理人》（1963）谴责教皇庇护十二世是欧洲犹太人大屠杀的共犯，使用无韵诗的形式，集中探讨个人的道德责任问题。霍赫胡特决心找到身居高位的人，为这滔天罪行指责他们[如《士兵们》（1967）里的丘吉尔、《律师们》（1979）中的巴登-符腾堡州州长汉斯·费尔宾格]，此举有时非
149 常奏效（费尔宾格因此被迫辞职）。可是这样还不能帮助人们更广泛地理解罪行的历史和文化背景。道德进步看起来不像是彼得·魏斯（1916—1982）第一部极具娱乐性并大获成功的戏剧的目的，他是一名犹太移民兼共产主义者，1939年起定居瑞典。这部题为《圣莫里斯医院剧团演出的德·萨德先生导演的对让·保罗·马拉的迫害和谋杀》，通常被简称为《马拉/萨

德》（1964）的剧中充斥着色情、暴力和疯狂，在幻觉和现实之间滑行，歌曲和自我意识的影响中有布莱希特早期的风格，并涉及他的一个主题：孤僻的享乐主义者萨德和非个人的集体革命行动的捍卫者马拉之间的冲突。不过魏斯本人认为这是一部马克思主义戏剧，他的下一部著作要冷酷得多：《调查》（1965）是一部纪实剧，援引了不久前在法兰克福进行的对奥斯维辛部分工作人员的审讯记录。他选材的依据是布莱希特戏剧对第三帝国的论述：可以用大资本企业的逻辑来解释希特勒。魏斯的思想形成于20世纪30年代，对德国人自我理解的贡献微乎其微。他最后的三卷本作品是小说《抵抗的美学》（1975—1981），它重申了在战争年代中造成如此巨大伤害的谬论："教化"的意义超越了历史，在德国的阶级结构中没有特别的基础。相比之下，在德意志民主共和国，作为柏林剧团领导人的海纳·米勒（1929—1995）把他对总是被国家背叛的人道社会主义的强烈需求与被自己发挥到后现代主义极致的布莱希特的做法结合起来，创作出特别有力的作品，常被东德当局嫌弃说得太多，他与联邦德国里盛行的"扶手椅左派"[①]毫无共同之处。一部以《日耳曼尼亚：魂断柏林》（1977）开篇、以与其互文的对照诗《日耳曼尼亚：死人身边三个鬼》（1996）结束的松散组剧是民主德国的一 150
曲悲歌，米勒把身体、语言、历史统统塞进绞肉机；满篇食人、肢解和性变态；戏剧的惯用风格被拉伸到极限，并超越了极限；普鲁士军国主义、纳粹主义和斯大林主义对德国现代国家的形成所造成的影响被残暴地表现出来。这些戏剧中有放纵不羁的真

① 指空谈革命而不付诸行动的人。

实哀悼。然而，由于其基本假设是德国历史的真正受害者是社会主义，它们又是走错了哀悼会的吊唁者。

至于叙事文方面，在两个共和国的对峙加强之前，最敏锐的见解是在德国分裂开始之时浮现的。海因里希·伯尔（1917—1985）的很多佳作是他在战后几年写下的幻灭且低调的短篇小说：军事混乱和失败，毁坏的城市和生活，黑市、饥饿和烟草。《流浪者，你若去斯巴……》（1950）是一位身受重伤的高中毕业生的内心独白，他被送进做紧急手术的战地医院，而这里原是他几个月前刚刚离开的学校。他看到自己亲笔写在黑板上的西摩尼得斯赞颂温泉关战役的格言诗的残句，认出了这间教室，这段简练叙事的大部分文字都是在列举散落在走廊上的文化用品——恺撒的半身像、弗里德里希大帝和尼采的肖像画、北欧种族类型的插图。在残酷的缩影中我们看到“教化”满身血污地垮台。伯尔对纳粹如何感染德国政治躯体的最雄心勃勃的调查是小说《九点半打台球》（1959），它跨越了从19世纪末到1958年的大段年月。一个建筑师家庭的三代人参与了一家本笃会修道院的历史：祖父建造了它；父亲在第二次世界大战中借口名义上的军事需要炸毁了它，但实际上是因为他知道它已被纳粹
151 污染；儿子正在重建它，不知道该由谁为其破坏负责。小说围绕这个主题编织了一幅社会图景，曾经的罪犯、他们的受害人和他们的敌人被混杂在一起，一会儿是平等的，一会儿又不是，但通常都处在不公正的关系中。在阿登纳时代，伯尔也是一位信仰天主教的莱茵省人。教会因其在战争期间的行径以及在新的天主教主导的西德与财富和权力的联系而丢尽颜面。伯尔似乎把自己视为教会的道德良知。但是在他后期的作品中，遵照

外部的正义标准定义德国历史的意识淡化了。他批判的目标变得更加世俗化，立场变得更简单，即站在社会党人的一边反对基督教民主联盟党［例如《丧失了名誉的卡塔琳娜·布罗姆》（1974）］。伯尔仍然对现代主义的技巧兴趣盎然，比如多重、不确定或不可靠的叙述角度，但在《九点半打台球》中已经可见的沉闷的象征和示范性的道德变得更加明显，丧失了原先对国家生活独特时刻的强烈追踪意识。

君特·格拉斯（1927—2015）走过的道路与伯尔相似，伯尔在1972年即获得诺贝尔奖，而格拉斯更多地是一个令人头痛的天才，不得不等到1999年才获奖。格拉斯是一位诗人、剧作家、画家和多产的小说家，但首先让人铭记的是他的《铁皮鼓》（1959），小说讲述了奥斯卡·马策拉特的生平。他和格拉斯一样，在德国和波兰交界的但泽开始他的人生，在三岁那年决定停止生长，仅依靠一面铁皮鼓和可以击碎玻璃的歌喉，行径猥琐又看似刀枪不入地穿越第三帝国的荒诞恐怖，最后被监禁在联邦德国的疯人院里撰写他的回忆录。这部小说以丰富的非道德描述从格拉斯或其他人关于纳粹时期所写的一切中脱颖而出。那些成年人热切渴望摧毁彼此和他们所喜爱的事物，奥斯卡至多是暂时被此迷惑。非道德性至关重要，因为它反映了正 152
被描述的行为和行动者的本质。此外，面对书中毫不回避的一切邪恶和死亡，同样丰富的还有生命和快乐的价值——部分受德布林启发的口语创新性代表了坚持不懈的抵抗。不过，《铁皮鼓》之所以能够特别有力地分析德国灾难如何发生的问题，关键在于它与德国文学传统的暧昧关系，特别是讽刺性地模仿了自上一次同样可怕的灾难（即三十年战争）以来的传统。格拉斯回顾格里美豪森的《痴儿西木传》，以找到一个叙述的立场，来概括以纳粹主义为终点的政治发展和以奥斯卡·马策拉特为终点的文学发展。从拉斯普金的传记和歌德关于个人成长的小说《威廉·迈斯特》（它自第二帝国时期起被视为“教化”的源头）
153 中，奥斯卡学会了阅读。《铁皮鼓》这部小说显示，歌德和拉斯普金也可以在德国20世纪的历史中奇异地携手并进。从个人成长的理念开始，每一个“教化”的惯例都被推翻，事件的进程似乎不是由自然或精神，而是由一个嗜血的躁狂分子决定的。在格拉斯后来的作品（即使是被英国学者约翰·雷迪克称为《但泽三部曲》中的两本）中，创造力变得或狡黠或生硬起来，并且主题趋向政治正确而失去了紧迫感（例如1977年的《鲽鱼》）。柏林墙不仅使德意志民主共和国，也使联邦共和国变成了一个更

图19　《铁皮鼓》：君特·格拉斯（左）、大卫·本奈特（手持铁皮鼓扮演奥斯卡·马策拉特）和沃尔克·施隆多夫（导演）1979年在但泽拍片期间

加闭关自守的地方，为了保护公众生活免受巴德尔–迈因霍夫集团的左翼法西斯主义之害，也许也是受托马斯·曼的例子启发，格拉斯成为社会民主党一位可靠且重要的活动家，同时对他的世界的分析变得不再那么锐利。

阿诺·施密特（1914—1979）的大部分作品都是在20世纪50年代完成的，从1958年起，他在下萨克森的乡村过起了（已婚且无神论的）隐士生活，因此他与上述地方性的难题隔绝。部分得益于他的博学，他保持了对德意志民族更广泛的认知。《铁石心肠》（1956）在次要情节中讲述了造成当代分裂的早年创伤——独立公国（此处是汉诺威王国）被纳入俾斯麦的帝国，以此为对照铺陈出一幅关于两个现代德国的并不美好的画面。《学者共和国》（1957）是施密特创作的一则关于冷战的科幻寓言，这是德国身份的另一次更大规模的罗列，时间设定在第三次世界大战之后，此时德语已经是一门死去的语言。施密特在风格、拼写和标点应用上的怪癖显示了他与同代人的故意隔离，而不应该简单被认定为对乔伊斯的模仿，尽管他的集大成之作《纸片的梦》（1970）——一千三百多页A3纸，每页分多栏，重量超过一块大石头——从乔伊斯的《芬尼根的守灵夜》中受益良多。 154

乌韦·约翰逊（1934—1984）选择了不同的方式来保持他的独立性和写作能力，他在1959年从东德迁往西德，20世纪60年代的大部分时间旅居国外，1974年定居英国。他创造了一种叙事方法，其中没有任何有特权的叙述者，而是将话语的碎片蒙太奇式地拼接在一起，应用大量的报纸材料：他笔下人物的生活，以及他们与对他们产生深刻影响的主要公共事件的关系中没有单一的事实。《对雅各布的种种猜测》（1959）描述的是在匈牙利起义和苏伊士危机发生时，一个“在西方是异客，在东方也不再有家”的男人死亡之际的阴暗环境。《关于阿齐姆的第三本书》（1961）则追问，跨越从纳粹年代到东德的分水岭，是否还存在人格上的连续性。他没有找到答案。《对雅各布的种种猜测》提出的以人的面貌出现的社会主义的可能性，是四卷本《周年纪念日》（1971—1983）的一个中心主题，它追踪同一批人物从1967至1968年的每日生活，穿插着德国的历史、美国的现状和布拉格之春的结束。与这些力量十足的书相比，克里斯塔·沃尔夫（生于1929年）在叙事的不确定性上所做的实验似乎相对平淡，她留在德意志民主共和国，加入了党派层级和文学官僚体系。《追思克里斯塔·T》（1968）尽管跨越了和《关于阿齐姆的第三本书》同样的时期，但几乎没有显示对人格的社会成分的意识。不过，她的自传《童年模板》（1976）令人印象深刻地表现了纳粹童年的幻觉，及其对后期写作立场的过渡具有怎样的创伤性效果。

155 自1945年以来，德国人面临的描写德国人的挑战，在于将创伤转化为记忆，并经由哀悼过去来理解现在。为了描述不可描述之物，他们必须通过讲述足够广泛而深入的故事来显示什么是德国的。1961年之后，这一挑战变得更加困难，只有叙事能够涵盖强加给德国以经济、社会和文化精神分裂症的世界权力关系的作者才有成功的机会。只有依靠坚定的国际观或历史观才能抵抗造成德国分裂的巨大谎言催眠般的吸引力：民主共和国号称是一个自由工作以期实现社会主义的国家，而事实上正如柏林墙所宣告的，它并没有摆脱靠外国军事力量维持的老式官僚专政。这样的观点在哲学中比在文学中更容易获得。海德格尔和云格尔或许在后期仍不知悔改的作品中做到了，即使是基于错误的理由。阿多诺因为继续坚持“教化”而受到残酷的惩罚，他被学生羞辱为反动派，很可能因此导致他在1969年死于心脏病；但是“法兰克福学派”的传统由他的学生尤尔根·哈贝马斯（生于1929年）继承下来，并坚决予以扩张。哈贝马斯发展出一套民主论证的演变理论，以寻求德国哲学和英美传统的结合（被阿多诺拒绝）：启蒙在民主体制中体现为制度（《交往行为理论》，1981）。由此，他既将联邦德国的宪法秩序与其他西方国家的宪政秩序联系起来，又将其与德国的过去严格分开。他担心赫尔穆特·科尔的政府依然在鼓励一种以西德爱国主义面貌出现的民族主义形式，它会抹去联邦德国和以前的德国之间的区别，他在1986至1987年对粉饰犹太人大屠杀的修正主义历史学家的批判（史称“历史学家之争”）中表达了这一担忧。可是科尔只自觉地关心德国也应该悼念第二次世界大战中1 100万德国人的死亡：只有承认第三帝国的全部代价，才可能真正评 156
估第三帝国。

随着1989年苏联撤出对东欧政府的军事保护，这些政权相继崩溃。在东德，官僚绝对统治的残余和整个民族30年的虚假认识不复存在。人们很难期待像克里斯塔·沃尔夫那样已经在空心的基石上重建过一次生活的人能在第二次创伤后再度重建自己。但是对公认的西方作家和东方的年轻作者来说，诚实的新高度有望达到。《辽阔的原野》（1996）是格拉斯对科尔处理统一的方式的愤怒批评，与其说是一部小说，不如说是一项政治干预；之后，他的《蟹行》（2002）重新采用了旧的形式，中心情节是1945年人们在苏联军队抵达前夕逃离东普鲁士，救生船被鱼雷击中造成九千多人丧生。格拉斯在2006年的自传中承认自己曾为纳粹党卫军服务，这也显示，他的奥斯卡·马策拉特的形象比任何人在《铁皮鼓》首版时所能想到的更加接近现实。2005年，屡获嘉奖的诗人杜尔斯·格仁拜因（生于1962年）尝试着手描写所有盟军战争恶行中最臭名昭著的一桩——德累斯顿大轰炸，从一个土生土长的德累斯顿人的视角出发，将本城的政治和文化历史、它与纳粹的关系，以及它的惨淡重建一并囊括：语调的不协调是本诗必不可少的要素，却带来了多元的接受可能（《瓷器——我的城市毁灭之诗》）。德国无力悼念针对其城市的可怕轰炸一直是温弗里德·格奥尔格·泽巴尔德（1944—
157 2001）一项争议性研究的主题：《空袭和文学》（1999）本身就是禁忌正在被打破的标志。泽巴尔德的小说是20世纪90年代德国文学中最引人注目的，它们既毫不动摇又不拘一格地关注对历史暴力的记忆过程，这个过程正如我们在《移民们》（1992）中看到的，一具在山腰被积雪掩埋的尸体最终会在多年以后在冰川脚下浮现。和乌韦·约翰逊一样，长期担任东英吉利大学教授的泽巴尔德也不得不在德国以外的地方定居，以使自己的文学工作所必需的记忆保有自由和广度。他的故事从冰雪中找回生命和死亡，在全世界有广泛影响。虽然德国的灾难通常是或明显或隐蔽的参照点，但他的作品极为详细地表现了无数看似不相关的主题和地点：伊斯坦布尔和北美、各座火车站的建筑、丝绸产业的历史和托马斯·布朗爵士的作品。德国似乎相当接近《土星之环——英国朝圣之旅》（1995）里所描绘的情况，正如标题所暗示的，这本书涉及大英帝国世界历史性的内爆之后的模式。泽巴尔德通过故意模糊文学类型——我们读的是小说、自传、历史还是纪实文献？散落在作品中的模糊不清的照片是真实的还是合成出来的？它们和文本有关还是无关？——一方面复制了遗忘的层次，人们必须向下挖掘才能抵达过去；另一方面再现了我们正试图恢复的、总是规避统一的多样性。只是，他的书有一点是统一的：它们完全属于德国。精致平和、清晰均衡、精心雕琢的句子，除了少量几乎不引人注意的关于20世纪的描绘外，可能让人以为出自歌德之手。正是这些特征告诉我们，这种对于我们当前状况的观点，尽管触及全球，仍然是从特定的历史和文化立场出发获得的——一个悲剧的立场，因为它是德国的，也因为其他任何语言都没必要也不可能让泽巴尔德写出
他最伟大的句子：他的最后一部小说《奥斯特里茨》（2001）对 158
特雷津集中营长达10页的描写。他的作品是一个明确的信号，标志着自1989至1990年的转折起，德国文学重新开始了战后对民族历史身份的原始追寻，这是对我们所有人都很重要的追寻，不仅因为每个国家都必须以相似的方式在一个联系日益紧密的世界体系中寻找自己的位置，而且因为德国的例子特别清晰地表
明，最终最重要的不是国家或个人的身份，而是对正义的追求。 159

索 引

（条目后的数字为原书页码，见本书边码）

A

B

C

D

E

F

G

H

I

M

N

O

P

R

S

T

U

V

W

Y

Z

Nicholas Boyle

GERMAN LITERATURE

A Very Short Introduction

Contents

Acknowledgements

I am grateful to students and colleagues in the Department of German in the University of Cambridge for their discussions of this project with me, and particularly to Chris Young for his advice about my account of the earlier period. Discussions with Raymond Geuss enabled me to understand Paul Celan better. I should also like to express my thanks to Andrea Keegan and her colleagues at Oxford University Press for their helpful and understanding treatment of a fond author in love with too bulky a manuscript. My wife, Rosemary, was, as usual, an indispensable support in what turned out be – again, as usual – a bigger undertaking than I originally imagined. I am especially grateful to Susan Few for her help in preparing the typescript.

The intellectual debts incurred in writing a book of this kind are many, and some of them of very long standing. I could not have conceived it without the inspiration and example of my teachers and I dedicate it therefore to Ronald Gray and the late Peter Stern.

List of illustrations

The publisher and the author apologize for any errors or omissions in the above list. If contacted they will be pleased to rectify these at the earliest opportunity.

Introduction

Literature is not just texts, because texts are not just texts. Texts are always turned, and turn their readers, to something other than texts and readers, something the texts are about. An introduction, even a very short introduction, to a national literature cannot be just an introduction to texts, it is also an introduction to a nation. To ask what German literature is like is to ask what – from a literary point of view – Germany is like. Since the foundation in the 18th century of the two distinctively modern literary genres, the book of subjective lyrical poems and the objective realistic novel, there have been two voices of literary modernity, and Germany has spoken, supremely, with one of them: poetic, tragic, resolutely reflective, and subliminally religious. The other voice – novelistic, realistic, sometimes comic, sometimes morally earnest – has in the German tradition been more muted, though by no means mute. This book is concerned with the character of Germany's literary contribution to our modern self-understanding, and so with the character of the community to and about which, and in whose language, its writers primarily expressed themselves. The first thing to say about that community is that, for all the centrality of Germany in European geography, history, and culture, it is not unified, and never has been.

From a British point of view, 'Central Europe' probably means somewhere unreliable north of Transylvania. But '*Mitteleuropa*'

('Central Europe') is how contemporary Germans describe the area in which they live, and with justification. Since the fall of Rome, Europe's trade routes from North to South and East to West have intersected on German territory. Forms of the modern German language have been spoken from the Rhine to the Volga and from the borders of Finland to the southern slopes of the Italian Alps. Language, culture, and genes have been exchanged, over the centuries, in peace and war, with French, Italian, Hungarian, Slavonic, and Scandinavian neighbours. (In addition to Germany, Austria, and Switzerland, German is an official language in part or all of Belgium, Hungary, Italy, Liechtenstein, Luxembourg, Namibia, and Poland.) Lacking clear geographical boundaries, however, Germany has been a point of reference for the European identities grouped around it without establishing an identity of its own. The speakers of German have never been united in a single state calling itself Germany, not even by Hitler. The modern state of that name is one, historically unique, result of a long and complex development. The process which brought together the Federal and Democratic Republics in 1990–1 was known as 're-unification' but the state that emerged from it has different boundaries from any of its predecessors and a significant proportion of its older population was born outside it, though in territories that had thought of themselves as German, in some cases, for many centuries. Europe's other two principal German-speaking states, Austria and Switzerland, have had rather more continuity of identity, even if Austria, as the former metropolitan state of an empire which lasted under various names from 1526 to 1918, has reached its present equilibrium only through the trauma of multiple amputation. German-speaking Switzerland (though each canton has its own history) has developed independently of the other German lands since the 15th century, if not before.

What is called German literature is really three separate literatures, of three separate states, as distinct as the literatures of, say, England, America, and Australia. Dürrenmatt was no more

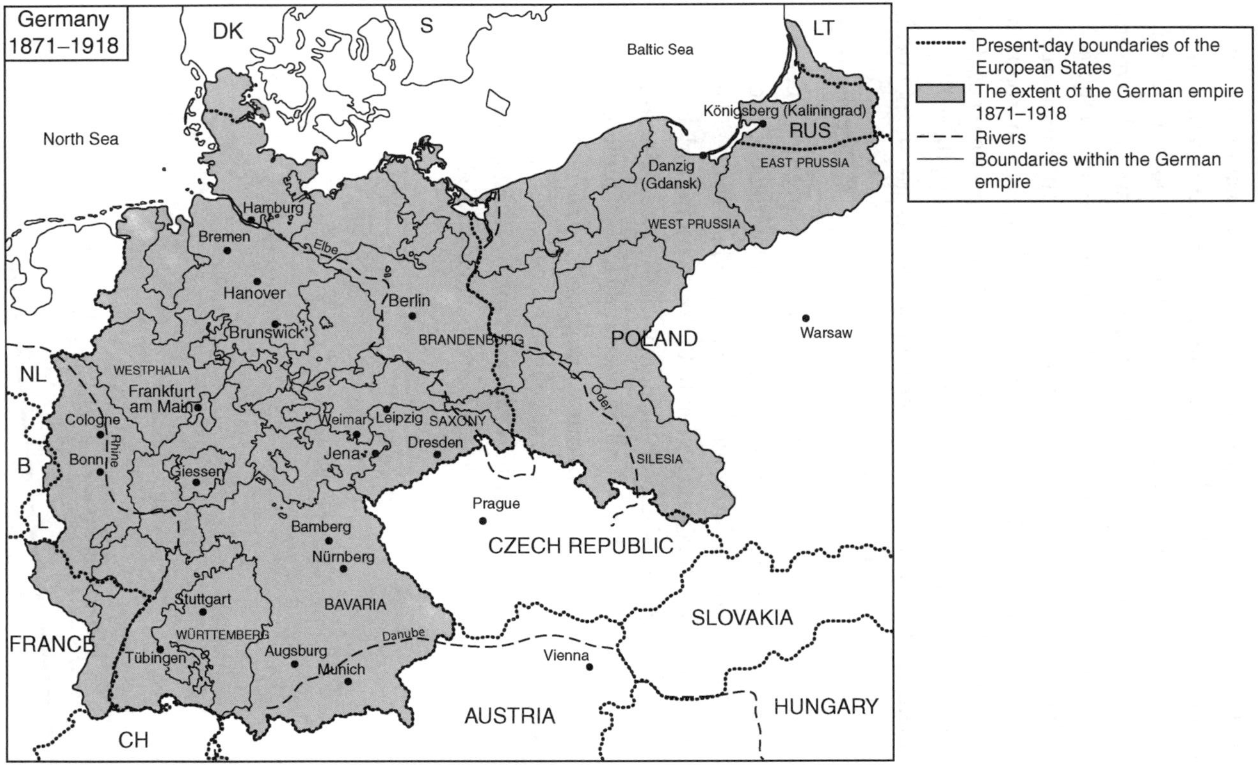

1. Germany at its greatest extent, between 1871 and 1918

a German writer because his plays were put on in Berlin than Arthur Miller was an English writer because his plays were put on in London, and to call Kafka a German novelist is rather like calling Seamus Heaney a British poet: there is some truth in the phrase, but only because it points to a tension between the writer's origins and material, on the one hand, and his medium and his public, on the other. This book is concerned with the literature of the state now called Germany, which needs to be seen in isolation from the literatures of Austria and Switzerland if its own peculiar dynamic is to become visible. Rambling though it is, there is a single tale to tell and it cannot be told outside its specific political, social, and even economic setting.

In order to bring out the coherence of the German story, I begin with a synopsis of political and cultural developments since the Middle Ages, without referring to individual writers. There follow four chapters which keep to the same framework but give rather more detail. Chapters dealing with the Middle Ages and the literatures of Austria and Switzerland can be found on the internet (http://www.mml.can.ac.uk/german/staff/nb215). Those who miss Kafka in the present volume have the benefit of the excellent *Kafka: A Very Short Introduction* by Ritchie Robertson (OUP, 2004), Chapters 1 and 4 being particularly relevant.

Chapter 1
The bourgeois and the official: a historical overview

German literature, in the narrow sense, is the literature of the states, predominantly the Lutheran states, of the Holy Roman Empire, and of their 19th-century successor kingdoms, which were gathered by Bismarck into his Second Empire and, after an interval as the Weimar Republic, formed the core of Hitler's Third Empire. Austria, though a part of the Holy Roman Empire, can be excluded from this story, as Bismarck excluded it, together with Hungary and Austria's other, non-Imperial, territories in the Danube basin. Prussia, however, has to be included because of its crucial role in the political definition of Germany, even though the duchy, later kingdom, of Prussia (now divided between Poland, the Baltic states, and Russia) was never part of the Empire but was an external power-base for the Electors of Brandenburg, rather like Austria's Danubian hinterland, and even though Brandenburg-Prussia contributed little of significance to German literature, outside the realm of philosophy, until the 19th century.

The clergy and the university

The Lutheranism is important. The Reformation of the early 16th century marks the beginning of German literature, in the sense of the term used here. Not just because the Reformation followed relatively soon (and doubtless not by chance) on the linguistic changes which brought into existence the modern form of the German language, and on the invention of moveable-type printing, which made it desirable, and feasible, to have a standard written language for the whole area across which German books might circulate. By transferring the responsibility for the defence of the Christian faith from the Emperor to the local princes, the Reformation made it possible to imagine a German (Protestant) cultural identity that could do without the Empire altogether, as free of political links to the Roman past as it was of religious links to the Roman present. More, the Reformation launched the individual Protestant states on a voyage towards cultural and political self-sufficiency even within the German-speaking world. In particular their clergy, then the largest class of the professionally educated and professionally literate, the bearers of cultural values and memory, were cut off from their fellows, even their fellow Protestants, by the boundaries of their state and their historical epoch. They could call only with reservations on the experience of Christians in other places and times and, in practical matters, they had to make their careers in dependence, direct or indirect, on the local monarch. Charged with providing, or supervising, primary education and other charitable activities, such as the care of orphans, which in Catholic states remained the responsibility of relatively independent religious orders or local religious houses, Protestant ministers were often virtually an executive branch of the state civil service.

The instrumentalization of the clergy in the Protestant princely states exercised a profound influence on German literature and philosophy because of a peculiarity in Germany's political and economic development. The towns, mainly Imperial Free Cities, which in the late Middle Ages had been the most dynamic element in German society – centres of commerce, industry, and banking which were also the centres of a richly inventive middle-class culture, especially in the visual arts – went into decline in the century after the Reformation and failed to adjust to Europe's shift from overland to overseas trade and to the new importance of the maritime nations. Germany's devastating religious civil war, the Thirty Years War from 1618 to 1648, sealed their fate. In the post-war period only the state powers could raise the capital necessary for reconstruction, and with few exceptions, the great Free Cities decayed into mere 'home towns'. The princely territories, with their predominantly agricultural economies and rural populations that could be pressed into military service, gained correspondingly in relative power and influence. A political revolt of the middle classes, which in 16th-century Holland and 17th-century England was largely successful but which in France went underground with the suppression of the Fronde by the young Louis XIV, was in Germany out of the question. The Empire became a federation of increasingly absolute monarchs who in cultural as in political matters looked to the France of the Sun King as their model. The courtly arts, such as architecture and opera, dedicated to the entertainment and glorification of the prince and his entourage, did well, but printed books were predominantly academic (so often in Latin) or, if they were intended to circulate more widely among the depressed middle classes, were either trivial fantasies, without social or political significance, or works of religious devotion commending contentment with one's lot. One institution, however, of the greatest importance to the middle class, which after the middle of the 17th century flourished better in Germany than elsewhere in Europe, was the university. At a time when England made do with two universities, Germany, with only four or five times the population, had around 40. The university had come late to the German lands – the first was at Prague in 1348 – but in the post-Reformation world it had a quite new significance. The absolute, princely state, with its ambition to control everything, needed officers to carry its will into every part of its domains, and these the university provided, principally, until the later 18th century, by training the clergy. Practical subjects, such as finance and agriculture, were also taught, and much earlier in Germany than in England, but always with a view to their utility in the state administration. The offspring of well-to-do professionals could afford to study law and medicine and rely on family connections to find them a billet, but for an able young man from a poor background the theology faculty, much the largest and most richly endowed, offered the best prospects of social advancement and future employment.

The 18th-century crisis

Eighteenth-century Germany was a stagnant society in which economic and political power was largely concentrated in the hands of the state, and intellectual life was initially in the grip of the state churches. There was little room for private enterprise, material or cultural. Yet this society experienced a literary and philosophical explosion, the consequences of which are still with us. The constriction itself put up the boiler pressure. In England and France there was a significant property-owning middle class, a bourgeoisie in the full sense of the word, able to find an outlet for its capital and its energies in trade and industry, emigration and empire, and eventually in political revolution and reform. In Germany the equivalent class was proportionally much smaller and shut away in the towns, where it could engage in political or economic activity of only local importance. What Germany had in abundance was a class of state officials (and of Protestant clergymen who were state officials by another name), who were close to political power, and were often its executive arm, but who could not exercise it in their own right, and could only look on enviously at the achievements of their counterparts in England, Holland, or Switzerland, or, after 1789, in France: 'They do the deeds, and we translate the narrations of them into German', wrote one of them. The only outlet for the energies of this peculiarly German middle class was the book. Germany in the 18th century had more writers per head than anywhere else in Europe, roughly one for every 5,000 of the entire population. Its first industrial capitalists, its only private entrepreneurs who before 1800 were mass-producing goods for a mass market, were its publishers. In the middle of the 18th century Germany's official class entered a crisis. The Seven Years War (1756–63) definitively established Prussia as the dominant Protestant power in the Empire and, on the continent of Europe, a counterweight to Catholic Austria, while Prussia's ally, England, emerged similarly victorious on the world stage in the race for colonies at the expense of its Catholic rival, France. Yet at this moment when – at least from a German point of view – Anglo-German Protestantism seemed to have demonstrated its superiority in all respects over Europe's Catholic South, the religious heart of the cultural alliance began to succumb to an enemy within. Under the name of Enlightenment, the deist and historicist critique of Christianity, which had originated largely in England, began to detach Germany's theologically educated elite from the faith of their fathers. Since there was not much of a private sector in which an ex-cleric could seek alternative employment, and since loyalty to the state church was something of a touchstone for loyalty to the state itself, a crisis of conscience was an existential crisis too. The struggle for a way out was a matter of intellectual and sometimes personal life and death. Two generations of unprecedented mental exertion and suffering within the pressure-vessel of the German state brought into existence some of the most characteristic features of modern culture, which elsewhere took much longer to develop.

Two routes led out of the crisis, one considerably more secure than the other. First, it was possible to adapt Germany's most distinctive state institution, the university, to meet the new need. New career paths, inside and outside academic life, became available for those with a scholarly bent but a distaste for theology, through the creation of new subjects of study or the expansion of previously minor options. Classical philology, modern history, languages and literatures, the history of art, the natural sciences, education itself, and, perhaps most influential of all, idealist philosophy – in these new or newly significant university disciplines 18th and early 19th-century Germany established a pre-eminence which, in some cases, has lasted into the present. Second, and more precariously, the ex-theologian could turn to the one area of private enterprise and commercial activity readily accessible to him: the book market. It has been calculated that, even excluding philosophers, 120 major literary figures writing in German and born between 1676 and 1804 had either studied theology or were the children of Protestant pastors. But there was a snare concealed behind the lure of literature. To make money a book had to circulate widely among the middle classes, the professionals and business people, and their wives and daughters, not just among the officials. But these were the classes that the political constitution of absolutist Germany excluded from power and influence. It was not therefore possible to write about the real forces shaping German life and at the same time to write about something familiar and important to a wide readership. The price of success was triviality and falsification; if you were seriously devoted to real issues you would stay esoteric, and poor. The German literary revival of the 18th century was in great measure the attempt, fuelled by secularization, to resolve this dilemma. Especially in the earlier phases it seemed that the example of England, the ally in Protestantism, might be the answer, and hopes of a German equivalent to the English realistic novel, at once truthful and popular, ran high. But Germany could not model its literature on that of England's self-confident and largely self-governing capitalist middle class. Its social and economic starting point was different, and it had to find its own way.

In Germany, political power and cultural influence were concentrated in absolute rulers and their immediate entourage, loosely termed the 'courts'. The interface between these centres and the rest of society, and specifically the groups that made up the reading public, was provided by the state officials. Therefore, the class of officials – those who belonged to it, those who were educated for it, and those who sought access to it – formed the growth zone for the German national literature. In material terms, a state salary, whether a cleric's, a professor's, or an administrator's, or even just a personal pension from the monarch, provided a foundation so that a literary career, albeit part-time, was at least possible and did not have to be a relentless chase after maximal earnings. In intellectual terms, the writers' proximity to power, and to the state institutions, meant that the issues they raised in the symbolic medium of literature were genuinely central to the national life and identity, even if their perspective was that of non-participants. The public literary genre which most precisely reflected the ambiguous realities of life in the growth zone, and which, towards the end of the century, reached a point of perfection subsequently recognized as 'classical', was the poetic drama, the drama which, though performable and performed, was most widely distributed and appreciated as a printed book. The dramatic form reflected the political and cultural dominance of the princely court, for none of Germany's many theatres were purely commercial undertakings, all required some kind of state subsidy, and even in the Revolutionary period most still served their original and principal function of entertaining the ruler. Circulation as a book, however, as Germany's equivalent of a novel, both truthful and commercially successful, reflected the aspiration of the middle classes to a market-based culture of their own. And, finally, the philosophical, if not explicitly theological, tenor of the themes of these plays reflected the secularization of Lutheranism which was providing a new vocabulary for the description of personal and social existence, whether by playwrights in the state theatres or by professors in the state universities. Among the most important elements in this new vocabulary were the concepts of moral (rather than political) 'freedom' and of 'Art', as the realm of human experience in which this freedom was made visible. The German 'classical' era gave to the world not only the meaning of the word 'Art' which enabled Oscar Wilde to say nearly a hundred years later that it was quite useless, but also the belief that literature was primarily 'Art' (rather than, say, a means of communication).

The rise of bourgeois Germany

'Germany' around 1800 was not so much a geographical as a literary expression. The most powerful impetus to give it a political meaning probably came from Napoleon. He imposed the abolition of the ecclesiastical territories, a radical reduction in the number of the principalities from over 300 to about 40, and the organization of the remainder into a federation of sovereign states, even before the formal dissolution of the Holy Roman Empire in 1806. His annihilating defeat of Prussia in the same year forced on it a programme of modernization which was to determine German social and political structures for the next century and a half. The modernization did not, however, take the republican form it had taken in France, and though constitutionalism briefly flourished when it was necessary to rouse the people to throw off the Napoleonic yoke from the necks of their princes, it was abandoned after the Carlsbad Decrees of 1819 which turned Germany, until 1848, into a confederation of police states. The Prussian commercial, industrial, and professional middle classes were still too weak to challenge the king, or even the landowning nobility (the *Junkers*), and introduce representative government or a separation of legislature and executive. Instead the successful bid for power came from the king's officials, and the autocratic absolutism of the 18th century gave way to the bureaucratic absolutism of the 19th – a rule of law, free of conscious corruption and directed to the common welfare, but imposing a military level of discipline on all layers of society. The king's personal decisions remained final, but they were increasingly mediated, and so to some extent checked, by his civil and armed services, into which the nobility were gradually absorbed – partly as a brake on the ambitions of the middle class. The new Prussia, the largest and most powerful of the German Protestant states, had an altogether new significance for its fellows, once the old Imperial framework had vanished. Territories which before 1806 could pass as constituent parts of a larger whole, however ramshackle and loosely defined, now had to justify themselves as economically and politically self-sufficient states, a task to which none of them, apart from Prussia, Austria, and perhaps Bavaria, could pretend to be equal. Some kind of association between them had to be found. There was a supine intergovernmental 'Federation' dominated by Austria and a much more effective Customs Union (*Zollverein*) of a smaller number of territories grouped round Prussia, but the word 'Germany' now meant something future and unreal. If it had once referred to the Empire and any other territories attached to the Empire in which German was spoken and written, now it meant the political unit in which all, or most, German-speakers would find their home. And there was the rub: who precisely was to be included in this future Germany? It could hardly contain both Prussia and Austria, as the old Empire and the new Federation were able, more or less, to contain them – though there were many dreamers to whom this seemed possible, among them the author of '*Deutschland, Deutschland über alles*' – but equally it could hardly exclude them, given their influence over the smaller states and frequent interventions in their affairs. In practice, the two great powers were resolving the issue for themselves: Prussia was expanding purposefully westwards to the Rhineland, while Austria was withdrawing from German affairs to concentrate on its non-German-speaking territories in Eastern Europe and North Italy. In the end, the Protestant intellectuals of Northern Germany, still held together, as under the old regime, by the publishing industry and the university network, threw in their lot with Prussia. After a decade of increasing agitation, 1848, Europe's 'year of revolutions', saw the summoning of the Frankfurt Parliament, a quarter of whose membership was made up of academics, clergy, and writers, and which in 1849 offered the Prussian monarch the kingship of a Germany without Austria. Friedrich Wilhelm IV refused to rule by the free choice of his subjects – 'to pick up a crown from the gutter' – though his brother, Wilhelm I, accepted the same 'lesser German' (*kleindeutsch*) crown when Bismarck secured it for him by force of arms in 1866–71.

To the extent to which it was a revolution of professors, and perhaps rather further, the failed German revolution of 1848 was a revolution of the officials, the last act, and the finest hour, of the 18th-century reading public. It was an attempt to unify Germany by constitutional and administrative means, while retaining for government, and monarchical government at that, the leading role in the structuring of society. But the balance of power in the German middle class was already beginning to shift fundamentally. Between 1815 and 1848 the population grew by 60%, and as poverty intensified the need for employment grew desperate. After some tentative, state-sponsored beginnings in the 1830s, a first wave of industrialization was felt in the 1840s, with huge (often foreign) investments in a railway network, mainly within the Customs Union, and a consequent economic upswing. The decade ended with an economic as well as a political crash, and with the last of the pre-industrial famines (partly caused by the same potato blight that devastated Ireland) – factors that together led (as in Ireland) to a surge in emigration. But in the following 20 years Prussia, governed from 1862 by Bismarck, embraced economic liberalism as a means of sweeping away historic and institutional obstacles to the unification of its heterogeneous territories, and the long period of intensive growth began which was to transform Germany into an industrial giant. As a result, when the Second German Empire was founded in 1871 it had a bourgeoisie, a property-owning and money-making class, which was much larger, wealthier, and more significant for the common good than anything the First Empire had known. The consequences for literature and philosophy were far-reaching. As this class emerged, it battled for self-respect and cultural identity with the long-established middle-class instruments of state power, the officials. The revived bourgeoisie had a more obvious interest in the economic and political unification of Germany than civil servants who owed their positions to the multiplication of power centres, and entry to it was not dependent on passage through the universities. In the early years of the 19th century its frustrated political ambitions expressed themselves, particularly in Prussia, in the literature of escape known as 'Romanticism', but as it gained in confidence its literary culture took on a more explicitly revolutionary, anti-official colour – though the oppositional stance betrayed a continuing dependence on what was being opposed. After the humiliation of official Germany at Frankfurt, however, with industry and commerce flourishing in the sunshine of state approval, any sense of inferiority passed, the icons of the previous century were cheerfully ridiculed, literature itself became a paying concern as copyright became enforceable, and novels and plays with such strictly bourgeois themes as money, materialism, and social justice emerged from the realm of the trivial and, for a while, linked Germany's written culture with that of its neighbours in Western Europe. The uniquely – for the outside world perhaps impenetrably – German culture of the late 18th-century Golden Age, scholarly, humanist, cosmopolitan, survived under the patronage of the lesser courts, in the lee of political events and economic changes, until 1848, but thereafter it declined into academicism or, in the case of the kings of Bavaria, into eccentricity. But though the official class had lost supremacy, it had not lost power, and through the universities, despite the growth of private cultural societies and foundations, it remained the guardian of the national past. As the redefinition of the German state came to preoccupy all minds, so the servants of the state were able to retain for themselves a certain authority and the two main factions in the middle class sank their differences in the national interest. The concept of '*Bildung*', meaning both 'culture' and 'education', was the ideological medium in which this fusion could take place, the value on which all could agree, precisely because it left carefully ambiguous whether you achieved '*Bildung*' by going to university or simply by reading, or at any rate approving, the right books. The term '*Bildungsbürger*' gained a currency at this time which it has never since lost. Suggesting a middle class united by its experience of '*Bildung*', its main function is to identify the official with the bourgeois, to create a community of interest between salaried servants of the state and tradesmen, property owners, and

2. The proclamation of Wilhelm I as German Emperor, 1 January 1871, in the Hall of Mirrors, Versailles (Anton von Werner, 1885). Bismarck is in the centre. The treaty of Versailles was signed in the same room in 1919 at the end of Germany's Second Empire

self-employed professionals. A crucial step in the definition of '*Bildung*' was the canonizing of the literary achievements of the official class as 'classical'. Germany in 1871 was not only to be a nation like England or France – it was to have its literary classics like them too.

In Bismarck's new Germany the bourgeoisie was accommodated, but kept on a short lead. It was given a voice in the Reichstag, the Imperial Diet, and the lesser representative assemblies of the constituent states, but the executive, with the Imperial Chancellor at its head, was in no formal way responsible to these parliaments. In practice, of course, the Chancellor needed their co-operation to secure his legislative programme and so officialdom lost the almost absolute power it had enjoyed in the earlier part of the century. But the dominant model for a society in which military service was compulsory was provided by the army (with the upper ranks reserved for the nobility), and Bismarck and his successors treated all attempts to establish parliamentary accountability as insubordination: the socialist party was virtually proscribed for over a decade. Within the constraints imposed by the supreme priority of national unity, the agents of autocracy continued to look down on those they regarded as self-interested individualists and materialists because they made money for themselves, rather than receiving a salary from the state. In the world of '*Bildung*' too the profession of a shared devotion to the national tradition papered over the deep animosity between those who wrote for a living and the university intellectuals whose literary activity was now largely confined to historical and critical study. Like Bismarck, the professor of 'Germanistics' – as it was beginning to be called – had as little taste for the bourgeois as for the socialists, Catholics, Jews, or women who were now unfortunately as likely as the bourgeois to involve themselves in the national literature.

In the turmoil of 1848–9, a little-noticed pamphlet, drafted by a German philosopher for a tiny group of English radicals, and with the title of *The Communist Manifesto*, had prophesied that the free markets aspired to by the national bourgeoisies would grow into a global market, a '*Weltmarkt*'. By the 1870s that prophecy was clearly coming true. Germany's first experience of globalization was painful, however. The worldwide stock-market crash of 1873, which began in Vienna, led to a long depression from which the world did not emerge until the 1890s. In Germany the depression was relatively shallow and some growth continued, though in the 1880s net emigration (which had totalled 3 million over the previous four decades) reached an all-time high of 1.3 million – a figure which is itself a measure of the intensity of globalization. In 1879 Bismarck was moved by the effect of cheap American grain imports on the incomes of the land-owning *Junkers* to listen to the growing demands for protection from other quarters as well, particularly the heavy industry that would be of strategic importance in wartime, and to abandon his earlier policy of free trade, erecting a tariff wall round his new state. At the same time, he put an end to his 'cultural war' (*Kulturkampf*) with the Catholic Church and endeavoured to outflank the working-class movement by introducing Europe's first system of social security. His motives in establishing 'state socialism', as it was soon called, were no different from those that had guided him earlier, and which had deep roots in the German past: first, the overriding need for unity in the state and, second, the interests of the agricultural nobility which continued to furnish Prussia with its ruling class. But the protectionist course on which Germany and the other European states now embarked, and which was eventually adopted even by Britain, long the staunchest advocate, and greatest beneficiary, of free trade, accentuated the division of Europe, and the world, into would-be autarkic blocs. Thanks to the inability of politicians, of any country, to imagine an international institutional order which would accommodate to each other the competing energies of numerous growing economies, the developed states, whether empires, federations, or unitary nations, set out to achieve economic and political – that is, military – self-sufficiency. Germany's bid for colonies in Africa and the South Seas, which began in 1884, was not so much a serious geopolitical move as a symbolic irritant. Like the huge expansion of the navy, it was a declaration that Germany was anyone's equal and could look after itself. As general growth resumed in the 1890s it became clear that, with its armed forces backed by the largest chemical and electrical industries in the world, and a coal and steel industry that was catching up on the British, Germany was capable, not necessarily of displacing the British Empire, but certainly of disputing its power to impose its own will. A British hegemony was giving way to a bi-polar world, and from the turn of the century something like a Cold War began in the cultural sphere. Britain turned away from the German models, particularly in philosophy and scholarship, which had had great prestige since the days of the Prince Consort, while voices in Germany emphasized the uniqueness of German literary, musical, and philosophical achievements and the need to protect 'Kultur' (the creation of the official classes) from contamination by the materialistic and journalistic (that is, bourgeois) 'civilization' of the West. The fusion of disparate elements in the concept of the '*Bildungsbürger*', though rejected by some of the most clear-sighted critics of the Second Empire, was sustained by projecting its tensions outwards on to the relations between nations and defining a unique role for the new Germany. Britain and France at this time wove similar myths of their own special mission in world-history. Tariff walls became walls in the mind, and the mental effects were as serious as the economic distortions which put increasing strains on the inadequate international political order. After more than a decade of toying by the nations of Europe with fantasies of their own exceptionality, in 1914 the war-games went real.

The officials strike back

Globalization spelled the end of the bourgeoisie, in the strict sense, and not only in Germany. A class living solely off its capital, off the alienated labour of others, was sustainable only by societies with open frontiers, with open spaces into which the disadvantaged and disaffected could expand. As the world economy grew into a single closed system, and as societies that shrank from the challenge of the political co-operation required by economic integration sought – in vain, of course – to seal themselves off in smaller units, so there was less and less room for a leisured capitalist class, and it was forced increasingly into work. The intrusion of work into the world of capital was reflected, in the first decades of the 20th century, in an intellectual upheaval which broke apart the forms and conventions of the earlier stages of cultural modernity and was at least as violent in Germany and Austria as anywhere else. In literature, art, music, philosophy, and psychology, the concepts of identity, collective and personal, that had been appropriate to an age when the world was wide, and economic expansion was untrammelled by political institutions, were subjected to intense and hostile scrutiny. It was Germany's misfortune that the representatives of the bourgeoisie achieved the political autonomy, and even supremacy, for which they had been struggling for well over half a century, only when their social and economic and even their cultural position was fatally undermined. In 1918 Germany had its revolution at last. But the new republic was born in military defeat and shackled at once by an unequal peace. It was shorn, not only of its symbolic overseas empire, but of much of its mineral wealth in the territories returned to France and the resurrected Poland. Its middle class, which had grown into prosperity over the previous two generations, was pauperized in the terrible inflations which reflected the lack of confidence in its future, and, with the loss of their capital, many private foundations and charities, old and new, ceased to exist. Its rivals, cushioned for a while yet by empire, and by the complacency of victory, could afford to ignore the challenge to their identity implicit in the global market. But Germany and Austria, friendless and unsupported by the labour of subject peoples, had to make their way back to prosperity by their own efforts, as the world's first post-imperial, and post-bourgeois, nations. The culture of the German and Austrian successor-states in the age of the Weimar Republic had about it a radical modernity, indeed postmodernity, whose full relevance to the condition of the rest of the world became apparent only after 1989.

In one crucial respect, however, the Weimar Republic had not been released from its past. The German bourgeoisie might have been reduced to a few super-rich families heading the vertically integrated industrial and banking cartels that had prospered in the days of Bismarck's 'state socialism'. But the other component of the middle class, the officials (including the professorate), had survived the debacle remarkably unscathed. The authoritarian monarch had gone, but the state apparatus remained, and its instinct was either to serve authority, or to embody it. The army, the academy, and the administration hankered after their king. They were ill at ease with parliamentary institutions that bestowed the authority of the state on a proletarianized mass society – that is, a society based not on the ownership of land, or even of capital, but on the need and obligation to work. The representative bodies of the Second Empire, crudely divided between nationalists and socialists, had been, largely, a sham and, once the monarchy that was the reason for their existence had passed away, they could not be grown on as a native democratic tradition. Nor was there any obvious external source of democratic inspiration. For nationalists there was no reason to look kindly on the liberal traditions of the victor powers, who hypocritically imposed self-determination on Poles and Czechs, in order to break up Germany and Austria, but withheld it from Indians and Africans, in order to preserve their own empires. To socialists it seemed more important that communist Russia had correctly identified the proletarian nature of modern society than that it was maintaining and extending the brutal Tsarist regime of social discipline. In the absence of native republican models, and with the Prussian inheritance still obscuring the view back to the Holy Roman Empire, the continuing identity of 'Germany' was largely guaranteed by the persistence of the official class and its ideology of apolitical '*Bildung*'. The ideology, however, diverted all but the most perceptive writers from the task of defending the constitution. On the one hand, any number of new theories of 'art' provided as many reasons for dismissing contemporary politics as superficial or inauthentic. On the other, the acceptance of political engagement could lead to a general rejection of conventional 'culture' and a coarse anti-intellectualism. The Weimar Republic was betrayed on all sides, and if the writers and artists, on the whole, betrayed it from the left, the public service, including the professors, betrayed it, massively and effectively, from the right. The National Socialist German Workers' Party presented itself, like 'state socialism', as above the distinction between left and right, as the party of national unity in the new age of work, but its appeal was unambiguously that of nostalgia for the authoritarianism decapitated in 1918. Its opportunity came when the excitement of global recovery in the 1920s faltered and, after the great crash of 1929, gave way to global depression. The disastrous decision of the Western nations to respond to this crisis with protectionism took in Germany in 1933 the form of electing a government committed to withdrawing the country from all international institutions and establishing in the economy, as in the whole of society, a command structure based on a military model – a queerly deranged memory of the Second Empire.

In the Third Empire, however, there was none of Bismarck's subtle accommodation with bourgeois free enterprise. It was the period of officialdom's greatest and most cancerous expansion, as new layers of uniformed bureaucrats were imposed on old in a permanent revolution generating permanent turf wars, and all the while new, malign, and irrational policies were executed with the same humdrum efficiency or inefficiency as ever and the traditions of Frederick the Great and the 19th-century reformers terminated in Eichmann and the camp commandants who played Schubert at the end of a day's work. By this stage, however, the culture of the German official class had ceased to be productive and was almost entirely passive. The universities, emptied of anyone of independent mind or Jewish descent, lost their global pre-eminence for ever. The agitprop generated by the 'Ministry of Popular Enlightenment' in the form of films, pulp fiction, or public art is of interest now only to the historical sociologist. Music and the performing arts were parasitic on the achievements of the past, which by and large they caricatured. The free and creative literary spirits, whether or not they had had official positions, were nearly all either dead or in an exile which they found very difficult to relate to their experience of Germany's past or its present. The professors of philosophy and 'Germanistics' who stayed behind devoted themselves at best to relatively harmless editorial projects. Of the worst it is still impossible to speak with moderation.

After zero hour

After 1871, 1918, and 1933, the fourth redefinition of Germany within a lifetime began in 1945. Territorially the adjustment was the biggest there had ever been. Millions moved westwards from areas that had had majority German populations for centuries. The state of Prussia was formally dissolved. Germany was returned approximately to the boundaries of the Holy Roman Empire (without Austria) at the time of the Reformation. Socially and politically too the zones occupied by Britain, France, and the USA recovered something of 16th-century Germany, before the rise of absolutism: a federal republic, with a Catholic majority, dominated by the industrial, commercial, and financial power of several great towns. Hitler had succeeded where all previous German revolutionaries had failed: he had made Germany into a classless society. For 12 years inherited wealth and station had counted for nothing; what mattered was race, party membership, and military rank. After the destruction, and self-destruction, of his absolutist regime the West German Bonn Republic began from a base of social equality unprecedented in the nation's history. But the foundation had been laid by Hitler's 'party of the workers' and thanks to the relatively rapid withdrawal of the occupying powers in the West the Federal Republic had from an early stage to confront, from its own resources, the question posed by its continuity with the immediate German past. At first the confrontation, in the public mind, took the form of a creative denial, the energetic construction of an alternative Germany, west-facing, republican, committed to free markets and European integration, and in economic terms highly successful. Culturally, however, the underlying continuity betrayed itself in a troubled relationship with the remoter past of the nation. The literary and philosophical achievements of the period around 1800 still enjoyed their Second Empire status of 'classics', but they were stylized and reinterpreted as an 'other Germany' of the mind from which, in some mysterious and fateful process, the Germany of 1871–1945 had become detached. To claim, however, that the Federal Republic had recovered that 'other Germany' – and the claim was implicit in the decision to call its cultural missions 'Goethe Institutes' – was to make the improbable claim that it somehow reincarnated the world of the late 18th-century principalities. The local German dialectic between bourgeois and official which created the literary culture of that era was at an end. The relentless advance of the global market had destroyed both parties: the European bourgeoisie was no more, swallowed up in the tide of proletarianization which has turned us all into consumer-producers for the mass market; officialdom had lost its privileged relationship to the national identity with the decline in significance of the nation-state and of the local centre of political power. Both the re-canonization of the classics and the contestation of their authority by critics who felt themselves sufficiently unimplicated in the German past to sit in judgement on it were failures to assess realistically the historical process in which the 18th-century literary revival, the rise and fall of German nationalism, and the emergence of the new republican Germany were all equally involved. The Russian zone of occupation, from 1949 the German Democratic Republic, was the site of unrealism's last stand. Here, as elsewhere behind the Wall – surely the ultimate tariff barrier – officialdom for 40 years enjoyed an Indian summer, in seamless real continuity with the previous regime of malignant bureaucracy but in total mental and emotional denial of any resemblance to it. Eastern Germany, in physical possession of many of the cultural storehouses of Bismarck's Prussia-centred Empire, claimed to be the only true inheritor of what the Second Empire had defined as 'classical' – though it implausibly represented the 'other Germany' as a great materialist tradition culminating in Marx, Engels, and the Socialist Unity Party. With some vacillations, which recall similar uncertainties in Hitler's cultural policy, this party line was maintained in theatres, museums, and the educational system. With far greater rigour than in the West, therefore, any interrogation of the present which threatened to reveal its affinities with the Germany of 1933–45 was suppressed, and the appalling crimes of that period were dismissed as somebody else's affair.

So it was left at first to relatively isolated writers and thinkers in the Federal Republic to begin defining an identity for the new Germany by remembering the nightmares from which it had awoken. Official memory, in what was left of the university system, struggled, on the whole unsuccessfully, to recover the literature of the previous two centuries as a living tradition. But poets and novelists and writers for radio, supported by a market eager for books, turned, with rather more effect, to the even more intractable task of relating private consciousness to the world-historical disasters that Germany had both inflicted and suffered, and gradually gained recognition outside Germany too. As the emigrant generation of the 1930s reached maturity, and as universities on either side of the Atlantic came to exchange personnel more freely, it also came to be appreciated in the wider world that German philosophy and critical theory still provided essential instruments for understanding the revolutionary changes of the 20th century, especially if they were allowed to interact with ideas from the English-speaking cultures. After 1968 some of these international developments accelerated, partly as a result of intensive French engagement with German thinkers, but Germany itself found it more difficult to move forward, perhaps because the rewards of a generation's reconstructive efforts were at last being enjoyed. The universities, transformed into institutions of mass education, finally lost their privileged position in the nation's intellectual life except perhaps in the area in which they had begun, Protestant theology. An affluent social security system took the sting of practical urgency out of domestic moral and political issues, whatever theoretical heat they generated. Above all, the gravitational field of the Democratic Republic pulled all left-wing thinking out of true, creating the illusion of a political alternative even when the regime was universally acknowledged to have lost all credit, spuriously reviving the attractions of ideas obsolete since 1918, such as authoritarian state socialism and German isolationism, and obscuring the significance of the once more rising tide of globalization. It was to the global 'culture industry', to an American TV series of 1979, not to 30 years of work by her native intelligentsia, that Germany owed her public awakening to the hideous truth that only then became generally known by the name of the 'Holocaust'. When the global market finally swept away the last vestige of old Germany in 1989–90, the redefinition of the nation – again the fourth in a lifetime – continued to be hampered by a persisting nostalgia which was only superficially directed at the old East (*Ostalgie*). In reality, it was the last – let us hope, fading – trace of an animosity that runs through 250 years of German literary engagement with the concept of nationhood: the animosity between the official and the bourgeois, between the representatives of state power (which makes people virtuous) and the forces that make money (and so make people happy). In the '*Weltmarkt*', the conflict between the economic system and political power has certainly not gone away – if anything, it has intensified – but it is more diffused, at once more intangibly collective and more internal to the individual. For nearly three centuries the German literary and philosophical tradition has been compelled by local circumstances to concentrate on the point where the opposing forces collide. But there has always also been a cosmopolitan, or internationalist, vein in German literature, and those who in recent generations have tapped into it – even perhaps at the cost of a life of wandering or exile – have been more able than strictly national writers to make Germany's traumas into symbols of general significance for other countries caught like their own between a national past and a global future.

Chapter 2
The laying of the foundations (to 1781)

(i) Towns and princes (to 1720)

From the middle of the 13th century, the social and political tensions were becoming apparent that were to determine the culture of modern Germany. A decline in the authority of the Holy Roman Emperors coincided with a European population explosion and an economic boom. Although plague and a worsening climate halted the continental expansion in the later 14th century, Germany by then had several major urban centres, notably Cologne, Augsburg, and later Nuremberg, with around 50,000 inhabitants, which were comparable to contemporary London. The modern commercial and banking system, born in Italy around 1200, of which the German cities were soon a part, brought with it new political and cultural attitudes. The cities which, in a long struggle with Germany's lesser rulers, the Emperors had freed from princely overlordship were, like the Italian city-states, oligarchic rather than democratic in any modern sense, but they were self-governing, through elective councils, and once the guilds, representing industry, had won a place alongside the merchants and bankers, political and economic life were closely integrated. Military and feudal values, such as obedience and honour, were overshadowed by values derived from the economic process, such as productivity and enjoyment, and by an interest in the spiritual significance of the material world. Above all, the monetarization of economic relations, the replacement of feudal dues and payments in kind by rents paid in cash, a process which in urban areas was largely complete by the end of the 13th century, had a fundamental effect on conceptions of personal identity. With the breaking of the physically tangible link between producing and consuming, individuals, particularly those not involved in the economic process of work, and particularly those not allowed a significant political identity either, were freed to think of themselves as primarily centres of – at least, potential – consumption and enjoyment, an attitude which can be called 'bourgeois', in the strict sense. Women, therefore, particularly those from monied families and those living in religious communities, were the first to give literary expression to this new sense of the self. Mystical writers from Mechthild von Magdeburg (c. 1210–83) to the great Dominican theologian and spiritual director of women religious, Meister Eckhart (c. 1260–1327), found new linguistic and literary resources to describe the infinite, eternal, and unearned pleasure of the life of the soul with God: Eckhart coined some of the most important abstract words in the German language, including '*Bildung*'. As literacy spread, the new concept of individual identity, reinforced by the practice of solitary and silent reading, rapidly made obsolete the chivalrous literature of feudalism, and after the rise of mysticism its themes survived only as the material of burlesque, of self-conscious revivalism, or of transformation into spiritual allegory. Outside the devotional realm much of the literature of the closely knit urban communities was collective or anonymous in origin: love songs, drinking songs, and ballads, later lumped together as 'folk songs', some of them still known today; liturgical and biblical dramas; the strictly regulated work of the literary guilds of artisans known as 'Mastersingers', most famous among them Hans Sachs (1494–1576). Narrative, whether in verse or prose, was often coarse, humorous, or obscene, and satirical in purpose. The collection of the exploits of the rogue Till Eulenspiegel ('Owleglasse') and the Low German animal epic

Reynard the Fox achieved European currency. New trends in the visual arts flowed in from the urban centres of Italy and the Low Countries and converged in the sculptor Tilman Riemenschneider (c. 1460–1531), and in Albrecht Dürer (1471–1528), the two artists of world stature produced by 15th-century Germany.

3. Tilman Riemenschneider, Apostles from the Altar of Our Lady in the Herrgottskirche, Creglingen, and faces of the 15th-century burghers who were Riemenschneider's patrons

The Ship of Fools (*Das Narrenschiff*, 1494) of Sebastian Brant (1457–1521), illustrated by Dürer, was the first German bestseller of the age of print. Johann Gutenberg's printing-press set up in Mainz around 1445 was the most influential contribution to world-culture made by the medieval German town, but in less than a century it was followed by another, almost equally important.

Both the main cultural tendencies of medieval German urban life, the mystical tendency and the realistic, came to a focus in Martin Luther (1483–1546), the son of a miner, who first trained as a lawyer and then became an Augustinian friar and professor of theology at the new university of Wittenberg.

Luther's teaching that God gave His heavenly rewards as a free gift in response to faith alone took to an extreme the mystics' dissociation of personal identity from the world of work. His Ninety-Five Theses (1517) against the papal practice of selling 'indulgences' – remission of the temporal punishment due to sin – were a passionate defence of the improbable belief (still prevalent today) that the soul is independent of the economic process. At the same time, like his near-contemporary Rabelais, Luther unashamedly spoke out for the material appetites that the towns had grown up to satisfy. His robust rejection of the poverty, chastity, and obedience to clerical authority to which he had originally vowed himself was expressed in the blunt, earthy, and satirical style of popular literature. He lived with equal intensity in the two worlds that monetarization had forced apart, and that the Catholic Church was struggling inadequately to hold together, and his revival of Augustine's distinction between the earthly and the heavenly cities was the true source of the modern dualism of matter and mind that is usually attributed to Descartes. His forceful yet divided personality marked all that he wrote, his pamphlets, sermons, catechisms, a handful of enormously influential hymns, and his translation of the Bible (1522–34),

4. Luther as an Augustinian friar in 1520, by Lucas Cranach the Elder (1472–1553)

which made him into one of the founders of the modern German language.

But there had been reformers before Luther and if he had relied on the protection only of the towns whose culture he embodied Luther would have been burned at the stake like Jan Hus. Luther survived his condemnation by the Pope, and then by the Empire at the Reichstag held in Worms in 1521, because his cause was adopted by some of the German princes. For a prince of the Empire there were positive inducements to stand behind Luther as he faced down the authority of the Hapsburg Emperor Charles V: not just Luther's transfer of ultimate jurisdiction in religious matters from Rome to the local ruler (originally intended only as a temporary provision), nor even the consequential transfer of Church property to the state, but a more subtle and more significant advantage in the princes' continuing battle with the towns. For if the princes could cast themselves as the guardians of the modern urban and commercial sense of individual identity, expressed in the new Lutheran piety, the towns could be weaned away from their dependence on the Empire, which had originally given them their rights, and they would eventually find their home with their local overlords. Supporting these powerful forces was a dangerous game. Unlike Lutherans, Calvinists and Anabaptists believed in a right of resistance to sinful civil authority, and a bloody struggle between the various political and religious interests continued until the Peace of Augsburg in 1555. Luther had refused to compromise at Worms, but at Augsburg Lutheranism was more accommodating. The settlement was the basis of Germany's constitution for the next 250 years: the Empire was further weakened by the admission of a variety of confessions; the power of the princes was further enhanced by the right to determine the religion of their domains; and the freedom of the new Christian individuals was pared down to a right to emigrate to a territory of their own denomination.

The full historical drama of the Reformation, of its breach with the past in the interests of the individual soul and its satisfactions, was given symbolic, even mythical, form in an anonymous work of genius written for the new market created by the new technology of printing, the *History of Dr John Faust* (*Historia von D. Johann Fausten*) published in Frankfurt in 1587. There was a real Dr Faust, a rather unsuccessful astrologer and alchemist who came to an obscurely unnatural end around 1540, and the originality of the Frankfurt '*Volksbuch*' (chap-book), as it is usually called, lies primarily in its presenting itself as a piece of news – a 'novel' in the etymological sense – a story of and for its own time, not a retelling of a traditional tale nor even a traditional collection of comic episodes, though that is its superficial structure. Its hero, or villain, takes to a radical extreme the 16th century's rejection of tradition by abandoning established learning for magic and selling his soul to the enemy of religion in exchange for 24 years of pleasure, culminating in the resurrection of Helen of Troy to be his mistress. (By a quirk of literary fate, travelling English actors soon brought to Germany a dramatic version of the life of Dr Faust which Christopher Marlowe had prepared on the basis of the original chap-book, or its English translation, and which, in popularized and decreasingly recognizable adaptations for amateur productions or puppet plays, diffused the story through the whole of the non-literate German-speaking world.) A deep anxiety about the possible ultimate implications of the individualism on which Luther's revolt was based underlies both the transgressive thrill of the narration of Faust's excesses and the moralizing retreat at the end, after the devil has claimed his own, into the collective security of orthodox (Lutheran) church life. Just as Lutheranism compromised politically, accepting subordination to state authority in order to survive as a vehicle for personal salvation, so it compromised spiritually, imposing on itself a hierarchy and formulaic dogmatism as strict as Rome's, for fear of its own revolutionary, perhaps even self-destructive, potential. The towns in which the Reformation had been born had lost interest in innovation, whether in business or in religion. Instead, Lutheranism acquired a parallel history of mystics, eccentrics, and ultimately Pietists, who developed its original inspiration outside its established institutions. Many of them drew on the works of Jakob Böhme (1575–1624), a self-educated shoemaker from Görlitz, who sought to unify theology and natural philosophy by postulating triadic relations between positive and negative principles described in language as creative and neologistic as Meister Eckhart's, and partly derived from alchemy. Under the name of 'Behmen' he became known and influential in England, where his readers eventually included Newton and Blake.

After the great catastrophe of the Thirty Years War princely power was finally consolidated as the distinguishing feature of German political and cultural development in the modern era. The Peace of Westphalia of 1648 was little more than a secular extension of the Peace of Augsburg of a century before: the hour of absolutism and its culture had come. In Germany even Lutheran or Reformed monarchs had a clear interest in suppressing the independent spirit of Protestant towns. In the literary response to these profound changes an important role was played by Silesia (now southern Poland) where, after the Battle of the White Mountain in 1620, the victorious Hapsburgs, acting in their own domains as princes rather than emperors, reasserted central authority and pursued a vigorous policy of recatholicization. The predominantly Protestant German-speaking bourgeois of Silesia found themselves therefore on the fault-line between the opposing forces of the age, both in religion and in politics, between Catholic and Protestant, between the urban past and the absolutist future, and they first pointed out the path that German literature was to follow for the next three centuries. Martin Opitz (1597–1639), a man of few personal beliefs, toyed in public with the possibility of conversion to Catholicism, and, born the son of a master-butcher, became a distinguished diplomat in the service of various princes to whom he dedicated his books. He is usually regarded as the reformer who made modern German literature possible, on the strength of his *Book of German Poesy* (*Buch von der deutschen Poeterey*, 1624) which determined that German versification is based on stress, not the number or length of syllables, established the French alexandrine as the standard German metre, and laid down rules for rhymes and such forms as the ode and the sonnet. But his real achievement was to reconcile literature to the new political realities, 'for it is the greatest reward that poets can expect,' he wrote, 'that they find a place in the rooms of kings and princes' and his programme of regularization gave German verse a new prestige as a courtly art. His disciples included another Silesian, Andreas Gryphius (1616–64), author of tragedies and of some of the finest German sonnets. In both genres Gryphius embodied the Lutheran conflict of loyalties in a tension between powerful passions and the constraints of Opitzian form – as if the towns that had given Germany both material wealth and the Lutheran conscience were protesting at their slow and violent subjection to princely authority.

The greatest German writer of the 17th century, however, had no time for anyone's rules. Johann ('Hans') Jakob Christoffel von Grimmelshausen (1621 or 1622–76) came not from Silesia but from Gelnhausen near Frankfurt. When he was 12, his Protestant home town was sacked and burned and he became a soldier. After changing allegiance and religion, and finishing the war as secretary of an Imperial regiment, he eventually settled down as a land-agent for the Bishop of Strasbourg in a village in the Black Forest and adopted, with rather tenuous justification, a title of nobility. In his picaresque and partly autobiographical novel, *Adventures of the German Simplicissimus* (*Der abentheuerliche Simplicissimus Teutsch*, 1668 and 1671), we hear for the last time for many years the voice of a free and venturesome middle class, confident that it knows the facts of life as well as anyone, that though our ultimate destiny may not be in our own hands, it is not in anyone else's, and that it is up to us to make of it what we can. Scenes of war, grisly and comic, of urban, rural, and commercial life, of sexual intrigue in high and low places, of sheer supernatural fantasy, and one of Europe's first tales of shipwreck on a desert island, are combined, through the retrospective narration of the principal figure, now a hermit, into a complex moral fable of rise, fall, and redemption. *Simplicissimus* sold as no book of quality did in Germany for another hundred years and Grimmelshausen followed it up with a number of parallel stories from the same milieu. Notable among them are the memoirs of the female vagabond and camp-follower Courasche ('courage' – the name she gives to the pudenda by which she makes a living), whose childlessness only increases her sexual appetite and whose tales of warring and whoring, brutality and deceit, are uncompromised by any of Simplicissimus' moral and religious reflections. Her story stops, but does not end: Grimmelshausen was a realist and knew that a world without redemption does not admit of conclusions.

In the literature of the post-war period realism was in short supply. Outside the courts and the schools secular literature was a minority interest – in 1650 it made up only around 5% of all books published in Germany, while popular theology accounted for four times as many titles. Printed literature, volume produced for a market, the one form of cultural expression that is by its origins bourgeois and by its nature commercial, was firmly in the hands of state institutions, the church and the university. Though these figures changed hardly at all over the next 90 years, a movement in the atmosphere is detectable around 1680. In 1681, for the first time more books were published in German than in Latin, and in the 1670s, with the foundation of the first Pietist educational and charitable institutions in Frankfurt and Halle, Lutheranism began a revivalist mission to the world outside the ranks of the clergy and the universities. The original Lutheran focus on the inner life was rediscovered and a resource that had once been exclusive to mystics was redirected into more generally accessible channels. The middle classes were beginning to identify their souls as a place of freedom and were accepting their subordinate, but effective, role in a greater scheme of things. The new attitude was perfectly and profoundly expressed in the philosophy of Germany's outstanding intellectual genius of the time, Gottfried Wilhelm Leibniz (1646–1716), for whom the universe is a completely rational system, though its rationality is manifest only to those positioned on its higher levels, such as monarchs, and ultimately only to God. But every one of the units out of which the system is constructed is a soul completely secure in its own identity (a 'monad'), invulnerable to external events, and with a perspective on the whole which, though limited, is perfect in its own way and so a unique expression of the Divine wisdom. 'Know your place' is Leibniz' metaphysics and ethics in a nutshell, and they accorded well with the position of most German writers and thinkers in the age of absolutism.

(ii) Between France and England (1720–81)

Everyone knows that the 18th century was the century of Enlightenment. But there were (at least) two Enlightenments for by 1700 there were two distinct constituencies with an interest in criticizing what remained of Europe's feudal institutions. On the one hand, there was the bourgeois Enlightenment, characteristic of England and Scotland, but with some support in France, which criticized the established property owners, first the Church and then the nobility, in the interests of the free movement of capital, and in the name of the free individual. In philosophy the bourgeois Enlightenment – represented, for example, by Locke, Mandeville, and Newton – tended to empiricism, to giving the evidence of the senses priority over the speculations of reason, and ultimately to materialism. But, on the other hand, there was also what can be called an official, bureaucratic, or monarchical, Enlightenment which criticized the relics of feudalism, whether the Church and the nobility or the guilds and the Imperial Free Cities, in the name of collective order and in the interests of a single, central administrative will. The bureaucratic Enlightenment – represented, for example, by Descartes,

Leibniz, and Leibniz' influential disciple Christian August Wolff (1679–1754) – was usually associated with philosophical rationalism – with a tendency to give rational principles priority over the unreliable evidence of the individual's senses – and with the cultural authority of France, since France had become Europe's most powerful centralized monarchy. The rationalist Enlightenment of state officials was particularly strong in 18th-century Germany as local monarchs sought to tighten their grip, consolidating their territories and unifying their administration. A single transparent system was to rule in society as in thought, and the pupils of Wolff, whose system provided a rational argument from first principles for anything from the existence of God to the importance of coffee-shops, had a virtual monopoly on university appointments in philosophy throughout the middle years of the century. French, the international language of Enlightened monarchs, was the language of the German courts: the nobility conversed and corresponded in French, read French books, and at the court theatres often enough watched French plays. By contrast, until the mid-18th century, English had no international standing and the empiricist Enlightenment of the Anglo-Scottish bourgeoisie had few followers in German philosophy, its influence being felt more in the natural sciences and later in the study of history (particularly at the new university of Göttingen, founded in 1737 by the English King, George II, for the benefit of his German subjects in the Electorate of Hanover).

English literary influence was at its strongest in the northern ports of Hamburg and Bremen, which led an independent existence in semi-detachment from the rest of the Empire. The true bourgeois culture that maintained itself here produced the first German translation of *Robinson Crusoe*, in 1720, and the first German imitations of the supreme vehicles of middle-class enlightenment in England, the 'moral weeklies', such as Addison's *Spectator*. A cheerful sensualism, confident of the value of the material world, prevailed in the local literature, in the often humorous love poetry of the merchant Friedrich von Hagedorn (1708–54) or the voluminous meditations on flowers, insects, and other natural phenomena of the city-father Barthold Hinrich Brockes (1680–1747). But it was difficult to integrate this essentially exotic empiricism with the systematic rationalism that was emerging as the intellectual orthodoxy of princely Germany. An unwittingly, if disarmingly, comic element enters Brockes' verse when his conscientiously minute empirical observations ride up against the Wolffianism that assures him everything has a purpose in the Divine plan, and he concludes, for example, that the ultimate perfection of the chamois is that its horns can be made into handles for walking-sticks. The future of German literature had to lie in somewhere less marginal than Hamburg, somewhere where the challenge of the Enlightened absolutist state would be more directly felt and met – somewhere such as Leipzig. Leipzig was the largest city in Electoral Saxony and the home of a trade fair which, together with its counterpart in Frankfurt, had been a pillar of the German publishing industry since the 16th century, but it was neither a Free City nor a centre of government. (The Elector and his court resided at Dresden, 70 miles away.) The majority of its citizens were as bourgeois as Hamburg's but they did not manage their own affairs. Leipzig, however, differed from the Imperial Free Cities in a further crucial respect: it had a university. Some of the most active members of Germany's subject middle class here lived alongside the most distinctive cultural institution of Protestant absolutism. In the second quarter of the 18th century, Leipzig was the centre of a powerful campaign to make literature in German the preferred means of cultural self-expression for a middle class, whether commercial or official, united in its acceptance of subordination to princely authority. The campaign was consciously modelled on that of Opitz, but it was in the hands, not of a diplomat and intimate of rulers, seeking a hearing for poetry in the chambers of the great, but of a professor of poetry (unpaid) and logic (paid). Johann Christoph Gottsched (1700–66) was the author of a two-volume compendium of the Leibniz-Wolffian philosophy and, in the spirit of that philosophy, he tried to show, in his *Essay towards a Critical Art of Poetry for the Germans* (*Versuch einer Critischen Dichtkunst vor die Deutschen*, 1730), how literature could and should be based on a few simple, rational principles, systematically applied, so that the same works could be enjoyed by the bourgeoisie and by university-educated civil servants. He concentrated therefore, not on the novel, the new genre developed during his lifetime by Defoe, Fielding, and Richardson for mass circulation among the English middle classes, and translated for the German market in suspiciously Anglophile Hamburg and Göttingen, but on the drama. Unlike the novel, the drama had a good classical and academic pedigree, and a central role in the culture of the courts, yet it still provided a measure of general entertainment. Gottsched opened up the drama as a channel of cultural communication between rulers and ruled in absolutist Germany. He insisted on the use of the German language, established personal links with such touring theatre companies as survived, and in collaboration with his wife wrote, collected, and translated model plays for them. But he also demanded that plays be rationally constructed and observe the unities and proprieties of the French drama of the age of Louis XIV, so making a play in German a conceivable alternative, in a court theatre, to a tragedy by Racine or an opera in Italian. Gottsched created a powerful idea, which continued to dominate the discussion long after his own applications of it had become ridiculous. But the novel, or rather, the developing book market which fed the demand for the novel, could not be ignored, and Gottsched did more by publishing plays, and collections of plays, as books to be read than by all his prescriptions for theatrical writing and performance.

German literature of the 18th century emerged not from the imitation of works of the English empiricist Enlightenment nor from Gottsched's Leibniz-Wolffian and France-oriented rationalism but from the conflict of the two, a conflict which mirrored the diverging interests of the official and the bourgeois wings of the German middle class, and which intensified as the century wore on. The direct opposition to Gottsched was concentrated in two areas of self-governing republicanism, Bremen in the north and Switzerland in the south, where the poetry of the anti-monarchist Milton, rich in depictions of the supernatural, was hailed as the counter-example to rationalism. The creative compromise between Gottsched and Milton was found, however, by a brilliant theology student in Leipzig, Friedrich Gottlieb Klopstock (1724–1803). In 1748 Klopstock published the first three cantos of *The Messiah* (*Der Messias*), a would-be Miltonic epic on the theme that had defeated Milton, the redemptive action of Christ, and written in hexameters, the metre of Homer and Virgil, previously little used in German. Klopstock went on to adapt Greek and Latin strophic forms in his 'odes', and these shorter poems on love, friendship, nature, and moral and patriotic themes – and the pleasures of ice-skating, for which he had a passion – show, better than his epic, the truly revolutionary feature of his writing: a new conception of the seriousness and autonomy of literature. He was committed to the commercial medium of the printed and published word, not to Gottsched's semi-courtly medium of the theatre, but he was claiming for what he wrote an authority equal to that of the state institutions of the university (which provided the scholarly basis for his formal innovations) and of the Church (which gave him the subject matter of *The Messiah* and the theological language of his other poems). In Klopstock's odes, however, the purpose of the frequent invocations of God and immortality is not to explore a religious mystery, but to underline the unique significance that attaches to his experience and his feelings simply because they are his, and because – as the strange and monumental form tells us – he is a poet. The anxious, slightly puzzled, naturalist who recounted his quest for order in Brockes' poems was replaced by a consciousness that knew itself to be the source of the meaning it found in a landscape, a thunderstorm, a summer's night. The shape of things to come became apparent when, on the publication of the first cantos of *The Messiah*, a patron emerged who was willing to underwrite this claim to exceptionality. The king of Denmark granted

Klopstock a pension so that the epic could be completed and he gave up his theological studies to become Germany's first full-time poet.

If poetry became the religion of Klopstock, Greek art became the religion of another ex-theologian, Johann Joachim Winckelmann (1717–68), who escaped altogether from the Germany that offered him only the drudgery of schoolmastering and tutoring to devote himself to the study of ancient art in Rome. In *Thoughts on the Imitation of the Greek Works of Painting and Sculpture* (*Gedanken über die Nachahmung der griechischen Werke in der Malerei und Bildhauerkunst*, 1755), he argued that the physical and moral beauty that we find in the art of the ancient Greeks derives from the merits of their society and religion; by imitating their art we can hope to recover those ancient perfections. The 'noble simplicity and calm grandeur', as his famous phrase has it, of their best works can suffuse our art, and lives, and – the implication seems to follow – our society and religion too. His ecstatic descriptions of particular works, above all the Belvederean Apollo, use the language of Pietist enthusiasm to suggest that through his own feelings and words the spirit of the ancient deities has re-awoken to become active in the modern world. As yet poetry and the visual arts were not understood as branches of the same human activity – what we now call 'Art' – but once they had both begun to be seen as alternative secular channels of divine revelation a first step had been taken towards a general aesthetic theory. (The term 'aesthetics' itself entered academic currency in 1750 as an invention of the Prussian disciple of Wolff, Alexander Gottlieb Baumgarten [1714–62].)

Among the German middle classes, however, the most widely disseminated substitute for the institutional religion that was so closely associated with princely dominance was in the mid-18th century neither poetry nor the visual arts, but an intense interest in personal feelings. The inner sanctum of pre-social identity,

5. Wieland, the model 18th-century man of letters, at his writing desk, 1806

which Pietism called the soul, and Leibnizianism called the monad, was given a secular form as the power of having emotions, and here at least the individual could feel master of his or her fate. Men and women alike found themselves in Laurence Sterne's *A Sentimental Journey* (1768), so that its German translation almost immediately provided the name of their culture of tears: '*Empfindsamkeit*', 'Sentimentalism'.

Their mentor was Christoph Martin Wieland (1733–1813), though not all of Wieland's readers perceived the extent to which his refined materialism undermined the security of their inner fastness. Another son of a pastor who was early troubled by religious doubts, after translating Shakespeare he eventually found his literary metier: the novel, or romance, set in an imaginary world, usually a schematic and sunlit classical antiquity, in which an amusing plot, psychologically subtle and flirtatiously erotic, was recounted by a shrewd and ironical narrator. It was a compromise with the manner of Fielding, perfectly attuned to German circumstances. No risks were run through any direct representation of contemporary reality, but a kind of realism was none the less achieved. The effects of human emotions on the mind, on moral, philosophical, and political attitudes, were analysed with great delicacy in these novels (notably *Agathon*, first edition 1767), in Wieland's exquisite verse narratives (for example, *Musarion*, 1768), and in his letters. He was at the centre of a Germany-wide web of letter-writers who exchanged with each other thoughts and feelings, and thoughts about feelings, occasioned by the incidents of their uneventful lives or by the books they were reading (whether religious or, with increasing likelihood, not). The balance that, with a deceptive appearance of ease, he achieved between sense and reason in his thinking, and in his writing between imported and native traditions, Wieland also achieved in his personal affairs between officialdom and private enterprise. In 1769 he was appointed to a professorship of philosophy at the little university of Erfurt and three years later he accepted the invitation of Anna Amalia, regent of the nearby duchy of Saxe-Weimar, to become tutor to her son Karl August, who was approaching his majority. Wieland took the Duchess's shilling and settled in Weimar but he did not lose his independence. In 1773 he began a literary newspaper *Der Teutsche Merkur* (*The German Mercury*), in which his correspondence network went over seamlessly into print. It became the most successful periodical in southern Germany, and, though he eventually retired from full-time editorship, it provided him with a supplementary income for the rest of his long and productive life.

The Seven Years War, which in 1763 appeared to conclude with the triumph of the Protestant interest, inaugurated in Germany a new and more turbulent phase of cultural transformation. The greatly heightened prestige of English culture after the war meant easier access to a free-thinking and individualist Enlightenment, which increased the friction between intellectuals and the social and political structure of absolutist Germany. Gotthold Ephraim Lessing (1729–81), for example, was the son of a pastor and studied theology in Leipzig, but the combined influences of English deism and of Gottsched's favourite troupe of actors led him to abandon a clerical career for the uncertain life of a literary freelance. Having written plays since his teens he had his first major success in 1755 with *Miss Sara Sampson*, virtually a manifesto for the English style. This first German, or 'bourgeois' tragedy (*bürgerliches Trauerspiel*), with its indecisive seducer, virtuous victim, and sorrowing father, was an implausible attempt to put on the stage the Richardsonian multi-volume novel of sentiment. To that extent it subscribed to Gottsched's view that the drama, not the novel, was to be the means of literary self-expression for the German middle classes. But in 1759 Lessing carried out the most effective literary assassination in the German language when in a single issue of his periodical he dismissed Gottsched's 'reforms', put Shakespeare in the place of Gottsched's French models, and pointed German writers looking for authentic local material to the home-grown story of Dr Faust (whom he envisaged as an Enlightenment seeker after truth, who could certainly not be condemned to eternal punishment). In the immediate aftermath of the war Lessing then wrote a comedy which confirmed both his commitment to a realist literature of contemporary life and his distaste for the politics of Frederick the Great, whose campaigns had brought Silesia to Prussia but had devastated Dresden, Leipzig, and the Saxon economy: *Minna von Barnhelm* (published 1767) is the earliest German play to have been continuously in the repertoire since its publication, though its sardonic undertones have not always been appreciated. Lessing seemed in the 1760s to be German literature's most radical voice, indeed he was helping to redefine what literature was. As an ex-theologian, struggling to find himself a niche in the private sector, and opposed to the authoritarianism of either state or church, he represented all the social interests that might lie behind a shift from rationalism to empiricism, and from French to English models. But he knew the precariousness of his position. In 1766 he published a theoretical treatise, *Laocöon*, which purported to differentiate literature from painting, but thereby implied an initial comparability between them and so prepared the way for the view that they were both after all only variations on the same human activity that would soon be known as 'Art'. The ambiguity – was literature a power in its own right or did it belong with such other adornments of court life as the visual arts? – reflected Lessing's awareness of his vulnerable social position and of the possibility that in Germany literature might not be able to establish itself as an economically and politically independent cultural authority. He spent the next three years as the house playwright for a doomed attempt by the Hamburg bourgeoisie to set up their own 'National Theatre'. After its collapse he accepted that only if he compromised his principles could he make the decent living that would allow him to marry and settle down, and in 1770 he entered princely service as the librarian of the Duke of Brunswick in Wolfenbüttel. His last tragedy, *Emilia Galotti* (1772), was a bitter farewell to his earlier life, a story of the corrupting effect of absolute power both on the prince who wields it and on his middle-class victims, whose only defence against him is moral and physical self-destruction.

The achievement of literary greatness through a disappointed love-affair with England was the unexpected outcome of the career of Georg Christoph Lichtenberg (1742–99), Germany's most prominent natural scientist (he was professor of physics in Göttingen and the teacher of Gauss), and an entertaining and effective satirist of various fashionable intellectual follies. A subject of George III, whom he knew personally, he twice visited what he called 'the Isles of the Blessed', and admired English science, industry, literature, and political institutions. All his life he gathered materials for a comic novel in the English manner but what his literary executors found was far better than any completed pastiche of Fielding or Sterne would have been: the commonplace books in which day by day he had recorded ideas, fragments, reflections, turns of phrase, the first, most varied, and most personal German collection of aphorisms, a form in which the English have never excelled:

> In many a work of a famous man I would rather read what he cut out than what he has left in.
>
> When he saw a midge fly into the candle and it now lay in the throes of death he said: 'Down with the bitter cup, you poor creature, a professor is watching, and is sorry for you.'
>
> English geniuses go on ahead of fashion and German geniuses come along behind it.

If only Germany too could have a free and active middle class, outward-looking and confidently realistic, individualistic to the point, if necessary, of eccentricity, and with a literature, and especially with novels, to match! That longing was the energy that powered the literary turmoil of the 1760s and 1770s, which has become known by the title of one of the minor plays it produced, *Sturm und Drang* (Storm and Stress). The theorist of the movement, Johann Gottfried Herder (1744–1803), an East Prussian from what is now Poland, spent his life in struggle with the dominant forces of secularization and absolutism. Despite a serious crisis of faith in the early 1770s he refused to bow to the authority of deist critique and remained a clergyman, but though therefore a state official he maintained a middle-class hostility to monarchs. He envisaged, but never quite achieved, a synthesis of aesthetics, theology, and the rapidly expanding field of cultural anthropology, which he was one of the first to attempt to organize: indeed, his conviction that the material circumstances of a people's life, their skills, language, beliefs and artistic and literary practices, make up a single self-sufficient and characteristic whole was instrumental in forming the modern concept of a 'culture'. It was Leibnizian monadism applied to history. Individual human beings too, he thought, have a unique character, an 'original genius', which particularly through the medium of language can become a people's common possession. Literature, whether sacred or secular, is a tissue of individual and collective genius. Shakespeare was a 'dramatic God', a maker of worlds, but he could not be detached from the English culture which had formed him and which he then helped to form. It followed that Germany could not acquire a national literature like that of England or France merely by imitating English or French models: Germany had to identify and draw on its own resources, on its medieval past, its popular entertainments, its folk song. At Strasbourg university in the winter of 1770–1 Herder met the man he thought capable of that task: Johann Wolfgang Goethe (1749–1832).

Goethe was exceptional among 18th-century German writers, and not just in his abilities: at least as a young man, he had no need to write for money, or even to work at all. He was a true bourgeois, a member of the upper middle class of the Imperial Free City of Frankfurt. His mother was the daughter of the town clerk, his father lived on his capital, and he studied law – first at Leipzig (where he met Gottsched) and then at Strasbourg – more in order to occupy than to advance himself. He was spared the anxieties and necessities which drove his contemporaries into a creative compromise with their political masters and he might eventually have been lost to literature altogether. But Herder showed him how the traditions of the late-medieval and early-modern German towns that he embodied met the literary need of the moment and could in him re-enter the mainstream. On his return to Frankfurt, having proclaimed to his friends his conversion to Shakespeare, Goethe completed in six weeks the first draft of a prose chronicle play, unlike anything in German before it, with 59 changes of scene, based on the memoirs of the early 16th-century robber baron Götz von Berlichingen, and with a cameo part for Martin Luther. He became increasingly interested in the 16th century, when German urban culture had been of European significance, he studied Hans Sachs and imitated his verse, and like Lessing he began to think of re-dramatizing the story of Dr Faust. Goethe's Strasbourg experience was, fundamentally, and thanks to Herder, linguistic: the discovery of the literary potential of the language of ordinary people outside the established educational, cultural, and political institutions. There is nothing like the language of the best scenes in *Götz von Berlichingen* (published 1773) in French or English literature of the time, except perhaps in the work of Robert Burns. A few acquaintances shared his experience and inspiration, notably Jakob Michael Reinhold Lenz (1751–92) and Heinrich Leopold Wagner (1747–79), and they were the creative core of the Storm and Stress movement, though others made more noise.

Goethe's greatness lay, however, in his ability to bring together all the strands of contemporary intellectual life (and in his being free to do so). In the 1770s and early 1780s, he poured out a cornucopia of lyrical poems, many of them the inspiration of a moment, some left unpublished for years, and nearly all of them unique in form: ballads, imitations of folk song, rhymed fragments that catch an emotion on the wing, full-length odes, mysterious chants, and unclassifiable poetic responses to – rather than meditations on – life, God, love, and Nature, some only half-emerged from the context of a letter or a diary. They have become some of his best-known works, not least because of their appeal to generations of composers. They are the product not just of the new intimacy with the spoken German language and German popular traditions that he gained in Strasbourg and of his intuitive response to Shakespeare's symbolic use of natural imagery, but also of a confidence, learned from Klopstock, in the vivifying poetic consciousness, and of an openness to the Pietist and Sentimentalist practice of self-scrutiny. Goethe sought and cultivated friendships through the Sentimentalist network, of which his own correspondence quickly became a valued part. An instinct seems to have told him that Wieland's path of compromise had more future in Germany than any attempt to set up an autonomous middle-class culture, and he became increasingly aware of the tragic potential in the movement which saw him as the growing-point, or even the 'Messiah', of German literature. *Götz von Berlichingen* is an ambiguous play, and not just because its hero's iron hand is a symbol both of strength and of emasculation. It tells two stories, one of Götz, who spends his life fighting to arrest the course of history and defend the old freedoms of the Holy Roman Empire, and one of his *alter ego*, Weislingen, who throws in his lot with the rising power of princely absolutism. But the zestful energy of the story-telling, by a poet in love with his subject matter, conceals that both life-plans end in a cul-de-sac: Götz fades away into admonitory irrelevance; Weislingen succumbs to his own inner divisions. *Götz* was one of the first consciously 'historical' works of imaginative literature and it was an important model for Walter Scott, who translated it. But its themes of political conflict and personal destiny belonged to Goethe's own time and generation, and in his next major work he succeeded in incorporating those themes into a realistic depiction of contemporary life, not in the compromise form of a virtually unstageable drama, but in the modern form *par excellence*, in a novel.

The Sorrows of Young Werther (*Die Leiden des jungen Werther*, 1774) made Goethe a European name, though the novel's tragic plot depends on specifically German circumstances (and was based on a real event). It is a novel in letters, but since the letters all come from Werther and say nothing about their addressees they appear to be written to the book's readers, who are thereby invited to see themselves as a circle of correspondents and Werther as one of their own. Even now the novel has an extraordinary power to draw its readers into the intoxicating logic of Werther's hyperactive sensibility: the swings of mood in his response to the natural world; his obsessive love for Lotte, engaged, and then married, to another man; the disintegration of his mind as an 'Editor' steps in to piece together the evidence for the last days and hours before he shoots himself. What might make the book seem dated is actually the reason for its continuing modernity: for all the importance in it of the idea of 'Nature', it represents feelings not simply as spontaneous but as furnished to its characters, and to its readers too, by culture – by books and fashions. Its realism is social, even in matters of the mind. Werther wears the clothes and boots of an English country gentleman to demonstrate both his personal integrity and his independence of court and university and he and Lotte know they are soulmates because they both react to a thunderstorm with a reminiscence of the same ode by Klopstock. Werther's story is therefore not simply the story of the self-destruction of a pathological individual, but like Emilia Galotti – and Lessing's play is open beside him when he dies – he is driven to his death by social and political constraints as well. Halfway through his 'affair' with Lotte he attempts to escape from his emotions by taking a job as a state official. However, he has enough money – he is enough of a true bourgeois – not to be kept in the job by financial necessity and he soon feels driven out of it, and back to his obsession with Lotte, by the exclusivism of the ruling nobility, who see in him a representative of the new class of upstart intellectual. With a specificity the brilliance of which has faded little with time, *Werther* recounts the failure, in hostile economic and political conditions, of the bid from that class to establish a culture of its own on an English model. But the novel also shows the consequences of failure: the danger that the Sentimentalism which was the only alternative to revolt would run out of control and feeling would become detached from any external reality, even from life.

Werther destroys only himself. But the revolt of the 'geniuses', as those around Goethe were soon called, could extract a price from others too. At the same time as he was writing *Werther* Goethe was thinking about the 16th century again. But the version of the Faust legend that he was drafting was far from being a historical drama like *Götz*. He envisaged a 'new' *Faust* in which a light historical varnish would ease the introduction of a few unavoidable supernatural elements into an essentially modern plot. Apart from its first three scenes, which show Faust as a magician who, in some unexplained way, acquires a diabolical companion, Mephistopheles, Goethe's first draft of his life's work – usually called *Urfaust* ('the original *Faust*') – is an 18th-century seduction narrative which owes much to Richardson and little to the original chap-books and plays. There is no warrant in the tradition for the story of Faust's liaison with a town-girl, Margarete ('Gretchen' is an affectionate diminutive), unless she is seen as this modern Faust's modern Helen, as Goethe at one time probably intended. Goethe's play is quite different, however, from other seduction stories of the time – *Miss Sara Sampson*, for example. The difference lies, firstly, in the character and motivation of the seducer. The first scenes are not detachable from the rest of the action: Faust is no philanderer, his love-affair with Gretchen is a fulfilment of the passionate urge he expresses in his opening monologue to leave behind the cerebral world of mere thought and embrace with all his senses the full human lot. He turns his back on the university – the only trace of princely Germany in the play's social setting – and seeks reality in the life of the town, first in its taverns and then in the little world of its hard-working but contented, Catholic, inhabitants who seem untroubled by the yearnings that torment him, a free thinker, and probably a (former) Protestant. Yet his disquiet echoes their deeper needs too: because Gretchen can recognize in Faust the promise of some unknown, but not unreal, fulfilment she can respond to him in desire, while Faust's desire for her, at first simply sensual, turns to love. The sympathetic realism with which her relatively lowly milieu is depicted – her sparsely furnished room, her homely turns of phrase, the gossip of her neighbours – has few parallels in contemporary literature (Goldsmith perhaps); the stark tragedy of her desperation in pregnancy, her alienation from her family, her infanticide, madness, and condemnation to a death she still fears, has none. The malignant presence of Mephistopheles, who rejoices in her undoing, extends her tragedy to Faust. Her end seems to be her lover's too and the revolt of this modern Faust seems, like that of his original, to lead him down to Hell, cast out even by the world with which he has fallen in love. But the significance of this simple story, simply told, is enlarged and transfigured as Goethe pours into it all the resources of the poems he was writing at the time. Each of the concise, individual, almost disconnected scenes has its own mood, and most have their own time of day. The feeling soul, whose insistent longing for reality is imperiously articulated by Faust, enters into the texture of the play. The powerful visual themes around which the scenes are built up – Faust's magic book, Gretchen combing her hair or offering flowers to the Madonna – are enhanced by the rich imagery and rhythmic variety of Faust's visions and Gretchen's haunting songs, and by the terrible plausibility of her final ramblings in prose. A bitter story of cultural defeat is transformed by Goethe's poetry into a true tragedy of love and betrayal, ambition and guilt.

Lenz and Wagner, who both also treated the theme of the infanticide mother, shared Goethe's empathy for popular speech, though without his ability to turn it into poetry. Lenz, however, achieved something almost as remarkable: his plays *The Tutor* (*Der Hofmeister*, 1774) and *The Soldiers* (*Die Soldaten*, 1776) are virtually novels about contemporary Germany. Dramatic structure is dissolved into a kaleidoscope of plots and snapshot scenes, but the dramatic form is used to create an extraordinary objectivity. Lenz ruthlessly strips out any compromise with Sentimentalism and the monadic tradition: his characters have no inner life but are shown as functioning social mechanisms, manipulating each other through language. They may appear to be grotesques but they are still capable of suffering, and Lenz was as aware as Goethe of the tragic potential in his society. Läuffer, the tutor, in his play of that name, is an exemplar of the class of unemployed ex-theologians (Lenz himself was one) out of which German literature, and the Storm and Stress, emerged. But Läuffer is no Faust. He falls in love with his charge and caught between inescapable desire and equally inescapable oppression he gives up the struggle and emasculates himself. The failed revolt, a theme of many works of the Storm and Stress, was a historical reality though no one represented its true character as directly and painfully as Lenz. Lenz himself succumbed to mental illness, and most of his fellow-writers emigrated or otherwise fell silent.

Goethe, however, did not give up, though he considered emigration to Switzerland. In 1775 he did transplant himself, but within Germany. He broke off his work on *Egmont*, a play he had started to write on the 16th-century Dutch revolt against Spanish absolute rule, followed Wieland's example, and settled in Weimar at the invitation of Duke Karl August, now 18 years old. At his suggestion Herder was summoned shortly afterwards to become the spiritual head of the duchy's Lutheran Church. Goethe's move from bourgeois Frankfurt was an acceptance of reality, of the primacy of princely Germany, and it both coincided with the peak of Storm and Stress and marked its passing. 1776 anyway put an end to the mid-century outburst of Anglophilia. Once England was at war with its American colonies it could no longer be represented simply as the land of the free. There was no longer an obvious external model for those who felt oppressed by conditions at home, and no longer an easy choice between the culture of the towns and the culture of the princes or between the empiricist and the rationalist Enlightenment. Germany would have to find its own way out of its internal conflicts. In 1776 two high-voltage plays – *The Twins* (*Die Zwillinge*) by Friedrich Maximilian Klinger (1752–1831) and the more nuanced *Julius von Tarent* by Johann Anton Leisewitz (1752–1806) – gave expression to this new, or newly acute, dilemma, by means of the same dramatic motif: the murderous strife of two brothers. At the same time a rebellious schoolboy in Stuttgart, Friedrich Schiller (1759–1805), began drafting the definitive treatment of the theme, his first play, *The Robbers* (*Die Räuber*), which took the reading public by storm on its publication in 1781, and reduced its audience to sobs and swoons when it was first performed the following year.

Like the two wings of the German middle class, the bourgeois and the officials, Schiller's two brothers are united by what divides them: they are both potential successors to the *ancien régime* represented by their father, the almost permanently moribund Count von Moor. Karl, the legitimate heir, has a high ethical sense but while at university is tricked into revolt by his younger brother, Franz. Franz, a materialist, determinist, and would-be atheist, puts on an appearance of subservience but is plotting not only to supplant his brother but to kill their father. Karl's crimes as leader of a robber band, however, prove more real and more numerous than those of Franz and when the Count finally dies both brothers are equally responsible. But the succession falls to neither, for both have committed suicide – Franz literally, and Karl in effect, by surrendering himself to the power of the law, in order to expiate his wrongdoing. The moral authority of the dead father is the sole survivor of two collapsed insurrections, though it is unclear in what form that authority can now be embodied, since all existing legal institutions have been denounced as hopelessly corrupt. A modern, international audience can still be gripped by the story of Karl and his band, a prescient analysis of the logic of self-righteous terrorism in a moral void. The huge success of the play in Germany in its own time and subsequently was no

6. August Wilhelm Iffland (1759–1814), playwright and actor-director, as Franz Moor in the first performance of Schiller's *The Robbers*

doubt due to the ferocity with which it dramatized the conflict between the two value-systems available to the middle class in its struggle against princely rule – self-interested materialism or university-educated idealism – while it left prudently unassailed the structure of power itself. The future seemed to lie with a suitably chastened Karl rather than the rapaciously individualist Franz. Schiller's late version of Storm and Stress was free of any hankerings after England and largely unaffected by Herder's and Goethe's desire to revive older German culture, especially that of the towns. Instead Schiller focussed, with the penetrating clarity of a born dramatist, on the political and moral fault-lines in his contemporary society. With *The Robbers* an independent modern German literary tradition begins.

Chapter 3
The age of idealism (1781–1832)

(i) A republic of letters (1781–1806)

1781 was a remarkable year. It saw the publication not only of *The Robbers* but of another work destined to have an even deeper and wider effect on German culture, *Critique of Pure Reason* (*Kritik der reinen Vernunft*) by Immanuel Kant (1724–1804). 'No man of learning', Goethe later wrote, 'has with impunity rejected, opposed, or disdained the great philosophical movement begun by Kant'. Kant had been through his own version of the crisis that in literature culminated in Storm and Stress, but unlike the poets he had spent the 1770s publishing nothing, just thinking and writing. He was free to do so because in 1770, after 15 years as a private teacher of Wolffianism, he had at last been appointed to a salaried professorial chair in the university of Königsberg. But at about the same time he was confronted with the challenge of the radically sceptical empiricism of David Hume, which seemed to put into question his life's work so far. In the ten years of thought that followed Kant endeavoured to reconcile the empiricist Enlightenment of the bourgeoisie with the rationalist Enlightenment of the officials in a new fusion to which he gave the name of Idealism. Kant believed he had shown that something like the Leibniz-Wolffian rational order of things is implied or presupposed by what we can know of the world through our senses: we cannot know that order directly, because it is the precondition of our knowing anything at all, but it furnishes the ideal, or pattern, to which we have to approximate what we do know. Knowledge has to have both an empirical content and a rational form. Kant achieves this result by a re-examination of the relation in our experience between the subjective and the objective (terms that acquired their modern sense in German academic philosophy in his lifetime), which he compares to the Copernican revolution in astronomy. Just as Copernicus argued that we saw movement in the sky not because the stars move but because the earth moves, so, Kant implies, he has shown, without changing the appearance of the natural or moral world, that some of its basic features are to be attributed to the observer, not to the observed, to the subject, not to the object. We cannot know things as they are in themselves, we can know them only as they appear to us, mediated through our perceptual and mental apparatus, and acquiring on the way an aspiration to a necessary and rational structure. In his theory of knowledge Kant carefully balances the claims of the sensuous and the particular against the claims of the rational and universal. In his moral theory, similarly, he balances the – apparently radically individualist – assertion that only the free actions of a self-determining agent, unaffected by external influences, can count as moral against the equally emphatic assertion that freedom is not freedom to do what you like but freedom to impose on yourself a universal law. This subtle compromise between two different Enlightenments provided an ideological basis on which the German official class could claim to represent and harmonize the interests both of the economically productive middle class and of the absolute monarch, or state, which they served. By the mid-1790s, Kantians had completely displaced Wolffians in the chairs of philosophy in German universities. The period of officialdom's cultural hegemony – the age of philosophical idealism – was the period in which German literature bore its most distinctive fruits, its classical age.

The year 1781 was also marked by another milestone: the death of Lessing. His life after he settled in Wolfenbüttel foreshadowed what was to come. His publication of an exhaustive critique of the New Testament left in manuscript by the previous librarian led to a virulent controversy with the Lutheran hierarchy, which expanded from theological issues to include the freedom of the press and was abruptly terminated by the fiat of the Duke of Brunswick, his sovereign and employer. Lessing's response was to shift the conflict on to less exposed terrain. He returned to the drama to create an altogether new kind of play in *Nathan the Wise* (*Nathan der Weise*, 1779), which he called a 'dramatic poem' because it was written in blank verse and was to be published as a book, since he did not expect it to be produced in a theatre. Set in Jerusalem at the time of the Crusades, *Nathan* is a comedy which purports to show the achievement of mutual tolerance between representatives of Judaism, Christianity, and Islam. In fact they recognize rather that they all share a fourth, rational, religion, which refrains from judging the truth of any of the acknowledged faiths and constitutes a kind of secret freemasonry of those 'for whom it is enough to be called human'. *Nathan the Wise* is the prototype of the German 'classical' drama of the next hundred years: a play in verse, written to be read as much as to be performed, on a philosophical or moral theme that reinterprets or secularizes a theological issue, and with an elite rather than a popular appeal – *Nathan* is, among other things, about elitism and represents, in its principal characters, the audience for the genre that it founds.

Lessing's development from freelance to ducal employee is reflected in Schiller's career after the success of *The Robbers*. Faced with a complete prohibition on any further writing from the autocratic Duke of Württemberg, who had already forced him away from theology into service as a regimental surgeon, Schiller fled his homeland for Mannheim where he became resident playwright at the theatre which had first produced him. He wrote two more plays on the problems of revolt and political succession, one of which, *Intrigue and Love* (*Kabale und Liebe*, 1784), made effective theatre out of the contemporary German material in which Lenz had specialized. In a telling sub-plot, a tragic farewell to obsolete Anglophilia, the hero discovers in the English mistress of his prince not the corrupt handmaid of tyranny he had imagined (the prince has sold his subjects as mercenaries to fight in the American war) but a spirit of the liberty which he is fated not to enjoy. Even though his contract in Mannheim was not renewed Schiller resolved to continue the attempt to earn his living from literature, editing journals and writing historical works while he struggled to give shape to his next play, *Don Carlos* (1787), a grand and over-complex historical drama in verse. Only the generosity of friends in Leipzig and Dresden rescued him from penury. He put out feelers to Weimar, where his fiancée had been brought up, and in 1789, partly thanks to Goethe, he was given an unsalaried professorship of history at the nearby university of Jena and a small pension from Duke Karl August which enabled him to marry. A much more generous grant from the Crown Prince of Denmark allowed him to devote himself to the study of Kant at a point when overwork had undermined his health, and for a while he transformed himself into a philosopher. Schiller was disappointed that Kant did not have a theory of beauty which gave a proper dignity and importance to the literature to which he was, in every sense, devoting his life. (Kant had a good reason for not having such a theory: he thought nothing could, by definition, be more important than morality, doing what was right, and what he said about beauty was deliberately designed to prevent the slide from aesthetic into moral and theological language that had been encouraged by talk of poets as 'creators' and genius as 'god-like'). Picking up a metaphor that was common in the circle around Goethe Schiller started to treat literature as a kind of 'art', and in a number of studies – notably *On the Aesthetic Education of Humanity in a Series of Letters* (*Über die ästhetische Erziehung des Menschen in einer Reihe von Briefen*, 1795) – he developed a systematic account of beauty as the sensuous manifestation of moral freedom, and so of artists as the moral liberators and educators of the human race. Armed with this flattering theory he approached Goethe, who had hitherto kept him at a distance, with the proposal that they should jointly edit a new literary journal, *The Horae* (*Die Horen*, 1795–7).

Goethe had originally seen in the author of *The Robbers*, with its vision of Germany as a place of hopeless and unproductive conflict, the representative of everything he was trying to escape when he came to Weimar in 1775. But their different developments led them on convergent paths. Goethe had begun life in Weimar by cutting himself off completely from the commercial book-trade (in which he had earned a lot of money for the pirate publishers, but none for himself). For ten years, he published almost nothing, giving himself instead to the small world of administration and court life (he was made a Privy Councillor, and ennobled) and to a semi-tutorial relationship with his friend and patron, the young duke. He continued to write but completed little beyond the first version of a play, *Iphigenia in Tauris* (1779 and 1786–7), in prose, but in the courtly French form approved by Gottsched, on the healing power of a resolute faith in the goodness of things. That faith was severely tried as the duchy came to seem constricted and unreformable and as his poetry all but dried up, but in 1786 in desperation he broke out: he fulfilled a lifelong ambition to follow Winckelmann and travel to Rome, and he returned to publishing by signing a contract to bring out a collected edition of his writings. Over the next few years he completely changed the basis of his presence in Weimar, withdrawing from his originally total commitment to a princely court and rebalancing his relationship with the middle-class reading public. His visit to Rome turned into a two-year sabbatical, spent enjoying the art and landscape of Italy and the life of the German artists' colony, from which he returned with reluctance; he persuaded the Duke to relieve him of his administrative duties and treat him first and foremost 'as a poet'; he completed his edition, finishing *Egmont* and *Torquato Tasso*, the first tragedy with a poet as its hero, and putting *Iphigenia* into fluent blank verse; and to the horror of titled Weimar he set up house with a middle-class woman, Christiane Vulpius (1765–1816), who bore him several children of whom only a son survived infancy. Karl August, however, expected something in exchange for the salary on which Goethe, despite his private means, had come to rely, and from 1791 put his poet in charge of his theatre. Goethe did his duty, but with mixed feelings. Drama had been his medium in the time of Storm and Stress, which he had now put behind him, and theatre as court entertainment had little appeal when he had so recently committed himself at last to addressing a wider public through print. The ducal institution that now attracted him was the university of Jena, which, with the recent appointment of Johann Gottlieb Fichte (1762–1814) and of Schiller himself, had become the principal centre of Kantianism after Königsberg. Schiller's proposal of collaboration came at just the right time.

His project was very ambitious. Supported by the Stuttgart businessman Johann Friedrich Cotta (1764–1832), in whom he had at last found a publisher who believed in paying his authors well, Schiller intended to gather in all Germany's big names from its courts and universities and provide them with an outlet whose circulation would rival that of Wieland's *German Mercury*. The elite culture of the officials, the aesthetic education of which he was just writing the theory, would meet the volume market of the commercial and professional classes: the German-speaking world would have a unified literature, at once sophisticated and popular. Launched amid intense curiosity in 1795, *The Horae*, the first venture to link the names of Goethe and Schiller, was dead in the water after two years. It failed, essentially, because it closed its pages to the one thing everyone wanted to read about: politics, and especially the French Revolution. The restriction was unavoidable: had political discussion been allowed, it would have revealed the deep divergence of interests between the two wings of the middle class which the journal was trying to unite. With its failure the gap opened up anyway, and recognition of it became a permanent feature of official literature: *Xenia* (*Xenien*, 1796), the collection of satirical epigrams with which Goethe and Schiller took their revenge on the commercial book market, inaugurated a tradition of critique of the bourgeois public (*Publikumsbeschimpfung*) which has lasted to the present day.

Goethe was probably not surprised by the fate of *The Horae*. At the same time, his novel *Wilhelm Meister's Years of Apprenticeship* (*Wilhelm Meisters Lehrjahre*, 1795–6) also met with a cool reception. He sensed that the future of German literature lay with the new generation inspired by the new philosophy, who, whether they admitted it or not, could not rely on a mass public to share their concerns. For a decade young intellectuals, especially those hoping for a career as servants of the state, saw the Kantian philosophical revolution as Germany's moral alternative to the French political revolution and looked to Kantianism to reinterpret or replace the religious faith that Enlightenment had shaken. *Wilhelm Meister* was written for them, though it had something more disturbingly revolutionary to teach them than they were perhaps willing to learn. Through a story of emancipation from the Storm and Stress illusion of the transformative power of literature and the theatre, it tells the deeper story of a young man's education out of the delusive belief that his life is in the hands of some external power, such as providence or fate, and into the recognition that meaning is something he has to make for himself. Goethe recognized that, however conciliatory it appeared on the surface, philosophical idealism was based on a self-assertion profoundly disruptive of our relation with our historical and natural origins, and that in that sense it was indeed part of the same revolution that was taking a political form in France. As the military consequences of the Revolution gradually engulfed Germany Goethe made repeated attempts, none of them wholly successful, to represent it directly in literature. Success came indirectly when, at Schiller's urging, he resumed work on *Faust*, of which he had published a fragmentary version in 1790. He revised and greatly extended his '*Urfaust*' draft, altering his original conception so much that he decided to divide the material into two parts, of which the first was ready for the printer by 1806. If the *Urfaust* was a transposition of an old story into a contemporary mode, *Faust. Part One* is an ironical reversion to the old story itself: Goethe multiplies the points of contact with the original legend, in particular preparing the way for Faust to conjure up Helen of Troy in *Part Two* and so reducing the affair between Faust and Gretchen to an episode. But *Part One* still ends with the tragic scenes that conclude the *Urfaust* and the target of its irony is the notion that anything as inseparable from Christian ideas as the 16th-century tale of a man who sells his soul to the devil can have any relevance to the modern world. Faust emphatically dissociates himself from the Christian past when, in a new scene showing his agreement with Mephistopheles, he commits himself to living life to the full and for its own sake and wagers that he will never find anything in the world more valuable than his own capacity for experiencing it. *Part One* is thus, in its own way, as much an updating of the myth as the *Urfaust*: its Faust represents an idealist and revolutionary era as much as his predecessor represented an era of Storm and Stress; and his catastrophic involvement with Gretchen amounts to as penetrating an interrogation of the moral foundations of modernity.

For nearly ten years after the arrival of Fichte, the university of Jena was the intellectual centre of Germany, the vortex, as Ezra Pound would have said, in which many of the philosophical, theological, sociological, and aesthetic ideas dominant in the modern world were formed. With Goethe, Herder, and Wieland nearby, Fichte and Schiller were a magnet for younger talent. The brothers Wilhelm and Alexander von Humboldt (1767–1835 and 1769–1859), key figures in 19th-century philology and natural science respectively, were both attracted. Schiller's Württemberg connections brought across three former students from the Lutheran seminary in Tübingen who between them changed the face of Western thought: the poet Friedrich Hölderlin

(1770–1843), and the two philosophers he inspired, Friedrich Wilhelm Joseph Schelling (1775–1854) and Georg Wilhelm Friedrich Hegel (1770–1831), both of whom held chairs in Jena. The translator, literary critic, and gifted versifier August Wilhelm Schlegel (1767–1845) took up residence in order to collaborate on *The Horae* and begin his verse translation of Shakespeare (completed 1823) and his brother Friedrich (1772–1829), a brilliant literary theorist and aphorist, but less sure-footed as a philosopher and novelist, soon followed. Friedrich Schlegel first gave currency to the term 'romantic' as a description of post-classical literature generally, and particularly of literature that lent itself to being understood in terms of the new idealist philosophy, as an expression or exploration of subjectivity. If any one person can be said to have founded 'Romanticism', it is he. With his brother he started a journal, *Athenaeum* (1798–1800), in which he published his own essays and 'fragments' – aphorisms and brief speculations on literary and philosophical topics – and some of the fragments and poems of his close friend Friedrich von Hardenberg, known as 'Novalis' (1772–1801). Novalis had studied in Jena and still took time away from his post as a Saxon mining official to visit it, and he provided Schlegel with a tangible example of what 'romantic' literature might be. His *Hymns to Night* (*Hymnen an die Nacht*) explicitly reversed the imagery of Enlightenment to proclaim a revival of the power of religion. But it was an idealist's religion, which explored the universe – and Novalis had a polymath curiosity about the world – as a dimension of the self: 'The way of mystery leads inwards. Within us, or nowhere, lies eternity with all its worlds'. To this total interfusion of world and self Novalis, like Schlegel, gave the name of 'poetry'. Novalis rescued religion from secularization, but at the price of making it indistinguishable from aesthetics. Schelling had no time for Novalis' medievalism (provocatively expounded in *Christendom or Europe* [*Die Christenheit oder Europa*], 1799) but, like Hölderlin and Hegel, he was impressed by Schiller's theory of aesthetic education and gave 'Art', as the subject matter of aesthetics was now called, pride of place at the summit of his

System of Transcendental Idealism (1800). In lectures he argued that the support of 'Art' was a proper concern of the state, so advancing 'artists' – including poets – to the rank of functionaries like the clergy of the state church. Literature, thus understood, was a high calling, deserving the attention of metaphysicians, but it lost its direct link to the public, and to the market-place. It could not take seriously the realistic stories of bourgeois life that were currently so successful with English book-buyers. And because it was to be written by officials, or by those aspiring to office, it could not be written by women.

But if literature was not to be 'Art', what else could it be in a Germany where only those close to the central state power could have any sense of what really determined collective life and social identity? Johann Paul Friedrich Richter, known as 'Jean Paul' (1763–1825), in what, for want of a better word, must be called his novels, made a serious attempt to transfigure the trivial alternative, and had a considerable commercial success, particularly with women readers. But in order to be realistic about the Germany that lay outside the orbit of the higher officials he had to concentrate on lives that were crushed, distorted, or excluded from power, and these he could make significant only by diluting his realism with sentiment, fantasy, religiosity, and Sternean self-irony, unfortunately without Sterne's concision. In *Titan* (1800–3), he satirized the aesthetic pretensions of Weimar society, on the margins of which he settled between 1796 and 1801. Goethe, though, was actually rather sceptical of grand claims for the power of poetry. He could see that the tide had turned and that the aim of *The Horae*, to establish a republic of letters that could unite the Germany of the courts with the Germany of the publishers, was no longer feasible. After the treaty of Campo Formio in 1797, the Holy Roman Empire, which provided the political framework for the project, was clearly in terminal decline. And as the Empire disaggregated, under pressure from Napoleon, so the universities of the smaller states, which had relied on the Empire as their catchment area, lost their role.

Alone, Saxe-Weimar was not big enough to contain the energies concentrated in Jena: external threats led to the sacking of Fichte, on a charge of atheism, in 1799 and thereafter the luminaries trickled away.

Goethe turned to the court: perhaps in the theatre, which so far he had treated as a sideline, he could achieve on the small scale the cultural integration which had been too much for *The Horae*. In 1798 a completely rebuilt theatre was reopened with Schiller's first new play for over a decade, *Wallenstein*, a verse tragedy in three parts, and over the next seven years Goethe deliberately tried to create a house style that could accommodate both crowd-pulling sentimental or musical entertainments and advanced intellectual experiment. The middle ground was triumphantly occupied by Schiller who had also achieved a successful compromise in his personal arrangements, maintaining his freedom by relying principally on his earnings from Cotta, but with insurance provided by his ducal stipend and by the crucial promise of a pension if his frail health should give way. Between 1800 and his death in 1805 he wrote four more major plays for Weimar, combining elements from both the Shakespearean and the French traditions, spectacular, stageable, popular, and profound. In *Wallenstein*, *Maria Stuart* (1800), and *The Maid of Orleans* (*Die Jungfrau von Orleans*, 1801), he tested out Kant's moral psychology in circumstances of increasing complexity, striving for the impossible goal that his aesthetic theory had put before him: to give visible and tangible manifestation to human freedom and the human power of self-redemption, which he believed persist even when most implacably opposed by political reality. In *Maria Stuart*, for example, Queen Elizabeth is physically free but morally has chosen to become the slave of external forces, while Mary Queen of Scots, though physically imprisoned, acquires a moral autonomy that frees her from the burden of past guilt. Schiller is able to represent Mary's transcendental liberation, however, only by recourse to an older symbolic language – he stages a scene of sacramental confession and communion – which

7. ***A Glimpse of Greece at its Zenith*** **(1825) by the artist and architect Karl Friedrich Schinkel (1781–1841). The vision of a society at harmony with itself and Nature, and celebrating human and divine beauty through art, was the inspiration of the German Hellenistic, or 'classical', movement**

presupposes a different source of redemption and can be seen as effectual only if it is not seen as a mere theatrical metaphor. Schiller's last completed play, *Wilhelm Tell* (1804), with its themes of collective, rather than individual, liberation, and of the justifiability of murder in a political cause, suggests that when death overtook him he was already trying to move beyond the moral confines of Kantian idealism. But in his struggle with Kant's immensely powerful analysis of subjectivity Schiller produced studies of human identity at odds with its political context which psychologically and formally are still as compellingly problematic as when he wrote them.

What Schiller made dramatic, Hölderlin made fully tragic. His odes, elegies, and Pindaric 'hymns', his novel *Hyperion* (1797–9), his unfinished drama, *The Death of Empedocles* (*Der Tod des Empedokles*, 1798–9), and his translations of Sophocles together make up one of the lonely summits of modern European literature. Hölderlin belonged to a generation of young people whose formative experience was the first flush of excitement at the outbreak of the French Revolution: a vision of the possibility of human transformation which remained with them even when the Revolution itself faded away into *Realpolitik* and imperialist wars and the hope of transplanting it into Germany was repeatedly disappointed. At the same time he and his fellow students of theology experienced the first impact of the Kantian moral philosophy. After its aesthetic reinterpretation by Schiller, they combined it with Winckelmann's Hellenism to create an image of ancient Greek religion as the liberated and humanist alternative to the joyless and authoritarian Lutheranism imparted in the seminaries. But Hölderlin had too deep an understanding of Christianity to be able to detach himself from it completely. And in 18th-century Germany there were no jobs for priests of Apollo. Schelling and Hegel broke into university philosophy but Hölderlin's attempts at an academic career were ineffectual, he could earn little from publication, and for as long as his sanity lasted, he had to earn his living as a private tutor. He finally succumbed to schizophrenia in 1806 but by then he had had the 'one summer ... and one autumn for ripe song' that he asked the fates to grant him. The poetry of his few years of maturity is marked by a uniquely powerful sense of an imminent – though never actual – divine epiphany:

> Nah ist
>
> Und schwer zu fassen der Gott.
>
> Wo aber Gefahr ist, wächst
>
> Das Rettende auch.
>
> [Near is,/And hard to grasp, the God./Where though there is danger grows/The means of rescue also.]

The modernity of this sense of the divine lies partly in its historicity: in Hölderlin's conviction that God has been incarnated in human time, in the culture of Periclean Athens and in the life of Jesus Christ, and could or should have become flesh again in his own revolutionary age, possibly in a German aesthetic republic. But the modernity also lies in the overwhelming integrity of the poetry which is the vehicle of the conviction. Hölderlin summoned an objective divine presence out of the depth of his faith and remained its prophet even when it turned into divine absence. He lived by his vocation, even when it seemed to condemn him to failure and madness. The sense of exposure to an inscrutable and impersonal fate grows in his later verse but it is matched by an extraordinary fortitude that continues to trust in the power of the word, or even of single words, to catch the sunlight of meaning. His finest poems – such as *Bread and Wine* (*Brod und Wein*), *Patmos*, *Midway through Life* (*Hälfte des Lebens*) – are the supreme achievement of the Idealist age in German literature. But the achievement was dearly purchased.

(ii) The birth of nationalism (1806–32)

The course and character of German nationalism was largely determined by Napoleon. By replacing the Holy Roman Empire with a collection of nominally sovereign, client states he deprived Germans of the federal identity they had possessed for centuries. By his decision, which he came to regret, not to suppress the kingdom of Prussia after his defeat of its armies at Jena and Auerstädt in 1806, he virtually guaranteed that Prussia would be the focus of any attempt to define a new unity, at least by Protestants. The symbol of Prussia's determination to reform itself after defeat was already a symbol of its new awareness of its political and cultural centrality: the University of Berlin, founded in 1810 at the instigation of Wilhelm von Humboldt, with Fichte as its rector, clearly aspired to succeed Jena as a university for all Germany (and both Hegel and Schelling eventually taught there), but its location in the capital city (unique in Germany at the time) proclaimed that the life of the mind was henceforth fully integrated into the life of the centralized sovereign state.

In literature the transition from the cosmopolitan idealism of the Jena period to recognition of the determining role of the nation-state can be traced in the career of a lonely genius. Heinrich von Kleist (1777–1811), sprung from an illustrious Prussian military family, was in philosophical and literary matters self-taught. Desperate to escape his hereditary destiny to be a soldier he tried to earn his living as a writer and journalist. He discovered Kant for himself but, unaware of post-Kantian developments, was more affected by Kant's critical questions than by his constructive answers, and in his plays and stories mounted a searing assault on the moral psychology on which Schiller's mature work was based. In both his tragedy *Penthesilea* (1808), for example, which shows a Greece totally lacking in the nobility and calm that Winckelmann prized, and in his enigmatic story *The Marchioness of O ...* (*Die Marquise von O.*, 1808), the heroine attempts in Schillerian fashion to defy the world and rely on the certainty of her own self-knowledge, only to discover that the self is fallible. Kleist's later work, such as the story *Trial by Combat* (*Der Zweikampf*, 1811) and the drama *Prinz Friedrich von Homburg* (1809–10), begins to suggest a way out of the dilemma: after suffering a breakdown like one of Kleist's earlier figures, the Prince of Homburg recovers his identity by acknowledging that it depends on his membership of a human community, in his case the embryonic state of Prussia. The new insight came too late to save Kleist, however. Unable to make a living from his writing, and reduced to begging for any sort of an official position, he committed suicide in a pact with a woman with incurable cancer.

With the exception of Kleist, Prussian writers of the early 19th century had difficulty in establishing any organic continuity with the idealist literary culture of the small courts that had borne so much fruit in the last years of the Holy Roman Empire. It is unfortunate that the term 'Romanticism' is used to refer both to the work of Friedrich Schlegel, Schelling and Novalis in linking the new philosophy of subjectivity with ideas about 'Art', religion, and the state, and to the Prussian literature of escape that reflected the condition of the monarchy's oppressed bourgeoisie, and was in effect the emerging intellectual end of the commercial literature of entertainment. (Between 1770 and 1840 adult literacy rose from 15% to 50% of the German population, and by 1800 secular literature accounted for four times as many new titles as popular theology, so reversing a historic relationship which had held good until the middle of the 18th century.) Johann Ludwig Tieck (1773–1853), a Berliner who discovered the charms of the old Empire, residing in Jena in its great days and editing the literary remains of Novalis, followed Jean Paul as one of the first fully professional German men of letters who was not a mere hack. But he was a literary jackdaw, appropriating whatever was fashionable and could be made to sell without always appreciating its worth – his *The Wanderings of Franz Sternbald* (*Franz Sternbalds Wanderungen*, 1798), for example, imitated *Wilhelm Meister* while stripping out the analysis of identity that made Goethe's novel both significant and inaccessible. Ernst Theodor Amadeus Hoffmann (1776–1822) was a more considerable talent, a gifted musician, a highly placed legal official, and a true disciple of Jean Paul. He both exaggerated his master's contrast between reality and fantasy and made it a more explicit expression of the contrast between the corralled bourgeoisie and the free-floating intellectuals to whom Germany owed its new conception of culture (*Life and Opinions of Murr the Tom-Cat* [*Lebens-Ansichten des Katers Murr*], 1820–2). The nightmarish element in the fantasy, which he shares with Tieck, hints none the less at the bourgeoisie's deeply buried aggression against the bureaucratic, purportedly rational, political order (*The Sandman* [*Der Sandmann*], 1815). Cut off by his Catholicism from the aesthetic idealism of Weimar and Jena, which was by origin entirely Protestant, and exiled from his Silesian homeland to the civil service in Berlin, Joseph von Eichendorff (1788–1857) turned a similar sense of alienation into melodious and nostalgic poems, still widely popular, on Goethean landscapes – hills, forests, warm summer moonlight – in which, however, the charm of an impersonal distance is substituted for Goethe's ever-present and ever-reactive self.

It was Fichte who found a way to link the Jena philosophy of subjectivity with the political imperative to define German life in terms of the new concept of the nation-state and who thus made it possible for a unified Germany to seem a compelling intellectual necessity. In 1807–8, in a Berlin still garrisoned by the French, he delivered a series of *Addresses to the German Nation* (*Reden an die deutsche Nation*) in which he claimed that idealist philosophy necessarily gave a unique place in European history to Germany, since Germany had given birth to idealist philosophy, and called on Germans to identify themselves with this historical mission by identifying themselves with the state that was its embodiment. The apex of the conceptual pyramid, which in Jena had been occupied by Art, was in Berlin to be occupied by the historical life of the nation. A new wave of enthusiasm for the German past swept across intellectual Germany, but unlike the historical turn of the Storm and Stress years it was motivated, not by the search for cultural resources that pre-dated absolutism, but by the search for a nationhood that could be opposed to that of the occupying French. It was both more escapist and more professionally purposeful than the movement of the previous generation and was principally directed not towards the 16th century, when the federal Empire was still relatively strong and the bourgeoisie was still in the ascendant, but towards an earlier Middle Ages, and chivalrous and pious myths that disguised military and state power rather than responding to economic realities. The Prussian Ludwig Achim von Arnim (1781–1831) joined forces with Clemens Brentano (1778–1842) from Frankfurt, who was the son of an early flame of Goethe's and whose sister Arnim eventually married, to collect (mainly southwest) German folk songs as Goethe and Herder had done. But the nostalgic tone of their highly successful anthology, *The Boy's Magic Horn* (*Des Knaben Wunderhorn*, 1806–8), betrayed that it was the voice of a Germany that was a past or future, not a present reality. Serious medieval philology was already beginning, however; the *Lay of the Nibelungs* was translated in 1807 by a future professor of German literature at the University of Berlin; and the scholars Jakob and Wilhelm Grimm (1785–1863, 1786–1859) collected Hessian 'fairy' tales and launched the first historical dictionary of the German language (which took well over a hundred years to complete). The universities were, as Fichte envisaged, a focus of the more political forms of nationalism, and students – and student-poets not otherwise of literary significance – were prominent among the volunteers who, as a historical mirror-image of the French popular armies in the early Revolutionary days, and in black, red, and gold uniform, helped to sweep away the invaders in the 'Wars of Liberation' of 1812–14.

Germany's federal tradition continued, however, to be of cultural importance. While Prussia grew towards a bureaucratic model of the nation-state and Austria turned its attention south and east, the smaller German territories kept alive something of the spirit of the old Empire, its cosmopolitanism, and its belief in a literary and intellectual community larger than the local political unit. Hegel, though often misrepresented as a Prussian nationalist, saw the model of political life in the constitutional monarchies which briefly, between 1815 and the Carlsbad decrees of 1819, looked like Germany's future, and in his maturity he regarded contemporary Germany as a structure of interrelated sovereign states, not, even potentially, as a single polity. His encyclopaedic interest in world history was typical of the curiosity that could flourish in German courts and universities, uncompromised by any imperialist designs of their own, about the wider world being opened up to Europe by its newly expanding empires. Wilhelm von Humboldt and the Schlegels made themselves expert in the languages of ancient India, while Alexander von Humboldt, after years of exploration in the Americas, began to see the world as a single biological system (*Cosmos*, 1845–62). A different kind of desire to transcend incipient nationalism was shown by a number of intellectuals who converted to Catholicism and thereby opted out of official idealist culture altogether: Friedrich Schlegel, who converted in 1808, and Zacharias Werner (1768–1823), an able dramatist, whom Goethe briefly considered a possible successor to Schiller in Weimar, but who ended life as a priest in Vienna.

Goethe held his own course through these troubled waters. The death of Schiller and the battle of Jena, which nearly led to the extinction of the duchy of Weimar, were traumatically decisive events for him, and after his experiment with Werner he took a public stand against 'Romanticism' and especially Romantic religiosity. His subtle and complex novel, *Elective Affinities* (*Die Wahlverwandschaften*, 1809), based on an episode in the career of the Schlegels, structured around one of the supreme examples of the device of the unreliable narrator, and set in a country house

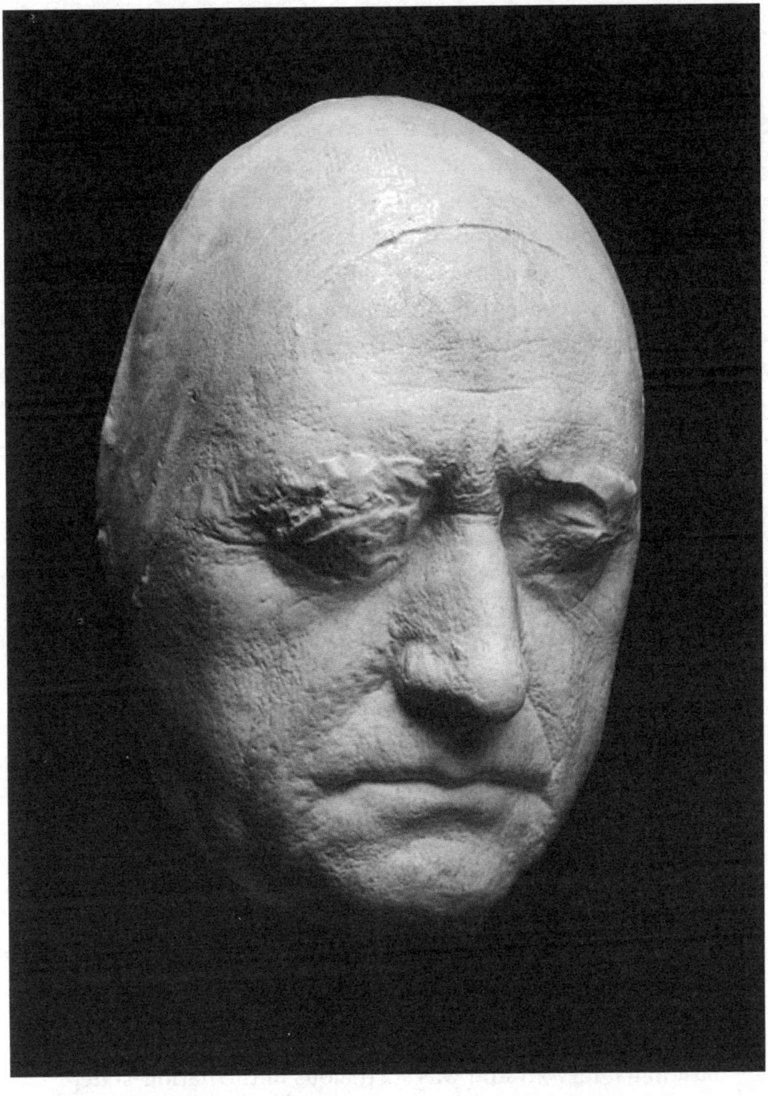

8. Life mask (1807) of Goethe at 58 – the nearest we have to a photograph of him

and parkland whose symbolic implications only gradually become apparent, shows the tragically destructive effects of Romantic attitudes on the lives and feelings of four contemporary people. Goethe also found it easier than many of his fellow Germans to reconcile himself to the rule of Napoleon, who seemed to him an almost legitimate successor to the Holy Roman Emperor and a continuator of the Enlightenment tradition of firm but rational government. In the later years of the Napoleonic Empire, he felt sufficiently at ease with himself and his public to embark on an extensive autobiography, an avowed and often misleading stylization of a literary career which he now thought was largely in the past, *Truth and Fiction from my Life* (*Aus meinem Leben Dichtung und Wahrheit*, 1811–33). But the turmoil of Napoleon's overthrow, and the reactionary and churchy atmosphere of the Restoration, isolated him once more and provoked a new outburst of poetic activity as he fled in his imagination into the sceptical, non-Christian, wine-bibbing, and erotically relaxed atmosphere of medieval Iran. *The Parliament of East and West* (*West-Östlicher Divan*, 1819), the collection of poems which he wrote in an extraordinary conversation across the centuries with the Persian poet Hafiz, found few admirers at the time – though Hegel was among them – but it anticipated an orientalizing strand in poetry which lasted for most of the 19th century. In the last third of his life, Goethe turned definitively to print as the focus of his activity and to three increasingly weighty editions of his collected works. For the last of these, intended to secure the financial future of his family, he obtained the first grant of an effective copyright for all the German-speaking territories: Germany had finally become a nation, if only in literature. But Goethe was not moved by nationalist fervour and was suspicious of the nation-state, especially Prussia. He thought of himself as writing for the like-minded, wherever they might be, and increasingly as writing for the future, reserving the publication of the second part of his life's work, *Faust*, until after his death. *Faust. Part Two* (1832) is Goethe's last word on the age he had lived through, a poetic and symbolic panorama taking in the misrule and frustrations of the last years of the *ancien régime*, the quixotic cultural endeavours of the great age of idealism (symbolized in Faust's brief marriage to Helen of Troy), the explosion of violence in revolution and war, and the advance of capital and industry, empire, and undisguised state power, in the post-Napoleonic era. Through it all Faust threads his way, his fateful wager now virtually a symbol of the moral ambivalence of modernity, as destructive as it is creative. Goethe's final judgement on Faust is correspondingly ambiguous, poised between an annihilating, but realistic, dismissal by Mephistopheles and a triumphant, but ironical, expression of hope by the hosts of heaven: a permanent challenge to us who come after to reassess the play, and ourselves.

Chapter 4
The age of materialism (1832–1914)

(i) Mind and matter (1832–72)

Between the two French revolutions of 1830 and 1848, German writers had to battle to define themselves on two different fronts. They had to resist (or accept) the repression and censorship with which their rulers sought to prevent the French contagion from spreading eastwards. And they had to accept (or repudiate) the inheritance of the great period of cultural achievement which had come to an end with the deaths of Beethoven, Hegel, and Goethe. But in this battle who was the enemy? Was it the repressive monarchy and bureaucracy, to which, after all, the great minds of two previous generations had accommodated themselves? To say that would be to align yourself with the bourgeoisie whom the age of absolutism had excluded both from political power and from significant literary activity. Or was the enemy the bourgeois themselves who, as chronic non-participants, deserved to be ridiculed as 'philistines' (a student slang term which, with the sense of 'impervious to the Art of the elite' came into general currency at this time)? That would be to cut yourself off from the class which in France and England was most obviously the instrument of economic, technological, and political modernization. It was an age therefore of reluctant bourgeois, and disaffected or failed officials, whose preferred relationship to their inheritance was to accept it but to reverse what they took to be its own understanding of its achievements.

The doubly ambivalent relationship to the past is crisply clear in the case of philosophy. The philosophers who dominated the new age in Germany were materialist where their predecessors had been idealist, and socially autonomous where their predecessors had been dependent. The new leaders of thought made their way outside the institutions of state. Arthur Schopenhauer (1788–1860) led a life of permanent semi-retirement on the proceeds of his father's commercial career, reinvested in banking concerns. Ludwig Feuerbach (1804–72) was supported for the greater part of his career by a porcelain factory owned by his wife. Karl Marx (1818–83) in his later years could rely on the assistance of Friedrich Engels' (1820–95) family money, derived from the Manchester textile industry. Friedrich Nietzsche (1844–1900) also had the support of a family inheritance originally made in England, and not forfeited when his brother-in-law was bankrupted by a bizarre colonial adventure in Paraguay. Moreover, as literacy rose, the great expansion of publishing and journalism (the number of bookshops in Berlin, Leipzig, and Stuttgart more than doubled between 1831 and 1855) gave to Marx, and especially to the radical religious writer David Friedrich Strauss (1808–74), the opportunity of being a literary freelance which had been denied to Hölderlin and Kleist. From 1830 to 1914, as neither before nor since, Germany possessed a recognizably bourgeois intellectual class, comparable with that of contemporary France and England. Recognizably bourgeois, but not always willingly so. Every one of these thinkers began with the ambition of becoming a university professor but turned away, or was prevented, from realizing it. Schopenhauer abandoned university life with relief after an unsuccessful attempt at direct competition with Hegel's lectures in Berlin, but he never forgave the academic philosophers (*Kathederphilosophen*) their popularity and their influence.

Strauss was dismissed from his teaching post in Tübingen on the publication of his deconstructive *Life of Jesus* in 1835, and the civil war (literally) that broke out in Zurich when he was proposed for the chair of theology there put him on every university's blacklist for good. In 1842, Bruno Bauer (1809–82) lost his post at Bonn for publishing critical works on the New Testament. His young protégé, Karl Marx, had in consequence to give up his academic ambitions as well and found himself launched into journalism. For years Feuerbach hoped for a chair of philosophy but had to recognize it was impossible after the publication and explosive success of his scandalous *The Essence of Christianity* (*Das Wesen des Christentums*) in 1841. Nietzsche savaged Strauss, who by the 1870s was the grand old man of German letters, but shared his scorn for the academic world, from which Nietzsche decisively alienated himself by his first publication as Basle professor of classics, *The Birth of Tragedy from the Spirit of Music* (*Die Geburt der Tragödie aus dem Geiste der Musik*, 1872). Like Schopenhauer, whom by then he also despised, Nietzsche finally retired from the university into pensioned isolation.

The philosophers of this generation did not therefore simply reject what they had inherited – dismiss it with indifference as irrelevant to a changed world. Their reaction was tinged with bitterness and pervaded by a combative desire to achieve the old aims in a new context, sometimes reluctantly chosen. It was not so much a rejection as a conscious inversion of the past. The major figures were emphatic in subordinating the human power of thought to some prior principle: in Schopenhauer the will, in Feuerbach the senses, in Marx class interest, in Nietzsche, in one form or another, all three. These very different writers had in common that they were deliberately overthrowing the primacy given to thought, or 'reason', by German philosophy from Leibniz to Hegel, and this act of regicide they all presented as a reversal of a relationship seen as prevalent in classical German philosophy. The pithiest formulation of the principle happens to stand in Marx' and Engels' *German Ideology*

(*Die deutsche Ideologie*), a manuscript of 1845–7 (published 1932), but it could as easily have been written by Schopenhauer, Feuerbach, or Nietzsche:

> It is not consciousness that determines life, but life that determines consciousness.

Since, however, it was not true that classical German philosophy thought 'consciousness determines life', the belief of its successors that they were reversing what had gone before was not true either. But the idea of a reversal had a great emotional charge for all of them and the rhetoric of inversion is everywhere in their works. As usual, behind the appearance of parricide lay feelings of love as well as of anger. The claim to reversal was really a claim to continuity, but it also expressed an angry recognition that historical change had made mere continuity impossible.

A more subtly ambivalent relation to the past runs through the literature of these years. The poetry and prose of Heinrich Heine (1797–1856) was dominated by the conviction that he had lived through the 'ending of the "Goethean aesthetic period"' into an age of industrialism, communism, and a German revolution to come. Yet his first and most lasting success as a poet was achieved with collections of verse which seem at first sight a limpid distillation of the lyrical and folk-song manner of Goethe and, especially, *The Boy's Magic Horn* (*Book of Songs* [*Buch der Lieder*], 1827–39, *New Poems* [*Neue Gedichte*], 1844). Seen more closely, they prove to be shot through with an ironical – and Byronical – astonishment that a modern man can be such a fool as to be taken in by idealist or Romantic notions of the beauty of love, Nature, and poetry:

> Teurer Freund, du bist verliebt,
>
> Und du willst es nicht bekennen,

Und ich seh des Herzens Glut

Schon durch deine Weste brennen.

[Dear friend, you are in love and will not admit it, and I can already see the fire in your heart glowing through your waistcoat.]

But perhaps to be modern (at any rate, in Heine's circumstances) is to be a fool, and to live with divided loyalties. A life is no less real, and certainly no less painful, for being divided:

Ach Gott! Im Scherz und unbewußt

Sprach ich, was ich gefühlet;

Ich hab mit dem Tod in der eignen Brust

Den sterbenden Fechter gespielet.

[Oh God, in jest, and without knowing it, I uttered what I really felt; I played the dying gladiator with death in my own breast.]

Coming from a Jewish banking family, Heine had no love for Restoration Germany in which, after the repeal of Napoleon's emancipatory legislation, he had to convert to Christianity if he was to become, as originally intended, either a lawyer or an academic. The revolution of 1830 attracted him to Paris, and from there he sent German newspapers reports on French art, literature, and politics while settling accounts with his own traditions in two pyrotechnically unflattering studies, *On the History of Religion and Philosophy in Germany* (*Zur Geschichte der Religion und Philosophie in Deutschland*, 1834) and *The Romantic School* (*Die romantische Schule*, 1831–2). In 1835 the Germanic Federation prohibited his writings, along with those of a number of other radical authors, collectively known as 'Young Germany' (*Junges Deutschland*). Despite the reduction in his literary earnings Heine survived on a French state pension and occasional subsidies from his family and was able to marry his mistress, an uneducated French woman, about whom he wrote some of his warmest poems. In the 1840s, when he met the young Marx, also in exile in Paris, and contributed to his journal, his poetry turned to political satire (*Germany. A Winter's Tale* [*Deutschland. Ein Wintermärchen*], 1844: 'The Customs Union [...] will give us the "material" unity, the spiritual will be provided by the censorship office') and then to historical and Jewish themes, taking on a darker colouring.

The failure of the German 'revolution' in 1848 coincided for Heine with the onset of spinal tuberculosis which for the next eight years confined him to his bed. As he faced pain and death in this 'mattress-grave', his sense of the irony of history grew bitterly personal, but, though Heine mocks everything else, he never mocks his relationship with his audience. If his readers are involved in an absurdity – such as the attempt to see the world of waistcoats and customs unions through the spectacles of Romanticism – he ensures that they know he is involved in it too. He writes with a journalist's respect for his public, and his confidence that he has a public marks him off from the tragically isolated intellectuals and elite officials who had given him and the Germany he wrote for a literary and philosophical tradition.

> I have just come from the Christmas market. Everywhere groups of freezing children in rags standing wide-eyed and sad-faced in front of marvels made of water and flour, rubbish and tinsel. The thought that for most people even the most pitiful joys and pleasures are unattainable riches made me very bitter.

Compassion for Germany's poor and excluded drove Georg Büchner (1813–37) to an angry rejection of the tradition of idealism. He looked instead to the realism of the Storm and Stress movement that had preceded it, to Goethe's early works and the Gretchen story in *Faust*, and to the plays of Lenz. Yet his writings, most of which became known only after the publication of a collected edition in 1875, are haunted by a sense of lost wholeness and a search for the meaning of suffering that seems to require a religious answer, though it is left unformulated. In 1834 he published an insurrectionary pamphlet with the slogan 'Peace to the cottages! War on the palaces!', he was denounced to the police and in 1835 had to flee to France though he was too obscure to be named in the prohibition of Young Germany later that year. To raise money for his escape he wrote, in five weeks, a play of great originality. Thematically, *The Death of Danton* (*Dantons Tod*), owes much to Goethe's *Egmont* and Shakespeare's *Julius Caesar*, but its open form is deliberately opposed to the purposeful ethical structure of Schiller's historical tragedies and looks back to Lenz's *The Soldiers*. (The first publisher of the complete text felt he had to explain its apparent lack of structure by adding the subtitle: *Scenes from France's Reign of Terror*.) Set in March and April 1794 it draws on verbatim extracts from revolutionary speeches to show Danton drifting towards arrest, arraignment, and execution out of lethargy, complacency ('they will never dare'), disgust with the continuing pointless slaughter, and guilt over his own involvement in the September Massacres of 1792. Gradually, though, Danton recognizes that his weariness of life, his cynicism about human motives, his easy egotism, perhaps even his atheism, are all a pose and that for the sake of love he must fight to survive – but it is too late and history goes on its way. The play's language is overwrought. But its emphatically recurrent image of burial alive is justified by its essentially religious insight: that there is no escape from existence into freedom or nothingness, and that to exist is both to suffer and to love.

Büchner came of a medical family and in exile was made an anatomy lecturer in the University of Zurich. He gave up politics, but not literature. His short story, *Lenz*, which like *The Death of Danton* draws on and cites authentic materials – in this case, the diary of Pastor Oberlin, with whom Lenz stayed in 1778 –, has the complete formal assurance which the play lacks. There is no precedent in German prose, not even in Goethe or Kleist, for its dispassionate but deeply sympathetic third-person narration. In a style free from irony and artifice, the narrator voices the agony of Lenz's mental derangement but never colludes with it. Enactments of Lenz's consciousness, through metaphor or the disruption of syntax, are continuous with the cool, medical registration of his behaviour; the internal and the external are equally open to view but they are not confused:

> he could feel in himself a stirring and wriggling towards an abyss into which an implacable force was dragging him. He was now burrowing into himself. He ate little; half the nights in prayer and feverish dreams.

In a conversation with a visiting intellectual Lenz expresses his artistic principles: 'You must love humanity in order to penetrate into the particular essence of every individual'. Such love – an understanding too deep and broad to be mere identification with what is loved – is shown by Büchner in *Lenz* and in his dramatic masterpiece, *Woyzeck*. *Woyzeck* is incomplete and there is no single definitive version of it, but that hardly matters. Büchner structured the play as a series of short, discrete, strongly drawn scenes, whose effect is cumulative rather than sequential. Once again Büchner based his story on documentary material: the medical reports on a private soldier executed in 1824 for the murder of his mistress after the first plea in Germany of diminished responsibility due to insanity. Literature can have no higher aim, Büchner's Lenz says, than to reproduce a little of the life that is in God's creation, and in his Woyzeck Büchner gave life to a figure who would have been beneath the notice of all previous tragic writers, the first proletarian 'hero' in German – perhaps in any – non-comic literature. Woyzeck appears as everybody's victim, at the bottom of every hierarchy, military, social, economic, sexual; even physically he is humiliated in a fight, and he is treated as lower than a guinea-pig by the regimental doctor who uses him in his dietetic experiments. Yet he retains his humanity in the little household that he makes up with his Marie and their child, until even this is taken away from him by her adultery with the Drum-Major and in his madness he kills her. The bitter satire of Woyzeck's superiors, particularly the Doctor, the lurid scenes at a fair, a drunken parody of a sermon on man's origins in dirt, and a bleak parable of cosmic meaninglessness which sounds more like Beckett than Dickens (who began *Oliver Twist* in 1837), might seem to amount to a hopeless nihilism. But the play has a quite opposite effect. Because of its structural focus on its central character, its precision in locating his speech, and his speechlessness, in relation to the language of those around him, its insistence, against all the hierarchies that degrade and ignore him, that his suffering, and that of Marie, is worth attention, is perhaps the only thing worth attention, it is a deeply moving expression and vindication of the power of love. Büchner's death from typhus at the age of 23 robbed 19th-century Germany not just of a literary genius but of a moral genius too.

In the 1830s and 1840s the German economy was still largely agricultural, and in its rural areas and small towns, where Paris and the urban masses seemed far away, the social structures of the 18th century were little affected by the slow onset of modernity. But the growth in population, in literacy, and in the book market, was the harbinger of changes to come, and the most perceptive spirits could sense that what was making the literary life easier for them was also detaching them from the world inhabited by Goethe's contemporaries, which their outward circumstances continued to resemble. Eduard Mörike (1804–75) was educated at the Tübingen seminary as Hölderlin was, and became a Swabian country pastor, as Hölderlin might have done, though when his doubts – possibly fostered by his fellow-seminarian Strauss – became too much for him he was able, as Hölderlin was not, to become a teacher of German literature at a girl's school in Stuttgart – neither the subject nor the school (founded in 1818) existed when Hölderlin needed them. Mörike's poems, both in rhymed German and unrhymed classical metres, became widely known only towards the end of the 19th century in their settings by Hugo Wolf. With delicacy, sobriety, and gentle humour Mörike writes within the formal repertoire of Goethe, Brentano, and Eichendorff, and like them, though he also enjoys narratives and genre scenes, he favours the theme of the self in a landscape, often recognizably the landscape of southwest Germany. But Mörike's self, like Heine's, though more subtly, is divided, both against itself and from the world beyond it. It does not penetrate the landscape with symbolic meaning, not even the meaning of distance or strangeness. Instead it is self-consciously aware of its surroundings, familiar and loved though they are, as its own outer boundary, the knowable threshold of an inner mystery which cannot be known or represented. The poet drowses on a hillside in the spring sunshine, vaguely aware of warmth and light and an indefinite longing, his only distinct sensation the drone of a bee:

Mein Herz, o sage,

Was webst du für Erinnerung

In golden grüner Zweige Dämmerung?

Alte unnennbare Tage!

[O say, my heart, what memory are you weaving in the twilight of golden green branches? ('green is the golden tree of life' says Goethe's Mephistopheles to Faust) – Ancient, unnameable days!]

The unity asserted in the classical age of idealism is no more. In the age of materialism the impressions of the senses are all that can be known, and they are dissociated from a heart which is known only as the locus of unquietness and of a memory that remembers nothing.

A similar inner detachment from imagery and poetic resources which she none the less continued to use makes for the distinctive

9. *The Poor Poet* (1839) by Carl Spitzweg (1808–85), a painter of humorous scenes of middle-class life. This would-be 'Romantic' outsider, scanning his hexameters to the scheme scratched on the wall beside him, betrays his bourgeois character by his nightcap

character of the writing of Annette von Droste-Hülshoff (1797 – 1848). As a member of an established Westphalian noble family she would seem socially to belong to the *ancien régime* as much as Mörike. But she no more fitted the 18th-century model of the writer than he, though for different reasons: she was a Catholic, and a woman, the first great woman poet of modern German literature. Unlike Mörike, who seems to receive passively the mystery of experience, she fights to gain control of memory, pain, and guilt, but cannot be sure of victory. For her the ancient days may conceal an unnameable menace. Familiar images take on a quite new connotation: the distant sound of a horn in the valley recalls the lost courage of youth; the shadowy mountains before moonrise seem a sinister circle of judges. Some of the most famous motifs in poems of Goethe and Schiller – Prometheus, the lake, the cup of life cast into the waves – are reinterpreted in one of her last poems as symbols of moral nemesis. In an extraordinary – no doubt unconscious – parallel to Blake, precisely based on botanical fact, she then asks if she has to be destroyed in order that her poetry should preserve this corrective to the tradition she has inherited, as the thistle flower is consumed by the larva of the gall-fly, which reputedly has medicinal properties:

> Flüstern oft hör'ich dein Würmlein klein,
>
> Das dir heilend im Schoß mag weilen,
>
> Ach, soll ich denn die Rose sein,
>
> Die zernagte, um andre zu heilen?
>
> [I often hear the whispering of that little worm of yours, that perhaps lingers healing in your womb. Alas, am I then to be the rose, gnawed apart to heal others?]

Romantic motifs – the *doppelgänger*, hints of devilry, a tree associated with both crime and retribution – run through Droste-Hülshoff's best-known prose narrative, *The Jew's Beech* (*Die Judenbuche*, 1842, not her own title). But they point not to some other level of existence but to the moral meaning of a story in which four, partly unexplained, violent deaths are shown to originate in the neglect of basic principles of humility, honesty, charity, and Catholic religious practice. The Jewish community, though treated with brutal contempt by their Christian neighbours, appear as the guardians of the moral law fundamental to Christianity but they remain mysterious and hardly knowable. Even the identity of the principal character is fractured and indeterminate. The centre of Droste's life, as of Mörike's, lies outside any world that she can depict with the literary resources she has inherited, dependent as they ultimately are on a post-Lutheran theology that equates personal identity with an omnipotent state to which she owed no allegiance.

The subjection of women to male purposes became, perhaps unwittingly, the main theme and symbol in the poetry and drama of Friedrich Hebbel (1813–63), one of the last representatives of aesthetic idealism trying to give voice to the new spirit of social and material determinism, who was supported through his early struggle to write his way out of poverty by a mistress whom he discarded, and then by his wife, one of the foremost actresses in Vienna. *Maria Magdalena* (1844), Hebbel's only drama with a contemporary setting, captures the transformation of small-town Germany as literacy spreads and urbanization begins, but *mores* are not changing fast enough to save an unmarried mother-to-be from committing suicide for fear of scandal. 'I don't understand the world any more' her bear of a father confesses in the last line of a play which anticipates the social drama of a later age and had a great success in Germany's many theatres. Hebbel had met Heine and the German communists in Paris, but politically he inclined to Hegelian constitutional monarchism. After the crisis of 1848 his reflections on the changing world became more explicitly and systematically a continuation of Hegel's theologically tinged philosophy of history, but the women remained the victims. In *Agnes Bernauer* (1852), a woman who, through no fault of her own, has become a *casus belli* is sacrificed for the greater good of the people. *Agnes Bernauer* appealed equally to the radicals of 1848, who liked the speeches of revolutionary protest, and to the conservatives, who liked the counter-affirmation of reason of state. But it was reason of state that had the last word, despite the statesman's crocodile tears: Hebbel had again caught the mood of an age, the new age of nation-building (*Gründerzeit*), in which unscrupulousness, whether political or economic, was elevated to a moral principle. 'Only one thing is necessary', he had once written to his mistress, '– that the world should exist; how individuals fare in it is a matter of indifference'.

In his last years, at the height of his fame, Hebbel met the ageing Schopenhauer and discovered in his combination of relentless determinism with outrage at the scandal of universal suffering a philosophy that matched his own long-held convictions. Hebbel was not alone in his discovery. In the 1850s, after decades of neglect, a Schopenhauer revival began among German intellectuals, while Hegelianism waned, or metamorphosed into Marxism. Schopenhauer's rejection of all historical and social theorizing appealed to the individualism encouraged by Germany's most sustained period of liberal economic expansion. However, his belief that Art was – short of annihilation – the only possible redemption of a material world totally enslaved to the cruel logic of cause and effect also offered comfort to those who had reservations about the process by which they or others were enriching themselves, but who did not want to give up the riches.

But not everyone wanted to be comforted, or to be tied like Hebbel to the philosophy and aesthetics of an earlier and less affluent age. Between 1848 and the proclamation of the Second German Empire in 1871 the German bourgeoisie finally emerged from the shadow of German officialdom and, full of the confidence of new money and prestige, threw off the leading-strings of the inherited culture. In 1855 Ludwig Büchner (1824–99) published a hugely successful summary of the new science, *Energy and Matter* (*Kraft und Stoff*), which dismissed as turgid nonsense the entire edifice of idealist philosophy. With none of the theological and ethical subtlety, or literary sensitivity, of his elder brother, Georg (whose literary remains he had edited), Büchner, the Richard Dawkins of his day, asserted the eternity of matter, the development of life out of inorganic particles, and of human beings out of lower animals, and the unscientific redundancy of any such hypotheses as God or immortality. Gone were the anguished compromises on which a hundred years of literature and philosophy had been built. True, *Energy and Matter* cost Büchner his chair in Tübingen, but as a medical practitioner and prolific journalist he could afford to enjoy independence. After the publication of *The Origin of*

Species in 1859, Büchner became an earnest propagator of the Darwinian ideas that were thought to validate the free-market principles of which they were an expression. The work of Wilhelm Busch (1832–1908), commercially one of the most successful of German poets, was Darwinian too in its way. A freelance artist and draughtsman of genius, Busch took up the format of Heinrich Hoffmann's *Struwwelpeter* (1846) and combined a telling economy of line with equally lethal epigrammatic couplets in a series of early comic strips (e.g. *Max and Moritz*, 1865). Busch's satires on pretentious poets, religious hypocrites, and the nastiness of little boys, in an amoral world where only the fittest survive, have become part of German folk memory.

The economic basis of the new intellectual freedom was the theme of another great publishing success of 1855, *Debit and Credit* (*Soll und Haben*) by Gustav Freytag (1816–95), which remained the bestselling German novel until the end of the century. Set in Freytag's homeland, Silesia, by then one of the power-houses of Prussian industry, it follows the lives of two school contemporaries, both bourgeois, both in conflict with the aristocracy, both out to make their fortune, one honest, upright, and hard-working, the other deceitful, usurious, and Jewish. The anti-Semitism – of which this is the first clearly non-religious example in German literature – is a consequence of the economic and social revolution that made the book possible in the first place. As Germany's Jews came out of their ghettoes their most lasting disability remained, by law or in practice, the prohibition on their employment by the state (including the central institution of traditional German culture, the university). They therefore came to represent in the collective psyche a pure form of the forces combining to challenge the dominance of officialdom in German political and cultural life: money, business, and *laissez-faire*. In the great 19th-century upheaval, hostility to Jews expressed the German bourgeoisie's fear of itself, of its power to destroy the autocratic and bureaucratic state which had

Die Tante kommt aus ihrer Tür;
„Ei!" – spricht sie – „Welch ein gutes Tier!"

Kaum ist das Wort dem Mund entflohn.
Schnapp! hat er ihren Finger schon.

10. Wilhelm Busch: scenes from *Hans Huckebein* (1867), the story of a malevolent raven. The text reads: 'Auntie comes out of her door. "Oh, my", she says, "what a nice creature". Scarcely have the words left her mouth when – snap! – he's got her finger'

given it its (subordinate) identity for over 300 years. Because the hostility was fundamentally an irrational self-hatred (the two main characters in *Debit and Credit* have the *same* background) it tended from the start to take on grotesque or nightmarish qualities, though in 1855 the true nightmare still lay in the distant future.

If the image of 'the Jew' was a representation of the German bourgeois as the enemy of the German official, a counter-image of the two as identical was provided in the *Gründerzeit* by the new concept of the '*Bildungsbürger*' – the citizen of the new Germany who was defined as middle class not by his economic role but by his (rather than her) education or culture. In 1867, a year after the Seven Weeks War had finally excluded Austria from the political definition of Germany, the cultural nation received legal recognition when the copyright which now secured the livelihood of contemporary writers was abolished in respect of a dozen 'classical' German authors – Goethe foremost among them – whose works were held to be so important that all publishers should be free to distribute them. Although Goethe's private papers were still inaccessible, a vast new field was thereby opened up for the universities. As independent writing became a sustainable commercial activity, the bureaucracy withdrew into the editing and philological study of the national literature. In 1872, after Bismarck had united the German states in a war against France and left them no alternative but accession to his new Empire, David Friedrich Strauss, first a critic of Bismarck but now an enthusiastic supporter, proposed that the cultivation of 'our great poets' (Lessing, Goethe, and Schiller) and 'our great musicians' (Haydn, Mozart, and Beethoven) had more value for the new Germany than a Christianity that was both incredible and obsolete. In *The Old Faith and the New* (*Der alte und der neue Glaube*), he argued that the historical basis of Christianity had been destroyed by his own researches and that its philosophical claims were refuted by modern science, particularly astronomy and Darwinian biology. What remained of spiritual needs could be satisfied in 'Art'. Strauss uttered with lumbering frankness the truth about the accommodation between the bourgeoisie and the state in the newly united Germany: that with the passing of the princes national 'culture' had now taken the place of Lutheran religion.

If there was any single contemporary who embodied modern German culture as Strauss understood it, it was Richard Wagner (1813–83), whose operas (rather than the plays of Hebbel) were the true successors to Schiller's drama and the true fulfilment of the 18th century's dream of a German national theatre. Wagner himself saw his work as the crowning synthesis of German literature, philosophy, and music, and he brought together in his personal career most of the contradictory elements that Bismarck had fused into a nation. In his twenties Wagner was closely associated with the Young Germany movement, and in his unhappy apprenticeship years in Paris from 1839 to 1842 he made the acquaintance of Heine and the Russian anarchist Bakunin, of the socialist ideas of Marx and Proudhon, and of Feuerbach's radical secularization of religion. While conductor at the Dresden opera-house in the 1840s he wrote revolutionary journalism and in 1849 took an active part in the unsuccessful local uprising. Exiled to Switzerland for the next 16 years by fear of the German police and of his creditors he gave up politics and even, for a while, composing, in favour of the written word. Drawing on his German predecessors from Winckelmann to Romanticism, who had seen the perfection of Greek art as expressing the perfection of Greek society, and modern art as the means of educating and transforming modern society, he elaborated a theory of opera as the successor to Greek tragedy and the true instrument of social revolution. In 1853 he published his libretto, in pseudo-archaic alliterative verse, of an operatic tetralogy, *The Ring of the Nibelung* (*Der Ring des Nibelungen*) – drawing more on Norse than on German material – which represented the development of society in terms of a much modified Hegelianism: from an initial fall away from a state of nature into institutions of power and property, through the growth of individualism and so of the counter-power of love, which, however, increasingly engenders conflicts of its own, until it makes all things new in the conflagration of universal revolution. Wagner's composition of the score for this colossal project was interrupted in 1854, however, by his discovery of the philosophy of Schopenhauer, which completed his conversion from political radicalism by its demonstration of the metaphysical priority of 'Art' over society, and of music over all other arts. He turned therefore to *Tristan and Isolde* (completed 1860), which shows individuals as transient, suffering manifestations of the endlessly yearning Will, and then to an opera about opera, or at least about words and music, *The Mastersingers of Nuremberg* (written 1861–7). Hans Sachs here appears as a Schopenhauerian philosopher-artist (Wagner?) whose wise guidance brings together the two lovers, Walther von Stolzing and Eva Pogner. He thus reconciles the nobility, represented by the initially arrogant (*stolz*) Walther, with the stubbornly bourgeois artisans of Nuremberg, into whose guild Walther has sought admittance. All parties can then join Sachs in his final hymn of praise to the 'sacred German art', presumably of opera, which is said to be a surer bond of national unity even than the German Empire. The union of Walther with the burghers of Nuremberg precisely parallels the union Bismarck achieved in the course of the 1860s between an autocratic and hierarchical state structure and the newly wealthy middle classes, weaned away from the parliamentarianism of 1848. It also paralleled the fairy-tale turn taken by Wagner's own life in 1864 when Ludwig II, the 19-year-old king of Bavaria, announced his intention of freeing Wagner of all practical worries and enabling him to concentrate on composition, so transforming the self-made, and nearly self-ruined, artist into a state institution.

The Ring was completed (with a Schopenhauerian inflection of the conclusion into universal pessimism), but Wagner's last 18 years became a weirdly anachronistic reprise of Goethe's time in Weimar as favourite of a minor monarch in a pre-revolutionary

11. Ludwig II's Wagnerian dream-world under construction at Neuschwanstein in the 1870s

age. That, however, was only the mirror-image of the role Strauss had equally weirdly assigned to the literary and musical culture of late 18th-century agricultural and absolutist Germany and Austria: to provide spiritual sustenance to an industrial, urban, late 19th-century mass society too modern for religion. The incongruity between the circumstances in which this literature and music had been produced and the purposes which they were now expected to serve, like the incongruity between Wagner's apparently medieval themes (which were what appealed to King Ludwig) and the hyper-modernity of his music, could be concealed by dubbing them 'classical', 'timeless', or 'sacred' 'Art'. As such they could in turn conceal the incongruous hybridity of the '*Bildungsbürger*' who consumed them, the middle classes of the new nation, united only by 'culture'. Ludwig's patronage allowed Wagner to build a temple to sacred German art, the opera house at Bayreuth, which was inaugurated in 1876 with the first complete performance of *The Ring*. To 'consecrate' (his own word) his temple, Wagner then wrote his last opera *Parsifal* (1882) in which Christian symbols and rituals, their original function being explicitly declared to be obsolete, are deployed in the service of Schopenhauer's ethics. Strauss's favourite composer was Haydn, and he thought Schopenhauer 'unhealthy', but in *Parsifal* his programme for a new faith for modern Germany was fulfilled.

(ii) 'Power protecting interiority' (1872–1914)

'It can only be a confusion to speak of a victory of German "Bildung" and culture', Nietzsche wrote in the middle of the nationalist euphoria that followed on the Franco-Prussian War and the proclamation of Bismarck's Empire, 'a confusion that rests on the fact that in Germany the pure concept of culture has been lost'. In the military victory he saw rather the potential for 'the defeat, indeed the extirpation, of the German spirit ("Geist") in favour of the German Empire'. 'Culture' for Nietzsche required 'unity of artistic style in all the expressions of a people's life' and German culture he saw as hopelessly disharmonious, though he did not recognize that this disharmony resulted from forcing together the commercially successful literature and materialist philosophy of the new bourgeoisie with the elitist and idealist inheritance of the old bureaucracy. Nietzsche's was the bitterest, though not the last, expression of the resentment of Germany's cultural officials at being cheated of power by the rise of capital (*ressentiment* was the term he later made his own for the emotional revenge of history's losers on those who conquered them). In the ideal society he envisaged in *The Antichrist* (1888, published 1895), one of the last works he wrote before collapsing into incurable insanity, the dominant class, superior even to the king and the military, are the intellectuals, '*die geistigsten Menschen*'. His matchless powers of destructive, and self-destructive, criticism were directed at any attempt to reconcile the principles which underlay Germany's new success – determinist science, mass production, competitive economic individualism – with the secularized theology that had been the basis of old Germany's culture. Sometimes he criticized the old – its enlightened rationalism, its humanitarianism, and especially its more overtly religious survivals – in the name of the new. Sometimes he criticized the new – its egalitarianism, socialism, feminism, anti-Semitism – from the standpoint of the old, and now dispossessed, elite. The detachment of thought from any real social object or context became the purpose of his writing and of his solitary, wandering way of life. From any contemporary who might have seemed to personify what he stood for he distanced himself in an often violent act of self-redefinition: Strauss earned Nietzsche's virulent hostility through being a more effective critic of religion than he was; Schopenhauer, whose metaphysics were the foundation on which *The Birth of Tragedy* was built, and Wagner whose music-dramas it represented as the summit of modern culture, were later rejected for the crypto-Christianity of their ethics. Nietzsche was incapable of constructing a book-length, or even an essay-length, argument and his attempt at a *magnum opus*, his biblical pastiche, *Thus Spake Zarathustra* (*Also sprach Zarathustra*,

1883–5) suffers from the stylistic inauthenticity that he diagnosed in his contemporaries. But in his collections of aphorisms and short reflections – the best are probably *Human, All Too Human* (*Menschliches Allzumenschliches*, 1878–80) and *Beyond Good and Evil* (*Jenseits von Gut und Böse*, 1886) – Nietzsche's brilliance could show itself untrammelled by any need for sustained coherence and he became one of the most variously and subversively fruitful thinkers for the 20th century:

> 'Knowledge for its own sake' – that is the final snare that morality lays: with that you are completely entangled in it once again.

> 'I did that', says my memory. 'I cannot have done that' – says my pride, and is implacable. Eventually – memory gives in.

> He who fights with monsters should take care that he does not turn into a monster himself. And if you look long into an abyss, the abyss too will look into you.

In 1885 the Empire on which Nietzsche had declared intellectual war won one of its greatest victories. Goethe's papers were opened to the nation, on the death of his last grandchild, and Weimar became once again the city of Goethe and Schiller. A network of Goethe Societies, centred on Weimar, sprang up around Germany and the world, the houses of the poets were turned into museums, their papers were transferred into a purpose-built archive, and professors and their assistants immediately began to labour on a historical-critical edition of Goethe's works which eventually ran to over 150 volumes and was not completed until 1919. The writings of Goethe and his fellow 'classics', and the scholarship of the academic bureaucracy which edited them all, became the twin pillars of a German national literature, the common property, and tribal totem, of both wings of the '*Bildungsbürgertum*' and of the new political nation that held that strange class together. Praised or damned or played off one against the other they have retained that status in all subsequent Germanies down to the present day.

12. Nietzsche (right) and his friend, Paul Rée, rivals for the affection of Lou Andreas-Salome (left, with whip), later to have relations with Sigmund Freud and the poet R. M. Rilke. The scene was staged by Nietzsche in 1882, and entitled by him 'The Holy Trinity'

Even as the process of institutionalization was beginning, Nietzsche pointed to the false premiss on which it was based: that the 'classics' defined in 1867 were finders and builders of a national culture, when in reality they were seekers for a culture who sought in vain. In 1896, however, Nietzsche's sister moved her now famous but slowly dying brother to Weimar with all his papers, and in 1953 these literary remains of another 'classic' were finally interred in the Goethe-Schiller Archive.

Nietzsche's revulsion from the hybrid culture of Bismarck's Reich was shared, notably in Munich, the capital of the largest and most reluctant new member of the Empire. The patronage of the Bavarian kings extended beyond Wagner to a group of mostly second-rate writers and poets who saw themselves as keeping alive the spirit of aesthetic idealism in a hostile age – bourgeois men of means who did not have the courage of the materialism proper to their class and took refuge in the Art they owed to Germany's officials. Among them Paul Heyse (1830–1914), eventually a Nobel prizewinner, contributed more by a single idea than by his over a hundred works of fiction. With his anthology, *A German Treasury of Tales* (*Deutscher Novellenschatz*, 1871), and the theoretical musings that accompanied it, he created a literary concept that had the necessary multivalency to appeal to both the commercial and the academic factions in the cultural life of the Second Empire. *Novella* (*Novelle* in German) was a long-established term for a short story in prose, and there had already been some speculation (for example, by Tieck) about the characteristics of the genre. But Heyse created the idea of the 'Novelle' as a prose form which, by its consciously self-enclosed structure and symbolic coherence, could bring the undisciplined energies of realistic narrative, springing up all over Europe and reflecting the lives and concerns of a mass readership, under the control of the German concept of 'Art'. If late 18th-century poetic drama had been elite culture morphing into the book, the late 19th-century 'Novelle' was the book morphing into elite culture. 'Sister of the drama' the 'Novelle' was called by one of its most serious practitioners, the North German lyrical poet (and state official) Theodor Storm (1817–88) for whom isolation in Schleswig-Holstein was his own form of protest against the new order.

Throughout the Second Empire Munich remained the centre of the aesthetic opposition to the Prussian commercial and industrial powerhouse that stretched from Silesia to the Ruhr. Southern, Catholic, within reach of the Alpine passes to the Mediterranean lands, and blessed both with a largely functionless monarchy happy to build temples to art and music and with a stock of cheap apartments, vacated by those who had gone to seek their fortune in the North, it was a magnet for writers, painters, anarchists, and secular prophets. In Munich, the fantasy could be maintained that the combination of Hellenism and idealism achieved by poets and philosophers in Goethe's lifetime represented a true Germany opposed to the economic and political forces that had in fact brought the nation into being. 'Munich is the only city on the earth without "the bourgeois"', wrote Stefan George (1868– 1933) '... a thousand times better than [the] Berlin mish-mash of petty bureaucrats jews and whores.' George, a Rhinelander who lived on private means inherited from his bourgeois parents, originally wanted to be a Catholic priest, but instead founded his own religion of poetry and male friendship. Having met Verlaine and Mallarmé in Paris, he tried to give his German verse the qualities and even (by the elimination of capital letters) the physical appearance of French. Cultivating elusiveness, George moved from house to house of his acquaintances, but for a while in the 1890s he settled in Munich where he could be seen 'striding' through the cafés, 'like a bishop through the middle of Saint Peter's'. In his privately circulated journal *Leaves for Art* (*Blätter für die Kunst*), printed on choice paper, with carefully selected coloured inks, and decorated with Art Nouveau vignettes and calligraphy and the Indian mystical symbol of the swastika, he published poems marked by esoteric content, exquisite purity of diction, and an unfailing perfection of rhyme. *The Year of the Soul* (*Das Jahr der Seele*, 1895) – a title taken from Hölderlin whom

George, like Nietzsche, saw as a personification of the nobility of German poetry, disregarded by Germany itself – recounts, in a progression through the seasons, the failure of love for a woman and the 'new adventure' of love for a man. George ruthlessly terminates the compromises of Mörike and Droste-Hülshoff. In his poems, the self is not so much unknowable as absent: they focus, with commanding single-mindedness, on a 'you' (*du*) who has no features of his own beyond the shared experience of the symbolic landscape, which in turn is more of an erotic dreamscape. Poetry has become the vehicle of a pure will to power, untrammelled by the opposition of independent personalities or a material world. After the turn of the century, as nationalism intensified but materialism showed no signs of losing its grip, George's writing took on a more prophetic and apocalyptic tone (*The Seventh Ring* [*Der Siebente Ring*], 1907). He devoted himself to building a circle of disciples who would look up to him as 'the Master' and would establish a spiritual kingdom within a world whose corruption, he now felt, could be cleansed only by war (*The Star of the Covenant* [*Der Stern des Bundes*], 1914).

13. Title spread of the first edition of *The Seventh Ring* (1907) by Stefan George; design by Melchior Lechter (1865–1937)

If in the Second Empire Munich was the capital of Art, Berlin was the capital of Reality. In rapidly expanding Berlin Germany at last had the context and opportunity for a metropolitan and realist literature, to compare with that of 19th-century Paris, London, or St Petersburg. There is nothing reluctant or unsophisticated about the modernity of Theodor Fontane (1810–1989), a professional journalist and poet, who after periods of residence in England and France settled in Berlin and wrote 14 novels about the new Prussia in the last 20 years of his life. During the 1880s, Fontane advanced from historical themes to the life of his own time. *Comedies of Errors* (*Irrungen, Wirrungen*, 1888), so concise it could be called a *Novelle*, is the first masterpiece of his mature style which, with its rich texture of unobtrusive leitmotifs and its plot largely driven forward by the apparent contingencies of closely observed conversation, suggests the contemporary manner of the much younger Henry James. If the central theme – the doomed love between Botho, a nobleman, and Lene, a woman of the lower middle class – seems to hark back to mid-18th-century literature, to *Intrigue and Love*, and Storm and Stress, that reflects the historical significance of Fontane's achievement. As a pronounced Anglophile he had recovered the ambition of those earlier, and defeated, revolutionaries to create a German equivalent to the English novel of contemporary society, and he was fulfilling it. The class difference that separates the lovers, and the political repression that sustains it, are symbolized in Lene's inability to understand the English inscriptions on two pictures – which otherwise appeal to her – on the wall of the hotel room where she and Botho are happy together, two icons of the Anglo-Saxon tradition of resistance to autocracy: 'Washington crossing the Delaware' and 'The last hour at Trafalgar'. England, and a reminiscence of Trafalgar, in the person of a visiting Mr Nelson, also provide a measure of Germany's internal discords in *Frau Jenny Treibel* (1893), which is devoted to the comic discrepancy between the two forms of the '*Bildungsbürger*', the bourgeois and the academic. But Fontane was more than a satirist, he was a moralist with a penetrating sense of political and historical realities. He could not be content with merely criticizing his society: he had to use the representation of it to reflect on ultimate questions of right and wrong and human purpose. In 1892 he began a series of novels which achieve something almost without precedent in German literature: presenting lives which are as independent, responsible, and free of political oppression as it is possible for human lives to be, because they are lived by members of a ruling class. In *Beyond Recall* (*Unwiederbringlich*, 1892), *Effi Briest* (1895), and *Der Stechlin* (1898), Fontane did what his 18th-century predecessors were unable to do. He brought the resources of literary realism to bear on a class which was its own master: the landowning Prussian nobility, for the sake of which Bismarck had constructed his Empire, and which was charged by him with restraining the political ambitions of Germany's bourgeoisie. But the issues of meaning and conscience, of deeds and consequences and the passing of time, that Fontane's characters have to face transcend their historical circumstances and they know it. *Effi Briest* in particular stands out for the tautness of its psychological and symbolic structure. It is not just about the drift into adultery of its lively heroine, caught in a loveless marriage to an older husband, ambitiously climbing the ladder of promotion in one of Bismarck's ministries, but about the consequences of the accidental discovery of the adultery years later. Effi's husband, von Innstetten, allows himself to be constrained by the code of honour of his caste to kill his rival in a duel, to divorce his wife, and to separate her from her only daughter, thus destroying four lives, including his own. Why he does this, he does not know, and neither do we. Is there in him a streak of cruelty? Does he just lack the human sympathy of the novel's narrator, or of Effi's faithful Catholic maidservant, or even of her dog? Or is he a victim of some fate greater than himself, as unavoidable as social existence yet as arbitrary as the seeming chance that we live in one time rather than another? 'You *are* right!' says the friend in whom Innstetten confides. 'The world just is the way it is, and things don't happen the way we want but the way *other* people want ... Our cult of honour is idolatry, but we have to submit to it as long as the idol is believed in.' Because von Innstetten belongs to the class of those who have power, the compulsion to which he and the other characters think they have to submit is shown to us as something whose form might change with a redistribution of power but which would not then itself be eliminated. In bowing to it they are not deluded, and their human worth depends on the spirit in which they perform the obligations imposed by their transient but inescapable time and place. And so they seem proper objects of the narrator's tactful and understated compassion as well as of his irony. Fontane knew intimately the class he made central to his three greatest novels, but he did not himself belong to it. His realism therefore always hints at another perspective from that of his principals, at the historical certainty that one day the insubstantial pageant will all fade and another idol in another temple demand submission. 'Our old families are all victims of the idea that "things won't work without them", which is quite wrong', says a thoughtful character in Fontane's last novel, *Stechlin*. 'Wherever we look we are in a world of democratic attitudes. A new age is dawning.'

In the new century the old Prussian families, and Prussia itself, did indeed pass away. For Berlin's younger generation of writers they were already an irrelevance in a technological and industrial age. Literature needed to concentrate not on the landed but on the monied classes, and on those out of whom they made their money, the new class of industrial workers. The Naturalist movement of the 1880s and 1890s, led by Arno Holz (1863–1929) and Johannes Schlaf (1862–1944), was partly an enthusiastic response to the work of Zola and Ibsen, but it was also a recovery of the native German tradition of radical bourgeois realism which had last surfaced in the mid-18th century and then in the work of Büchner (whose *Woyzeck*, its title mistranscribed as *Wozzeck*, was first published in 1878). To that extent its aims were allied to those of Fontane, who reviewed some of its productions favourably. The affluence that made it possible to live as a professional novelist had a similar effect on drama, particularly since princely Germany continued to maintain the extensive network of subsidized theatres. Censorship might be strict, but in a centre of wealth such as Berlin it could be evaded. The impresario Otto Brahm (1856–1912) founded a private (and so uncensored) theatre club, where the first production, in 1889, was of Ibsen's *Ghosts*, banned for its discussion of syphilis, and the second the even more scandalous *Before Sunrise* (*Vor Sonnenaufgang*), the first mature work of Gerhart Hauptmann (1862–1946), on the theme of hereditary alcoholism (a typical fantasy of the age of eugenics). Hauptmann, a Silesian who, supported at first by his wife, took up a writing career in Berlin, had like Heine an ambiguous attitude to the modern age which he was introducing into literature: in an early poem about a train journey by night his reverie occasioned by the moonlit landscape outside the carriage is interrupted by thoughts of the impoverished and angry workers who built the line for his comfort. Inspired not by theory but by a hugely generous sympathy, he was willing for a while to be dubbed a Naturalist by Holz and Schlaf, but it was not long before he showed the more subjective side of his versatile talent.

The family devastated by drink in *Before Sunrise* is an archetype of Bismarck's Germany: Silesian farmers transformed overnight by mineral wealth into industrial capitalists. Into their brutish milieu intrudes a journalist full of the materialist and determinist ideas of the time, who seems to their Werther-reading daughter to offer a hope of escape. But as a good Darwinian he cannot bring himself to marry her for fear of the family's supposed hereditary taint and, like Werther, she kills herself. The weak-willed intellectual, a lineal descendant of the theologian with doubts to whom 18th-century literature owed so much, is a constant feature of Hauptmann's works with a contemporary setting. The figure personifies Hauptmann's reluctance to follow Fontane and extend the scope of his realism to the classes which were the locus of political power: a passive acceptance of necessity can be made to

14. Emil Orlik (1870–1932): poster for a performance of *The Weavers* in 1897

seem an adequate response to suffering if you do not include in the world you represent people who are free to act.

Disguised, such a spokesman for myopia even appears in Hauptmann's masterpiece *The Weavers* (*Die Weber*, 1892). *The Weavers* is a triumph of the manner pioneered by the young Goethe, Lenz, and Büchner, a drama with many strands and no hero, which lives from the energy of the language of the workers (Hauptmann first drafted it in his native dialect). Its theme, the uprising of the starving Silesian cottage-weavers against the factory owners in 1844 and its suppression by military force, led to repeated attempts to prohibit its performance (and the new Emperor, Wilhelm II, cancelled his subscription to Brahm's theatre in disgust). But, as Fontane remarked in his review, it is a revolutionary play with an anti-revolutionary conclusion. In the last act an elderly weaver emerges as the play's moral centre, urging non-violence, and is killed in the closing moments by a stray bullet. Fontane tellingly pointed to the parallels with

Schiller. Unlike the novel, the drama was in Germany still too implicated in the princely past to reflect the realities of power in the new society. Hauptmann revived not only the realism of Lenz's era but its self-emasculating submission to autocracy and eventually its diversion into idealism. In 1896, his five act 'fairy drama', *The Sunken Bell* (*Die versunkene Glocke*) showed he was himself still an obstinate dreamer in the moonlight. In 1912 he received the Nobel Prize for Literature.

Looking back on the career of Richard Wagner in 1933, Thomas Mann (1875–1955) saw in it the typical progression of the entire German middle class from the disappointed revolution of 1848 to resigned cultivation of 'interiority protected by power' (*machtgeschützte Innerlichkeit*) in Bismarck's Empire: an inner world of art and culture could flourish provided the authoritarian, and ultimately military, structure that protected it was not questioned. Mann was clearly thinking of himself as much as of Wagner. Few writers were as typical as he of the Second Empire middle class: in his own person he united both the bourgeoisie and the intellectuals, both Berlin and Munich. His family circumstances could not have been more bourgeois: born in what had until 1871 been the Free City of Lübeck, he was the son of a wealthy corn-merchant who married a colonial German Brazilian. After his father's death in 1891 he lived on inherited money and, later, his literary earnings: he was never, even indirectly, dependent on the state. Yet all his work was, more or less overtly, dominated by the concept of disinterested Art, the centrepiece in the ideology of 18th and 19th-century officialdom, and the bridge between the two wings of the '*Bildungsbürgertum*'. In the early 1890s the Mann family moved to Munich where, following in the footsteps of his older brother Heinrich (1871–1950), Thomas began to make a name for himself as a writer of unashamedly cynical short stories. Looking back from this new perspective on the world in which he had grown up he had his first great success with the novel *Buddenbrooks*, begun when he was only 22.

Buddenbrooks. Decline of a Family (*Buddenbrooks. Verfall einer Familie*, 1901) is Germany's greatest, perhaps only, contribution to the European 19th-century tradition of the realistic novel of bourgeois life. Its greatness, and its European status, is partly due to its being a specifically German contribution. Not just because it tells the story of four generations of a commercial family in Lübeck from 1835 to 1877, against a densely visualized backcloth of North German domestic architecture, dinner parties, and linguistic habits, of holidays by the North Sea, of schoolroom practices some of which still survive, of the strangely transient impact of public events in 1848 and the advent of street lighting. That gives a specifically German cast to the marriages, divorces, and love-affairs, the black sheep and the gossip, the social friction with commercial rivals and the deals that go awry which mark the decline of the Buddenbrook firm and the eventual extinction of the family's male line. But what makes *Buddenbrooks* more than just Galsworthy or Arnold Bennett in a German setting is a feature of its structure that only Germany could provide. Beneath the comedy, tragedy, and irony of individual lives sacrificed on the altar of the family business there is the implication of the working out of some more general principle or destiny. We seem to be pointed towards Nietzsche's critique of Schopenhauer, and his variant of the Darwinists' theory of degeneracy, of which Hauptmann had made cruder use in *Before Sunrise*. In Nietzsche's view – at times at least – the intellectual and artistic insight which for Schopenhauer offered some escape from the hideous struggle for existence was itself a symptom of failure in the struggle. As the Buddenbrook family decays, so ethical qualms, philosophical puzzlement, and artistic sensibility gain more of a hold over its will to survive. But these hints of a philosophical meaning or substructure to the story have a double effect. They open up, it is true, the possibility that the book should be read as showing that human lives are ineluctably determined and ultimately meaningless. But by raising the question of the eternal value, or valuelessness, of the characters' lives they make those lives into more than just sad or comic examples of the distortion of humanity by the power of money or social conformism: the characters and their gestures towards freedom and significance, however doomed or feeble, acquire an importance – one might call it a religious importance – which it transcends the capacity of their milieu to express. By thus uniting the novelistic realism of the European bourgeoisie with the philosophical introspection of the German official tradition Thomas Mann provided the Second Empire with its greatest literary monument. There is a price. *Buddenbrooks* is Germany without Prussia, and without the universities. Mann's early narratives (unlike the last works of Fontane, their virtual contemporary) give us society without the state. The social and economic origins of moral and personal judgements are shown, but not of the notions of 'art' and 'spirit', 'life', and 'will', which underpin the novel, and especially the short stories.

The supposed opposition between 'life' and 'art', 'the bourgeois' and 'the artist', is central to the stories Mann wrote in the next phase of his career, notably *Tristan* and *Tonio Kröger* (1903) and *Death in Venice* (*Der Tod in Venedig*, 1912). The opposition was unreal in so far as both 'bourgeois' and 'artist' were '*Bildungsbürger*', but it could appear as a real and deep opposition of metaphysical principles in so far as Mann's writing left unrepresented the ruling, 'protective' power that unified the disparate elements of German society in the service of the new German state. Instead, the unifying principle in these early narratives was Mann's writing itself. Tonio Kröger, though he becomes an 'artist' in Munich, remains in love with the North German 'bourgeois' world he has left, even when it treats him with indifference or suspicion. 'You are a bourgeois who has lost his way', a friend tells him. But he replies: 'If anything is capable of making a *littérateur* [i.e. one who writes for money] into a poet ['Dichter', i.e. one who writes out of dedication to 'Art'], it is this bourgeois love of mine for what is human, alive and ordinary'. In *Buddenbrooks*, Mann made something that Germany's high cultural tradition could recognize as 'Art' and 'poetry' out of a loving representation of the bourgeois world that had previously been excluded from it. Only gradually did he recognize that it was necessary also to give an account of the dependence of high culture on collaboration with political authority. As the European centre of the global economy drifted towards crisis, it became generally apparent that Germany's future would be determined more by power, political and military, than by bourgeois decency and ordinariness. Mann's literary response to the crisis, the most famous of all his stories, was overwhelmingly artful but it shows the beginnings of a willingness to present German culture in a political context. 'The realm of Art is growing, and that of health and innocence is shrinking on earth' Tonio Kröger says, and in *Death in Venice* Art displaces Life everywhere. Gustav von Aschenbach, an acclaimed and mature writer, is tempted to linger too long in a cholera-ridden Venice by a homoerotic obsession with the young son of a Polish aristocratic family staying at his hotel, and succumbs to the disease. It might seem that this is another tale of Art falling in love with the Life from which it is separated and to which it pays homage. But von Aschenbach's title of nobility shows he is no Kröger: he is the offspring of a long line of servants of the Prussian state. The Art to which he has dedicated a career of self-abnegation is not the 'lively, intellectually undemanding concreteness of depiction' which entertains 'the bourgeois masses', but, we are told, philosophical, moralistic, classicizing, and highly formal. And the love to which Aschenbach surrenders is not the healthy innocence and unproblematic eros, indifferent to things of the mind, that captivates Tonio Kröger but is already aestheticized, and knowing, and explicitly not 'ordinary'. Aschenbach in his thoughts clothes it in the language of classical mythology and Nietzschean philosophy, but its true name is death – the death that in the story, in the form of a plague, is beginning to seep through the canals and squares of Venice and threatens the breakdown of all civilized order; the death that in Europe, in 1912, was marshalling its agents for the coming catastrophe, among them the Prussian soldiers and officials whose ethos Aschenbach had made his own. The irony with which Aschenbach is treated in the richly physical, but always symbolically significant, narrative medium – an art wholly different from that which is said to have made the story's hero famous – shows that Mann could express in literature a far subtler understanding of German realities than we find in the bellicose essays in which he spoke out for his country's cause after 1914.

The earth creaked before it quaked. By the early years of the 20th century prescient writers could sense that the identity of the nation, collective and individual, was threatened by the growth of global industrial mass society. Heinrich Mann recognized long before his brother that protectionist nationalism was no substitute for internationalism and could lead only to war and, in his own novels, satirized the pillars of the German state that scarcely figured in *Buddenbrooks*: academic culture in *Professor Unrat* (1905) and monarchist ideology in *His Majesty's Subject* (*Der Untertan*, 1914). Personal identity is dissolved into the interface between social role and sexual desire in the plays of Frank Wedekind (1864–1918), an unstable character, uncertain both of his national roots (he was an American citizen, and 'Frank' was short for 'Benjamin Franklin') and of his social position (after running through an inheritance he worked in Munich for Maggi Soup, and then as a cabaret artist, before he could live from his writings in a respectable marriage). *Spring's Awakening* (*Frühlings Erwachen*, 1891) was first produced in 1906 in Brahm's theatre in Berlin, by then directed by Max Reinhart, but it was not performed in full until the 1960s thanks to its scenes of flagellation, sexual intercourse, homosexual kissing, and competitive masturbation. Its fragmented manner owes much to Büchner, and its diction, combining naturalism, satirical caricature and somewhat overheated romanticism, proved very influential. Between the adult world of grotesque puppets and the unformed adolescents whose burgeoning sexuality they punish, suppress, or deny, there lies no area of mature or integral personality. Sexuality, after all, is prior to personality, and so is very close to the violence which destroys it. Lulu, the central character in Wedekind's two-part drama (1895, 1904), which gave Alban Berg the plot and title of his second opera (his first was *Wozzeck*), is more a personification of sex than a sex-driven person, and she ends as a victim of Jack the Ripper – a role which Wedekind played himself. As military confrontations such as the Moroccan crisis of 1911 showed, the power of violence that for 40 years had protected interiority was about to shake itself free. Violence figures prominently in the work of the generation of young writers who around 1910 founded journals with titles such as *Action* and *Storm*. It seems a premonition when Georg Heym (1887–1912), who died young in an accident, writes a poem about the maggots on the face of a dead soldier in a forest, but the bodies dissolving back into nature, which are the main theme of *Morgue* (1912), the first collection published by the Berlin doctor Gottfried Benn (1886–1956), are simply the material of a professional's daily work. Benn's inability to believe in personalities, let alone in relationships between them, is already apparent in his description of his affair with the Jewish poet Else Lasker-Schüler (1869–1945) as 'dark, sweet onanism'. Lasker-Schüler herself wrote, in a different vein, some of the best poetry of the period. Often gently, or eccentrically, rhymed, her poems draw on a restricted range of images – jewellery, stars, flowers, primary colours, her Jewish traditions – to explore the love of others, the world, and God. She too could sense the approach of Nietzschean apocalypse, but her poem 'World's End' ('*Weltende*') is free of any savage or cynical heroics:

> Es ist ein Weinen in der Welt,
>
> Als ob der liebe Gott gestorben wär, [...]
>
> Du! wir wollen uns tief küssen –

Es pocht eine Sehnsucht an die Welt

An der wir sterben müssen.

[There is a weeping in the world as if the good Lord had died [...] Come let us kiss each other deeply – there is a desire knocking at the world and we must die of it.]

A similar sense that even amid the conflicts and absurdities of the Second Empire a humane and compassionate life is possible informs the most delicately humorous poetry of the period, the 'nonsense verse' of Christian Morgenstern (1871–1914). The principal figures in his *Gallows Songs* (*Galgenlieder*, 1905, and subsequent collections), which despite their title are rarely macabre, are the hyper-sensitive Professor Palmström and his friend von Korf, who to the consternation of bureaucracy has no physical existence. In territory situated somewhat between Edward Lear and Heath Robinson they meet the 'moonsheep' and the 'nasobeme' (which strides around on its many noses) and relieve stress by reading the day after tomorrow's newspaper or inventing watches that go backwards on request. Schoolmaster's German is parodied, dead metaphors come back to tangible life, Palmström plays Korf's Sneezewort Sonata on the Olfactory Organ (*Geruchsorgel*) and, decorated with various metaphysical grace-notes, the ingenuity of the little man cheerfully evades the constraints of a reality administered by officials and intellectuals:

Ein finstrer Esel sprach einmal

zu seinem ehlichen Gemahl:

"Ich bin so dumm, du bist so dumm,

wir wollen sterben gehen, kumm!"

Doch wie es kommt so öfter eben:

Die beiden blieben fröhlich leben.

[A gloomy donkey once said to his wedded wife: 'I am so thick, you are so thick, let's go and die, come on'. But as tends to happen – the two stayed happily alive.]

Chapter 5
Traumas and memories (1914–)

(i) The nemesis of 'culture' (1914–45)

The war that broke out in 1914 began the long collapse of the 19th-century attempt to organize the global economy into separate political empires. For most of the Germans who welcomed the release it brought from over a decade of increasingly ill-tempered rivalry, it was a battle against encirclement by the Triple Entente of Britain, France, and Russia. For Thomas Mann it was a battle of 'culture' against 'civilization', and of himself against his brother.

All that was truly German – he said in his two volumes of *Unpolitical Meditations* (*Betrachtungen eines Unpolitischen*, 1918) which he spent the war writing – was 'culture, soul, freedom, art, and *not* civilization, society, the right to vote, and literature'. 'Civilization' was an Anglo-French superficiality, the illusion entertained by left-wing intellectuals generally, and Heinrich Mann in particular, that the life of the mind amounted to the political agitation and social 'engagement' of journalists who thought the point of writing was to change the world. Germany, by contrast, knew that 'Art' was a deeper affair than literary chatter, and that true freedom was not a matter of parliaments and free presses but of personal, moral, duty. The Western powers, while claiming to fight for their 'freedom' against German 'militarism' were, in this view, uniting to impose their commercial mass

15. Heinrich (left) and Thomas Mann in 1927

society on Germans devoted to individual self-cultivation. Mann therefore correctly perceived the association that linked the concepts of 'Art', 'spirit', '*Bildung*', and interior Kantian 'freedom', with the hostility of the German class of officials, servants of an autocratic state, to such instruments of bourgeois self-assertion as parliamentarianism, free enterprise, and commercialized mass media. When in November 1918 the Emperor and his generals were no longer able to defend, or even to feed, the German population and handed over their responsibilities to the majority socialist party, the bureaucrats remained in office and maintained the attitudes of autocracy into the new era of parliamentary government. In Prussia, the largest state within the republic that agreed its constitution at Weimar in 1919, a socialist administration fitted seamlessly into the old structure. Oswald Spengler (1880–1936) argued in *Prussianism and Socialism* (*Preußentum und Sozialismus*, 1920) for the identity of the two systems, since both aimed to turn all workers into state officials and thereby to answer 'the decisive question, not only for Germany but for the world [...]: is commerce in future to govern the state, or the state to govern commerce?' Accepting the political revolution which, with remarkably little fuss, had put an end to German monarchy, did not imply abandoning the struggle against 'civilization'. Indeed, Spengler saw his vast 'morphological' survey of world history, *The Decline of the West* (*Der Untergang des Abendlandes*, 1918, 1922) as evidence of a pyrrhic victory of the German mind, which through him had been able to make sense of the coming displacement of traditional European culture by technological and mathematical organization.

For Germany the war did not end in 1918. Starvation, influenza, civil war, the reoccupation of territory by France to exact reparations, the economic disruption caused by the loss of population and resources and culminating in the inflation of 1923, all prolonged the conditions of wartime emergency for five years. By the time the crisis was over, the Weimar Republic consisted of a few magnates whose property interests had survived the inflation, a working population directly exposed to fluctuations in the world economy, and the administrators and beneficiaries of a welfare state 13 times larger than its equivalent in 1914. The intimations of the coming collapse of the European bourgeoisie that unsettled the pre-war world were first fulfilled in Germany. The literature of this period of revolutionary transition reflected the instability of institutions and the isolation of individuals. It was not a time for realism. It was a time for despair, abstract revolt, and utopian hopes of a new beginning. The movement of 'Expressionism' was correspondingly most active in the prophetic and emotional forms of poetry and drama. In 1920 the anthology *Twilight of Humanity* (*Menschheitsdämmerung*) brought together poems by 23 poets in the service of an indeterminate moral enthusiasm:

> Ewig eint uns das Wort:
>
> MENSCH
>
> we are for ever united by the word 'Man'

Expressionist theatre was similarly characterized by a deliberate striving for abstractness and generality through heightened and declamatory language, but by its use of choruses, and stylization of character, it had more success than the poets in representing large-scale industrial and political conflict: the works of Reinhard Goering (1887–1936), Georg Kaiser (1878–1945), and Ernst Toller (1893–1939) are now undeservedly neglected.

Profound though the social revolution was, it did not change everything. In 1919, commenting on the atmosphere in Berlin, Albert Einstein compared Germany to 'someone with a badly upset stomach who hasn't vomited enough yet'. Once the American Dawes Plan of 1924 and a huge associated loan had stabilized the German economy, the Expressionist era was effectively over, a 'new sobriety' (*Neue Sachlichkeit*) reigned in literature, and the continuities could re-establish themselves. Weimar had seemed an appropriate place for the constituent assembly of the new republic to do its work at least partly because of the late 19th-century myth that in Goethe's Weimar a cultural nation had been born which prefigured the political nation. This mythical Weimar could now be regarded as the true and abiding Germany. Nor was the continuity simply ideological. Germany's multiple theatres survived the deposition of their princely patrons and, subsidized now by government and freed from censorship, continued to provide a forum for drama conceived as 'art' rather than simply entertainment. The Protestant clergy and, above all, the universities carried over the role of official intelligentsia that they had occupied under the monarchy into an era that, bewilderingly, lacked a monarch, and the universities almost immediately began an intellectual assault on the new republic. Martin Heidegger (1889–1976), born a Catholic at a time when Catholics were second-class Germans, converted to Lutheranism in 1919 and so gained access to the wider and better-connected world of the Protestant universities. In *Being and Time I* (*Sein und Zeit I*, 1927; Part II was never written), Heidegger strangely combined a radically depersonalized re-reading of some of the most fundamental questions in philosophy with a rather Lutheran account of individual moral salvation. His 'existentialism' thus provided both the conceptual means for rejecting contemporary society as 'inauthentic' and, with his belief that one chooses one's own history, the excuse for political activism regardless of rationality. Heidegger rapidly became an intellectual totem of the right, but Stefan George's disciples, now in professorial chairs, also had a deep influence on academic discourse in the humanities, directing it away from social and economic concerns to what became known as 'history of the mind' (*Geistesgeschichte*) and elaborating the Master's cult of the lonely, world-changing historical personality. Friedrich Gundolf (1880–1931) in Heidelberg published an epoch-making study of Goethe in 1916, and Ernst Bertram (1884–1957), professor in Bonn, published a similar study of Nietzsche in 1918, with George's swastika sign on the title page. The year 1928 saw the publication not only of a major work of literary criticism by Max Kommerell (1902–44), professor in Frankfurt and Marburg, *The Poet as Leader in German Classicism* (*Der Dichter als Führer in der deutschen Klassik*), a title which already combined the Wilhelmine vision of Germany with the National Socialist version of monarchy, but also a new and final collection of poems by George himself, *The New Empire* (*Das neue Reich*). To express a political opinion was infinitely beneath George's dignity, but it was clear from the Hölderlinian diction and military rhythms of the prophetically entitled 'To a young leader in the first world war' ('*Einem jungen Führer im ersten Weltkrieg*') that in his view Germany's humiliation in the recent conflict was only a prelude to a greater future:

> Alles wozu du gediehst rühmliches ringen hindurch
>
> Bleibt dir untilgbar bewahrt stärkt dich für künftig getös ...
>
> [Everything for which you grew and flourished throughout your glorious struggle remains your indelible own, strengthens you for future uproar ...]

Of all state employees, members of the armed forces were least likely to feel loyalty to the new régime which had signed the instruments of surrender and the Versailles Treaty. Ernst Jünger (1895–1998) fought throughout the World War with great distinction and his recollections of four years' front-line service, *Storms of Steel* (*In Stahlgewittern*, 1920), are evidence of the chilling dispassion that was necessary to survive. 'To live is to kill', he later wrote, and though the enormous success of *Storms of Steel* established him as a professional writer, he continued to speak from and to his generation's experience of mechanized mass warfare. In *The Worker* (*Der Arbeiter*, 1931), he interpreted modern economic life as an extension of the total mobilization of wartime: he rightly saw that the extinction of the bourgeoisie and proletarianization of the middle classes, already far advanced in Germany, was destined to become universal, but he wrongly assumed that only a bureaucratic and military command structure could organize the resulting industrial society. Heidegger was impressed by Jünger's analysis of the modern world, though his reaction was to turn to Hölderlin and Nietzsche as guides to Germany's future. Gottfried Benn, who had spent the war as a military doctor (and in that capacity had attended the execution of Edith Cavell), was yet more radical in his rejection of the civilian world from whose corruption he lived (he became a specialist in venereal disease). Influenced partly by Spengler, and partly by his own experiments with narcotics, he came in the 1920s to despise the superficial order modern civilization had constructed over the archaic and mythical layers of human experience: the only true order seemed to him that which he imposed on his poems, sometimes by rather too obvious force. His avowed refusal of a social role for the poet was a deliberate provocation to the socialists and communists who had figured alongside him in *Twilight of Humanity*. Like Heidegger and Jünger, however, he willingly lent an appearance of intellectual respectability to the imperious rhetoric of military leadership favoured by right-wing opponents of the republic.

Not that the left wing was any better. The Communists, bent on their own revolution, and under instructions from Moscow that their first aim must be to destroy the ruling socialist party, were as willing as the right to make use of an anti-bourgeois rhetoric which after the inflation no longer had a real object but which served to destabilize the fragile political consensus. The savage cartoons of George Grosz (1893–1959) created an image of Weimar Germany as a land of freebooting capitalism run wild, but when Grosz moved to 1930s America, where there was much more free enterprise, and much less social welfare, but where the political impetus provided by the German context was lacking,

16. Bertolt Brecht in 1927, just before the great success of *The Threepenny Opera*

his inspiration deserted him. A sense not just that politics matter, but that political institutions matter too, is lacking throughout the otherwise multifarious and often humane work of the poet and dramatist Bertolt Brecht (1898–1956).

Brecht's family, paper-makers in Augsburg, belonged to the vanishing bourgeoisie; but after he moved to Berlin in 1924 to become a professional writer-director, his study of Marxism brought him close to those who saw the future in total rule by the state, though he was never a member of the Communist Party. Instead, like Grosz, he drew grotesques, satirical, comic, sometimes even tragic, particularly of an imaginary version of the Anglo-Saxon world – whether 18th-century England, 19th-century America, or Kipling's Empire – which in the war, and in the boom years that eventually followed, seemed once again to have imposed itself on Germany as the authoritative embodiment of modernity. The jaunty discordancy of Brecht's works of the 1920s, especially his collaborations with Kurt Weill, *The Threepenny Opera* (*Die Dreigroschenoper*, 1928) and *Rise and Fall of the Town of Mahagonny* (*Aufstieg und Fall der Stadt Mahagonny*, 1928–9), derived from powerfully conflicting feelings towards this vision, or mirage, of 'capitalist' life. On the one hand, there was a mischievously amoral appetite for the opportunities of consumption and uninhibited enjoyment that it offered – a theme of Brecht's since his first play *Baal* (1918), about a poet who is as ruthlessly self-indulgent as he is totally un-self-pitying. But there was also the moral sense of official Germany, with its long tradition of being offended by irresponsible consumerism, here expressing itself in bitter satire. The driving moral force behind this economic critique, however, was not a political concern for the integrity of the state but a demand, so to speak, for hedonistic justice, for equity in the distribution of pleasure, and solidarity with those to whom pleasure is denied or for whom it is turned into pain. There was a link of substance, as well as of form, with Büchner. One of the weightiest ballads in Brecht's first collection of poems, *Domestic Breviary* (*Hauspostille*, 1927), takes up the

'Storm and Stress' theme of the infanticide mother, and the song 'Pirate Jenny' in *The Threepenny Opera* shows us a washer-up who dreams of the ship with eight sails and 50 guns that will put out its flags in her honour and then bombard the town where she suffers. But Brecht's engagement with the society of which he was a part did not extend beyond the desire to shoot it up. For all his claims that the ironical devices which made his productions both scandalous and successful were intended to set his audiences thinking about the political issues that they raised, the only institution of the Weimar Republic that Brecht's plays really concerned was the theatre. The placards descending from the flies, the direct addresses to the spectators, the parodies of grand opera, and the reduction of characters to marionettes in Wedekind's manner, all encouraged thinking, not about public affairs, but about the theatricality of the performance. It was a complete and successful break with the native German tradition of drama-as-book, but it was also an inverted aestheticism, making Art out of criticizing Art.

The same tendency to perpetuate old concepts under an appearance of criticizing the new can be found in the writings, many of them published posthumously, of Brecht's Berlin friend and admirer, Walter Benjamin (1892–1940). Benjamin attempted unsuccessfully to become a professor of German literature, and at first devoted himself to relatively unpolitical '*Geistesgeschichte*'. He later moved closer to Marxism in the quest for a more materialist theory of the relation between art and society, eventually expressed programmatically in the essay 'The work of art in the age of its technical reproducibility' ('*Das Kunstwerk im Zeitalter seiner technischen Reproduzierbarkeit*', 1936). Here he argued, rather like Brecht, that in the age of mass-media Art, being no longer able to create individual beautiful objects, had to become political. He thus overlooked the specifically German roots of the concept of 'Art', the extent to which it was part of the ideology of bureaucratic absolutism, and the consequence that to criticize society in the name of Art was to maintain the values of an oppressive era. Benjamin was for a while associated with the Institute for Social Research (Institut für Sozialforschung) in Frankfurt, founded in 1923 by the son of a millionaire corn-merchant to investigate the condition of the working classes and later incorporated into the new local university (opened in 1914). When Max Horkheimer (1895–1973) became its director in 1931, it turned to a new project: developing a critical theory of society in general. Among the brilliant talents Horkheimer briefly concentrated in Frankfurt were the Hegelian and Marxist philosopher Herbert Marcuse (1898–1979), the psychologist Erich Fromm (1900–80), and a young composer and theorist of music, Theodor Wiesengrund Adorno (1903–69), a pupil of Alban Berg. Adorno, committed to the German musical tradition and impressed by Benjamin's defence of the role of Art in modern society, was only being consistent when in 1934 he welcomed the Nazis' ban on broadcasting the degenerate American form of music known as jazz.

The Weimar Republic had few friends among its intelligentsia, but the best and most indefatigable proved, in the end, to be Thomas Mann. During the long German postlude to the war, he rather grudgingly admitted that his elder brother's politics had proved more realistic than his own, but in 1922 the murder, by right-wing extremists, of Germany's Jewish foreign minister, the respected and successful Walter Rathenau, shocked him into whole-hearted commitment to the Republican cause. Over the next ten years and with the authority, after 1929, of a Nobel prizewinner, he delivered a number of high-profile addresses in support of a system he now saw as fulfilling the promise of the German Enlightenment. At a time when hostility to a Social Democrat government, in which emancipated Jews were understandably prominent, was increasingly taking the form of anti-Semitism, he embarked on an enormous series of linked variations on biblical narratives, *Joseph and his Brothers* (*Joseph und seine Brüder*, 1933–43), that deliberately drew attention to the Jewish roots of Western history. The crisis of 1922 also enabled Mann to find a focus for the book he had been writing since 1913, *The Magic Mountain* (*Der Zauberberg*), finally published in 1924. A sanatorium in Davos provided him in this novel with a metaphor for the rarefied atmosphere of high culture in the immediately pre-war years, cosseted, morally lax, and impregnated with a sense of coming dissolution. Hans Castorp, an average 'unpolitical' German bourgeois, succumbs, in this unreal environment in which time seems to stand still, to a series of more and less intellectual temptations, from materialist science to hypochondria and sexual dalliance, from psychoanalysis to X-rays and recorded music. A half-comic, but in the end suicidally tragic, dispute on political and moral matters is maintained between Lodovico Settembrini, a representative of liberal and democratic bourgeois Enlightenment, and Leo Naphta, a Jewish Jesuit, whose arguments for amoral theocratic Terror seem – like Nietzsche, whom they echo – a nightmare condensation of the entire German official tradition, Left and Right. In an extreme and climactic moment, Hans Castorp escapes from the sanatorium into the snow but only narrowly avoids death from hypothermia. What draws him back into life is a belief in 'love and goodness' which transcends the opposition between Settembrini and Naphta. He recognizes that his German, Romantic inheritance – from Novalis to Schopenhauer, Wagner, and Nietzsche – gives him a special understanding of the background of death against which life is defined, and which, by contrast, gives life its value, but he also recognizes that 'loyalty to death and to what is past is only wickedness and dark delight and misanthropy if it determines our thinking and the way we allow ourselves to be governed'. With this insight, more exactly prophetic than any of Stefan George's oracles, Thomas Mann drew a lesson from the fall of the Second Empire which he could pass on to the Weimar Republic, and which could guide him in his own political engagement, unashamedly German, but unambiguously on the side of 'life and goodness'. Unfortunately it is an insight that Hans Castorp forgets once he is safe, and he drifts through the final stages of cultural decline into the killing fields of the World War. That too was prophetic.

Germany in the 1920s was a mature industrial state, at the forefront of technological innovation (its film industry produced more films than all its European competitors combined), with no empire, a proletarianized bourgeoisie, an active but headless official class, mass communications, and a colossal problem of identity. Its social and political postmodernity made it a natural incubator for cultural tendencies that have since spread widely as other nations have arrived in its condition. With Ernst Jünger, Carl Schmitt (1888–1985) and Leo Strauss (1899–1973) pioneered political neo-conservatism. Heidegger, one of the first to use the concept of 'deconstruction', was the fountainhead of most French philosophy in the second half of the 20th century. The physical appearance of the man-made Western world was profoundly affected by the decision of Walter Gropius (1883–1969) in 1919 to combine education in the fine arts and in crafts into a single institution in Weimar, known as the 'Bauhaus'. The idealist concept of life-transforming 'Art', united with functionalist notions of design, was here applied to mass production in industry, buildings, and furniture. In literature too there was a serious quest for ways of adapting old forms to the unprecedented circumstances of a society more deeply revolutionized in defeat than any of the victor powers. The prolific novelist Alfred Döblin (1878–1957), a Jewish doctor in the East of Berlin who eventually became a Catholic, wrote his masterpiece in *Berlin Alexanderplatz* (1929), which uses a highly fragmented manner, reminiscent of *Ulysses* (though Döblin did not know Joyce's book when he started), to evoke life in a great industrialized city. Despite its title, it is not a novel of place: Berlin in 1928 is too vast and too modern to have the cosy identity of Dublin in 1904. *Berlin Alexanderplatz* is a novel of language. The dialect of the main characters, proletarians and petty criminals, informs their semi-articulate conversations and indirectly reported thoughts, carries over into some of the various narrative voices, and is cross-cut with officialese, newspaper stories, advertisements, age-old folk songs and 1920s musical hits, parodies and quotations of the German classics, statistical reports, and the propaganda of politicians. Through this modern Babel we make out the story of the released jailbird Franz Biberkopf, big, dim, goodhearted, and shamefully abused by his friends, the breakdown of his attempt to be 'decent', and his eventual recovery (perhaps). It is a worm's-eye view of the Weimar Republic, with its socialists, communists, and anarchists fighting obscurely in the background and the National Socialists remorselessly on the rise. Marching songs and rhythms and the memory and prospect of war run as leitmotifs through the book, and the overwhelming symbol of Biberkopf's life 'under the poll-axe' is provided by a centre-piece description of the main Berlin slaughter-house, fed by converging railway lines from all over the country, a symbol more terrifyingly apposite than Döblin could know.

An intellectual's view of the destructive possibilities inherent in the directionless multiplicity of modern life was provided in 1927 by the most adventurous book of an author who had previously specialized either in monuments to self-pity or sugary (and not always well-written) stories of post-Nietzschean '*Bildung*': individuals who ripen beyond good and evil into mystical or aesthetic fulfilment. Hermann Hesse (1877–1962) did not deny his origins but he supped German life with a long spoon: born in Württemberg, he travelled in India and settled in Switzerland. *The Wolf from the Steppes* (*Der Steppenwolf*) is a transparently autobiographical account of a personal mental crisis but it is also a psychogram of the contemporary German middle classes. Harry Haller, the main narrator, personifies the disorientated '*Bildungsbürger*' in the post-war era, caught, he recognizes, between two worlds: he loves the orderliness of the bourgeoisie and lives off his investments, he is devoted to the German official culture of classical literature and music, and he also embodies the wolf-like, anti-social, Nietzschean individualism that his class has secretly fostered. However, the new, wide open, Americanized world of the 1920s, with jazz and foxtrots, gramophones and radios, offers him the possibility of dissolving the shadow side of his psyche, the wolf from the steppes, into the myriad alternative personalities latent in him and so of escaping from '*Bildungsbürgertum*' altogether. In the 'magic theatre' of the saxophonist Pablo he enjoys, as if by the aid of hallucinogenic drugs, such experiences as sleeping with all the women he has ever set eyes on, meeting Mozart (who gives him a cigarette), and playing at being a terrorist and a murderer. But evidently this is a highly ambiguous liberation. Haller, who opposed the First World War, knows that in the new age that is remaking him, 'the next war is being prepared with great zeal day by day by many thousands of people', and that it will be 'even more horrible' than the previous one, and we can see that the 'magic theatre' is one of the means by which the horror is being rehearsed. However, since Haller can no more stop war than he can stop death, he turns instead to learning to love, and to laugh at himself. Hesse is honest; he depicts both his own path to equilibrium and its cost: the withdrawal from responsibility for a monstrous, carnivorous mechanism whose workings he has understood with grim clarity.

With the crash of 1929, the time for fantasies of individual fulfilment was over. As the political tensions within the Republic reached breaking point and unemployment rose to 30%, the cultural compromise that had created the '*Bildungsbürger*' lost all plausibility. Brecht dropped his flirtation with consumerism and from 1929 to 1932 wrote a series of 'didactic plays' (*Lehrstücke*), several in cantata form, with minimal character interest, intended to encourage audiences (particularly of school-children) to think of solving problems by subordinating individual concerns, and even lives, to collective programmes. Knowing arrest was imminent, Brecht left Germany on the day after the Reichstag fire in February 1933 that gave the recently elected Nazi government the excuse to take emergency powers and introduce totalitarian rule. Those who then supported the political nationalism which was Germany's response to global economic protectionism were the immediate agents of the self-immolation of 'culture'. Heidegger, now a member of the Party, gave his inaugural address as rector of Freiburg University in May, its title, *The Self-Assertion of the German University* (*Die Selbstbehauptung der deutschen Universität*) revealing the cruel delusion of Hitler's camp-followers. For in the Third Empire there was to be no self-assertion by any institution other than the Party and its Leader, let alone by the university, which for over 300 years had been the heart of the German bureaucracy and for over 200 had given a unique character to Germany's literary culture. The final degradation of German officialdom to dutiful executants of murderous tyranny was at hand. Heidegger lent his support to the new government's rejection of globalization by campaigning for Germany's withdrawal from the League of Nations, but within a year he had resigned his office and was discarded by the regime, though he remained in the Party.

17. Martin Heidegger (indicated by the cross) at an election rally of German academics at the Alberthalle, Leipzig, on 11 November 1933

A similar fate befell Benn, seduced by the idea of 'surrendering the ego to the totality'. In a radio broadcast in April 1933, he coarsely denounced the obsolete internationalism of 'liberal intellectuals', whether Marxists who thought of nothing higher than wage-rates or 'bourgeois capitalists' who knew nothing of the world of work, and opposed to it the new totalitarian nation-state which – he claimed, combining Nietzsche and Spengler – had history and biology on its side and showed its strength by controlling the thoughts and publications of its members. So it did, and after a series of violent attacks on him in the Party press for the 'indecency' of his poems, he took cover, like Jünger, by rejoining the army – 'the aristocratic form of emigration', he said, salving the smart – and in 1938 he was officially forbidden to publish or write. Stefan George bowed out with more dignity before he died in December 1933, refusing (for unclear reasons) to serve in succession to Heinrich Mann as president of the newly purged Prussian Academy. Hauptmann stayed in Silesia, without office, but accepting honours and censorship (*The Weavers* was not to be performed) until he died after experiencing the bombing of Dresden. Otherwise, virtually all German writers and artists of significance either emigrated or withdrew from sight. German literature could be said to have been officially terminated on 10 May 1933 when the German Student Federation arranged public burnings of 'un-German works' throughout the country.

For those emigrants who survived – Benjamin committed suicide rather than fall into the hands of the Gestapo and Toller did the same out of sheer despair – exile in a non-German-speaking country where they were unknown and had little opportunity of publishing usually put the end to a literary career. Alfred Kerr (1867–1948), for example, who made and broke reputations as a theatre critic in Naturalist and Expressionist Berlin, dwindled to a refugee Jewish invalid in his London flat, though his daughter wrote a touching memoir of their life of banishment in her trilogy beginning with *When Hitler Stole Pink Rabbit*. For Brecht, however, emigration meant liberation. Until 1941 he lived mainly in Denmark and Finland, but he was already internationally known, he travelled widely, and his plays were put on in Paris, Copenhagen, New York, and Zurich. Since, however, he was writing in professional, though not personal, isolation, and no longer had his own theatre, what he wrote became gradually more reflective, less closely involved with German circumstances, and, without losing its theatricality, emotionally and psychologically more multidimensional. His poetry blossomed. He already resembled Luther and Goethe as a townsman with a love of the vernacular who had taken up with the politics of authoritarianism, and he now came to resemble them in the hide-and-seek his contradictory personality played with the public. (The theories of drama which he now elaborated were part of this game, and need not be taken seriously.) Perhaps because the public had become more difficult to define, broader both in space and time than in the Weimar forcing-house, his poetic voice achieved a new level of generality, a German voice, certainly, but addressing everyone caught up in the global conflict:

> Was sind das für Zeiten, wo
>
> Ein Gespräch über Bäume fast ein Verbrechen ist
>
> Weil es ein Schweigen über so viele Untaten einschließt! [...]
>
> Ihr, die ihr auftauchen werdet aus der Flut
>
> In der wir untergegangen sind
>
> Gedenkt
>
> Wenn ihr von unseren Schwächen sprecht
>
> Auch der finsteren Zeit
>
> Der ihr entronnen seid. ('An die Nachgeborenen')

> [What sort of times are these when a conversation about trees is almost a crime because it includes silence about so many misdeeds [...] You who will emerge from the tide in which we have sunk, remember too, when you speak of our weaknesses, the dark time from which you have escaped.]
>
> ('To later generations', 1939)

From 1938 Brecht was writing what were effectively morality plays for a world audience, in which the deeper themes of his early work returned: his passionate sense that pleasure and goodness are what human beings are made for and that justice requires that pleasure should be universal and goodness rewarded; his bitter countervailing belief that injustice is general, that it is often necessary for the survival even of the good, and that it may be remediable only by unjust means; and a Marxism which is not a source of answers to these dilemmas, but a background conviction that answers are possible and so should be looked for. *The Good Woman of Szechuan* (*Der gute Mensch von Sezuan*, 1938–9, first performed 1943) was still just about interpretable as a demonstration that in capitalist society moral goodness was necessarily symbiotic with economic exploitation, if the anguished love of the 'good woman' herself was overlooked, but *The Life of Galileo* (*Leben des Galilei*, 1938–9, first performed 1943) was Brecht's most personal play, and despite extensively adapting it after 1945, he was unable to fit it into a Marxist scheme. The pleasure-loving genius with a huge appetite for life who fails the political test and recants when threatened by the Inquisition, but who argues that he serves progress better by devious compliance than by pointless heroism, clearly embodies some of Brecht's own feelings about the priority he was giving – and had always given – to his literary work over the political struggle. His one genuinely tragic play, *Mother Courage and her Children* (*Mutter Courage und ihre Kinder*, 1939, first performed 1941), though written before war had broken out, was the nearest he came in a major drama to commentary on the great events of his age. Set in early 17th-century Germany, in a state of war without beginning or end, it dramatizes 'the dark time' in which Brecht's generation had, somehow or other, to live. Mother Courage, who has little more than her name in common with Grimmelshausen's character (and even that has lost most of its sexual connotations), drags her sutler's wagon after the marauding armies on which she depends for a livelihood. Her calculating, unscrupulous, shopkeeper's realism – like Galileo's cunning – makes sense for as long as it serves the purpose of keeping her family alive and together. But one by one she loses her children to different forms of the goodness she has warned them against. Alone at the end, she has survived – but what for? It was Brecht's own question to himself.

In 1941 Brecht left Finland for Russia and, without stopping to inspect the workings of socialism, took the trans-Siberian route to the Pacific Ocean and California. There he met W. H. Auden (who thought him the most immoral man he had ever known) and found a colony of German émigrés, such as Erich Maria Remarque (1898–1970), author of the gripping pot-boiler *All Quiet on the Western Front* (*Im Westen nichts Neues*, 1929), many of them attracted, like him, by the prospect of work in Hollywood. There too Brecht wrote his happiest – and last significant – play, *The Caucasian Chalk Circle* (*Der kaukasische Kreidekreis*, 1944–5, first performed 1948, in English). In it the pure, self-sacrificing love of another 'good woman' and the self-preserving immoralism of an unjust judge, embodied in characters as fully drawn as Mother Courage or Galileo, are united in a moment 'almost of justice', while Marxism is relegated to sedately utopian, socialist-realist framework scenes which pretend to underwrite the hope expressed in the principal action. Not all of Brecht's fellow exiles were as easily reconciled to life in the USA, however. Horkheimer and Adorno managed to re-establish the Institute of Social Research in California and tried there to use the inherited concepts of German philosophy to explain the barbarism engulfing Europe. But their joint study, *Dialectic of Enlightenment* (*Dialektik der Aufklärung*, 1944), suffers, like the Marxist tradition itself, and like Brecht's feeble attempts at direct representation of the Nazi regime, from an inadequate theory of politics (treated simply as a cloak for economic interests) and from a limited understanding of the special character of the German society from which they came. It was boorish and inept to equate the capitalism of America, which was paying in blood to save their lives and their work, with genocidal Fascism (as Brecht also did in his lesser plays). Their assault on the American entertainment industry was not just the snobbery of expatriates from the homeland of Art: Adorno and Horkheimer explicitly defended, against the mass market and mass politics that had swept them away, 19th-century Germany's 'princes and principalities', the 'protectors' of the institutions – 'the universities, the theatres, the orchestras and the museums' – which had maintained the idea of a freedom available through Art and transcending the (supposedly) false freedoms of economic and political life. In thus preparing to hand on to a later generation, as the key to modern existence, the concepts and slogans of the defunct German conflict between bourgeoisie and bureaucracy, Adorno and Horkheimer committed themselves to much the same half-truths as a writer for whom they had no time at all, Hermann Hesse.

In 1943 Hesse issued from his Swiss retreat his own reaction to the contemporary crisis, *The Glass-Bead Game* (*Das Glasperlenspiel*), a novel of personal '*Bildung*' set in the distant future and in the imaginary European province of Castalia. As the allusion to the Muses' sacred spring suggests, Castalia is devoted to Art, but an Art which has absorbed all previous forms of artistic and intellectual expression into a single supreme activity, the Glass-Bead Game. A secular monastic order is dedicated to the cultivation of the Game, and the novel tells of the development of its greatest master, Josef Knecht, to the point where he recognizes the need to relate this religion of Art to the world beyond it. Castalia is threatened by war, economic pressures, and political hostility, as in the 'warlike age' of the mid-20th century, in which the Game originated. Knecht's end, however, and that of the novel, is obscure: has he indeed secured the survival of the Castalia that preserves his memory? Or has he, as his Castalian successors would clearly like to believe, betrayed Art to Life and been punished accordingly? The Castalian world of the Spirit (*Geist*) seems hermetically detached from the historical world of society, and even if Spirit is in reality dependent on Society, it seems not to acknowledge, or even to know, that it is. Hesse's anxiety about the ability of Art and the Spirit to survive into the post-war era is expressed with more modesty, and greater political astuteness, than we find in *Dialectic of Enlightenment*, but he is no more able than Adorno and Horkheimer to represent those concepts as peculiar to a particular time and place and tradition.

That was to be the task of another German resident of California, Thomas Mann, who had arrived in America in 1939, and from 1943, following daily the news of Germany's military collapse, worked intensively on his greatest novel, completed and published in 1947, *Doctor Faustus. The life of the German composer Adrian Leverkühn, narrated by a friend* (*Doktor Faustus. Das Leben des deutschen Tonsetzers Adrian Leverkühn erzählt von einem Freunde*). Mann consulted Adorno about his manuscript, particularly its musical sections, and sent Hesse a copy of the published work with the inscription, 'the glass-bead game with black beads', but his book went to the heart of the issue that their books evaded. *Doctor Faustus* is a reckoning with the German past at many levels. It gives a fictionalized account of the social and intellectual world of the Second Empire and the Weimar Republic, particularly Munich (complete with proto-fascist poets). In taking the life of Nietzsche as its model for the life-story of Adrian Leverkühn, and his apparent purchase of world-changing artistic achievement at the cost of syphilitic dementia, it asserts the typicality of a figure whose thinking was all-pervasive in 20th-century Germany and who contributed in his own way to what passed for Nazi ideology. It is shot through with allusions to earlier phases of destructive irrationalism in German literature and history, and above all it appropriates the central myth of modern German literature to suggest that the story of Leverkühn parallels the story of modern Germany, for both are the story of a Faustian pact with the devil. Links with contemporary reality punctuate the narrative, which is in the hands of Leverkühn's friend, Serenus Zeitblom, a retired schoolteacher, who starts his work, like Mann, in 1943 and ends in the chaos of total defeat in 1945. The ultimate refinement in this supremely complex work, however, is that, for all the apparent concentration on the artist figure Leverkühn and his assimilation to the figure of Faust, the true representative of Germany in it is Zeitblom. Zeitblom is a state official, steeped in the classics and German literature, who shares Thomas Mann's 'unpolitical' attitude to the First World War, but not his post-war conversion; he does not emigrate, he has two Nazi sons, and he dissents from Hitler's policies only quietly, on aesthetic grounds, and as they start to fail. Germany's fate is here represented not by Faust, Art, and the life lived *in extremis*, but by the man who believes in these ideas, who needs them to give colour and significance to his life, and who structures his narrative in accordance with them. The moral climax of the book, the point when it represents directly the sadistic monstrosity of the Third Reich, is Zeitblom's chapter-long account of the agonizing death from meningitis of Leverkühn's five-year-old nephew, supposedly fetched by the devil. For a dozen pages this narrator tortures a child to death to justify his own desire to live out a myth. His fellows did as much across German-occupied Europe. In Zeitblom (the name means 'flower of the age'), Thomas Mann created an image of the German class that saw itself as defined by 'culture' and that accepted Hitler as its monarch, its metaphysical destiny, and its nemesis.

(ii) Learning to mourn (1945–)

In 1967 the psychologists Alexander and Margarete Mitscherlich (1908–82 and 1917–) published *The Inability to Mourn* (*Die Unfähigkeit zu trauern*), an analysis of Germany's collective reaction to the trauma of 1945, the 'zero hour' in German history when the past was lost, the present was a ruin, and the future was a blank. Their conclusion was that there had been no reaction: Germany had frozen emotionally, had deliberately forgotten both its huge affective investment in the Third Reich and the terrible human price paid by itself and others to rid it of that delusion, had shrugged off its old identity and identified instead with the victors (whether America in the West or Russia in the East), and had thrown itself into the mindless labour of reconstruction, which created the Western 'economic miracle' and made East Germany the most successful economy in the Soviet bloc. This analysis, and in particular its conclusion that Nazi thinking was still as omnipresent in (West) German society as the old Nazis themselves, had a powerful influence on the revolutionary generation of 1968 and reinforced the accepted wisdom that 'coming to terms with the past' (*Vergangenheitsbewältigung*) was the major task of contemporary literature. But there was a good deal more to mourn than unacknowledged Nazism, repressed memories of Nazi crimes, the horrors of civilian bombardment, the misery of military defeat, or the uncomfortable fact that in the four years before the foundation of the two post-war German states in 1949 the prevailing mood was not joy and relief but sullen resentment both of the Allies and of the German emigrants. There was the further complication that the past calling out to be reassessed did not begin in 1933, it was potentially as old as Germany itself, while the present, for all the talk of reconstruction, had no historical precedents. It might resemble the aftermath of the Thirty Years War, though without the princes, but more importantly it was without a bourgeoisie: both German states were workers' states – one was just wealthier than the other. But because in the Eastern German state the absolutist rule of officials survived under the name of 'socialism', it created an image of its Western rival on the model of officialdom's old enemy and characterized the Federal Republic as 'bourgeois' Germany. With the building of the Wall in 1961, this double illusion was set in concrete and barbed wire and exercised an increasingly malign influence on German intellectual life on both sides of the barrier. For the greatest obstacle to clear-sighted assessment of the present and the past was a factor which the Mitscherlichs did not mention: that neither of the world powers which had divided Germany between them wished to encourage it. Rather, they wanted their front-line German states, between which the Iron Curtain ran, to understand themselves as showcases for their respective blocs in the bipolar global system. 'Denazification' procedures were stopped in the West, and held to be unnecessary in the East. Only after 1990 were German writers released from this imposed and misleading confrontation, and as they became free to understand Germany's position in a global market and a global culture in which national identities had long been dissolving, they also became free to address their own history.

After 1945, many emigrants stayed where they were or avoided settling in Germany. By this time they were anyway largely exhausted. Thomas Mann, who returned to Switzerland, and Hesse, who continued to live there, were honoured – Hesse with the Nobel Prize in 1946 – but unproductive. The Communists returned to the Russian zone, but apart from Brecht they had little international standing. Adorno came back in 1949 to a professorship in Frankfurt, where the Institute for Social Research was reopened in 1951. In the West the task of reacting in literature to the traumatic past was in the hands of a new generation of ex-servicemen and ex-prisoners of war, many of whom arranged to meet annually to discuss their work and became known as 'Group 47' (*Gruppe 47*). For this new generation, the problem of inheritance was particularly evident in poetry. Adorno's famous dictum of 1949 that 'to write poetry after Auschwitz is barbaric' reflected partly the special role of lyrical poetry in Germany as the literary medium for the exploration of individual ethical experience. That this role was over was emphatically stated in the last phase of the work of Gottfried Benn, which became known to the public in the early 1950s. Despite the Nazi prohibition, he had continued to write in secret, especially what he called 'static poems', regular in form and rich in imagery of autumn and extinction. A collection privately circulated in 1943 contained one of his greatest poems, 'Farewell' (*'Abschied'*), a tormented admission that in 1933 he had betrayed 'my word, my light from heaven', and that it was impossible to come to terms with such a past: *'Wem das geschah, der muß sich wohl vergessen'* ('Anyone to whom that happened will have to forget himself'). After this personal outcry, his public stance of unyielding nihilism, in the post-war years, was entirely consistent:

> es gibt nur zwei Dinge: die Leere
>
> und das gezeichnete Ich
>
> [there are only two things: emptiness and the constructed self]
>
> ('*Nur zwei Dinge*', 1953)

If the self has become pure construction, not made out of interactions with its past experiences or with a given world, there is no place for poetry as it had been practised in Germany from Goethe to Lasker-Schüler. The poet who showed Adorno that it was still possible to write poetry in the knowledge of Auschwitz had certainly understood this lesson. There is no role for a self, or for any controlling construction, in the work of Paul Celan (1920–70), a German Jew from Romania, both of whose parents were killed in a death-camp, and who chose to live in Paris, where he committed suicide.

Celan is best known for the finest single lament for the Jewish genocide, 'Death Fugue' ('*Todesfuge*'), an erratic block in the otherwise over-lush collection *Poppies and Memory* (*Mohn und Gedächtnis*, 1952), but he seems to have felt that even this impersonal, repetitive musical structure, with its motifs of 'black milk', 'ashen hair', the name of Jewish beauty, '*Sulamit*', and the terrifying climactic phrase 'death is a master from Germany' ('*der Tod ist ein Meister aus Deutschland*'), imposed too much of a subjective order on a strictly unthinkable event.

18. Paul Celan in 1967

In his later collections (e.g. *Speechgrid* [*Sprachgitter*], 1959; *Breathturn* [*Atemwende*], 1967), he thought of the poem as a 'meridian', an imaginary line both linking disparate words and names and events and, by its arbitrariness, holding them apart, so re-enacting the meaninglessly violent juxtapositions and discontinuities of 20th-century history. Although many of the elements, including the vocabulary, are hermetically personal, the call for interpretation that these Webern-like miniatures embody makes them strangely public statements in which the anguish of the bereaved survivor is largely uncontaminated by Germany's growing ideological division.

> [...] *Stimmen* im Innern der Arche:
>
> Es sind
>
> nur die Münder
>
> geborgen. Ihr
>
> Sinkenden, hört
>
> auch uns. [...]
>
> [*Voices* inside the Ark: Only our mouths are rescued. You who are sinking, hear us too]

At the same time as Benn was marking the end of poetry as the coherent utterance of a solitary private voice, Brecht was providing it with a new role as the public voice of personal political engagement. He proved by far the strongest influence on the poetry of both the Federal and the Democratic Republics, but the influence was as ambiguous as the engagement. Brecht had returned to Europe in 1947 and, prevented by the Americans from entering the Western zone, settled instead in the East, where he was given a theatre and a privileged position as the jewel in the new republic's cultural crown. While he did not publicly oppose the military suppression of the workers' revolt in 1953, he wrote a series of epigrammatic poems sardonically distancing himself from the action (perhaps the government should elect itself a new people?) and asserting, presumably as a justification of his position as court poet, the social value of literary pleasure. The example both of this last, laconic manner and of his earlier more discursive poetry enabled later poets to address public issues with directness and, often, lightness of touch. But his accommodation with the Communist régime and his failure to unmask either its false claim to cultural continuity with the German 'classical heritage' or the reality of its institutional continuity with the bureaucracy of the Third and Second Empires set a bad precedent. Even the most gifted West German poet of the next generation, Hans Magnus Enzensberger (born 1929), succumbed to the assumption that the complacencies and contradictions of life in the Federal Republic lit up by his satirical fireworks were somehow a consequence of the division of the world between Right and Left. It seemed to him (as it did to all of us) that to be modern was to be subject to the threat of thermonuclear Mutual Assured Destruction by these two opposing systems. When, therefore, he wrote a counter-poem to Brecht's 'To later generations', he began it with an equation of the Cold War and the Second War which became obsolete in 1989:

wer soll da noch auftauchen aus der flut,

wenn wir darin untergehen?

[who else is supposed to emerge from the tide if we sink in it?]

('Extension' ['*Weiterung*'])

By contrast, Celan's revision of Brecht's poem gets much closer to the heart of Germany's difficulty with its past-haunted present. Poetry, Celan knew, needed a purification of language and memory, not the prescription of acceptable topics:

[...] Was sind das für Zeiten,

wo ein Gespräch

beinah ein Verbrechen ist,

weil es soviel Gesagtes

mit einschließt?

[What sort of times are these when any conversation is almost a crime because it includes so much that has been said?]

('A Leaf' ['*Ein Blatt*'], 1971)

In drama, Brecht, of course, was everywhere. He wrote nothing of importance after his return to Germany, but in his decade with the Berliner Ensemble he created a model of modernist, politically didactic theatre which, while at first having little effect on the resolutely Second Empire traditions of production in the East, gained great authority in the West, especially after 1968, and made it possible to conceal a lack of direct engagement with the literary heritage beneath an appearance of critical detachment. The institutional continuity, however, was virtually unbroken: as in 1918, Germany's theatres survived the revolution and not for 20 years did major new writing talent emerge. Even then the function assigned to the theatre by a new generation of producers and writers was what it had always been, except in the brief bourgeois period before 1914 – to be a state institution in which the intellectual elite could through Art perfect the morals of the citizens (or subjects). The plays of Rolf Hochhuth (born 1931) do not deny their Schillerian ancestry. His denunciation of Pope Pius XII for complicity in the murder of Europe's Jews (*The Representative* [*Der Stellvertreter*], 1963) was written in five acts and a form of blank verse, and concentrated on issues of personal moral responsibility. Hochhuth's determination to find highly placed individuals to blame for great crimes – Churchill in *Soldiers* (*Soldaten*, 1967); Hans Filbinger, the prime minister of Baden-Württemberg, in *Lawyers* (*Juristen*, 1979) – was on occasion highly effective (Filbinger was forced to resign). But it did not help a broader understanding of the historical and cultural context that made the crimes possible. Moral improvement might not seem to be the purpose of the explosively entertaining and hugely successful first play of Peter Weiss (1916–82), a Jewish emigrant and Communist who had lived in Sweden since 1939. *The Persecution and Murder of Jean Paul Marat Represented by the Theatre Company of the Hospital of Charenton under the Direction of M. de Sade*, usually known as *Marat/Sade* (1964), plays to the gallery with sex, violence, and madness, slithering between illusion and reality, with songs and self-conscious effects in the manner of the early Brecht, and with an early Brechtian theme: the conflict between the isolated hedonist, Sade, and Marat, the spokesman of impersonal and collective revolutionary action. But Weiss himself saw it as a Marxist play, and in his next, much grimmer, work, *The Investigation (Die Ermittlung*, 1965), a documentary drama drawing on the transcripts of the recent trial in Frankfurt of some of the staff in Auschwitz, he selected his material in accordance with the thesis of Brecht's Third Reich plays: that Hitler could be explained by the logic of big business. Weiss's ideas were formed in the 1930s and contributed minimally to German self-understanding. The three volumes of his last work, the novel *Aesthetics of Resistance* (*Ästhetik des Widerstands*, 1975–81), reiterated the fallacy that had done so much damage in the inter-war years: that '*Bildung*' was a supra-historical value with no particular basis in the German class structure. In the GDR, by contrast, Heiner Müller (1929–95), as director of the Berliner Ensemble, combined his own passionate demand for humanistic socialism, which he felt states always betray, with Brechtian devices taken to a postmodernist extreme, to create extraordinarily powerful works which frequently proved too much for the GDR authorities and had little in common with the armchair leftism prevalent in the Federal Republic. In a loose cycle which opened with *Germania Death in Berlin* (*Germania Tod in Berlin*, 1977) and closed with its intertextual counterpart *Germania 3 Ghosts at The Dead Man* (*Germania 3 Gespenster am Toten Mann*, 1996), a lament for the GDR, Müller puts bodies, language, and history through the mincing machine; cannibalism, mutilation, and sexual perversion abound; theatrical conventions are strained to the limit and beyond; and the contributions of Prussian militarism, Nazism, and Stalinism to the formation of the modern German states are brutally demonstrated. These plays have the uninhibited wildness of true mourning. However, since their underlying assumption is that the real victim of the German past has been socialism, they are mourners at the wrong funeral.

As for narrative prose, the sharpest insights tend to be found at the beginning of the period of German division, before the confrontation of the two republics had been consolidated. Much of the best writing of Heinrich Böll (1917–85) is in the disillusioned and understated short stories he wrote in the immediate post-war years: stories of military chaos and defeat, of shattered cities and lives, of the black market, hunger, and cigarettes. *Traveller, if you come to Spa ...* (*Wanderer, kommst du nach Spa ...*, 1950) is the interior monologue of a fatally wounded ex-sixth-former carried to an emergency operating theatre in the school he left only months before. He recognizes the room from a fragment of Simonides' epigram on Thermopylae which he had himself written on the blackboard, and most of the brief narrative is taken up with enumeration of the cultural objects that still litter the corridors – the bust of Caesar, the portraits of Frederick the Great and Nietzsche, the illustrations of Nordic racial types. The bloodstained downfall of '*Bildung*' has been given us in cruel miniature. Böll's most ambitious investigation of the Nazi infection in the German body politic was the novel *Billiards at 9.30* (*Billard um halbzehn*, 1959), which spans the period from the end of the 19th century to 1958. Three generations of an architect family have been involved with a Benedictine monastery: the grandfather built it; the father blew it up in the Second World War, nominally for military reasons, but in fact because he knew it to be corrupted by Nazism; the son is rebuilding it, unaware who was responsible for its destruction.

Round this theme is woven a picture of a society in which former criminals, their victims, and their opponents mingle on equal or unequal, but usually unjust, terms. During the Adenauer years, Böll, also a Catholic Rhinelander, seems to have seen himself as the moral conscience of a Church compromised by its wartime record and by its association with wealth and power in the new and predominantly Catholic Germany. But in his later work the sense of a historically defined Germany measured by an external standard of justice faded, the targets of his critiques became more secular, and his position became more simply that of socialist opposition to the Christian Democrat Party (e.g. *The Lost Honour of Katharina Blum* [*Die verlorene Ehre der Katharina Blum*], 1974). Böll remained interested in modernist techniques such as multiple, undefined, or unreliable narrative viewpoints, but the clunking symbolism and schematic morality already apparent in *Billiards at 9.30* became more pronounced and his original fierce identification with a unique moment in the national life was lost.

Günter Grass (born 1927) followed a course rather like Böll's, though Böll got his Nobel Prize in 1972, while Grass, more of an *enfant terrible*, had to wait until 1999. Grass is a poet, dramatist, graphic artist, and prolific novelist, but he will be remembered above all for one book. *The Tin Drum* (*Die Blechtrommel*, 1959) is the life story of Oskar Matzerath, who begins, like Grass, on the interface between the German and Polish communities in Danzig, who decides at the age of three to stop growing, who drifts, lecherous and seemingly invulnerable, though armed only with his tin drum and a voice that can break glass when he sings, through the absurdist horrors of the Third Reich, and who is finally incarcerated in a lunatic asylum in the Federal Republic where he composes his memoirs. The novel stands out from everything else written, by Grass or others, about the Nazi period for the amoral exuberance of its narration. Oskar is, at most, passingly puzzled by the eagerness of these adults to destroy each other and the nice things he enjoys. The amorality is

19. *The Tin Drum*: Günter Grass (left), with David Bennent (as Oskar Matzerath, with drum) and Volker Schlöndorff (director), during the filming in Danzig (Gdansk), 1979

essential, for it reflects that of the acts and actors that are being described. So too is the exuberance, for against all the evil and death, from which the book refuses to avert its gaze, it asserts the value of life and pleasure – the untiring verbal inventiveness, some of it encouraged by Döblin's example, is a sustained act of resistance. But the crucial device that makes *The Tin Drum* into an exceptionally powerful analysis of how the German catastrophe happened is its parodistic relation to the German literary tradition – specifically to the tradition since the last comparable catastrophe, the Thirty Years War. Grass goes back to the early sections of Grimmelshausen's *Simplicissimus* to find a narrative standpoint from which he can encompass a political development that ends in Nazism and a literary development that ends in Oskar Matzerath. Oskar learns to read from Goethe's novel of personal maturing, *Wilhelm Meister*, regarded since the Second Empire as the fountainhead of '*Bildung*', and from a life of Rasputin. That

Goethe and Rasputin could also, grotesquely, go hand in hand in German 20th-century history is shown by a novel in which every convention of '*Bildung*' is overturned, starting with the idea of personal growth, and the course of events seems to be determined not by Nature or Spirit but by a homicidal maniac. In Grass's later works – even the next two books in what the English scholar John Reddick has called his 'Danzig trilogy' – the inventiveness became arch or stilted and the themes lost urgency as they became politically correct (e.g. *The Flounder* [*Der Butt*], 1977). The Wall made not only the GDR but the Federal Republic too a more introverted place and, responding to the need to defend public life from the left-wing Fascism of the Baader-Meinhof gang, and perhaps inspired by the example of Thomas Mann, Grass became a reliable and important campaigner for the Social Democrat Party as he became a less penetrating analyst of his world.

Because much of the writing of Arno Schmidt (1914–79) was done in the 1950s, and from 1958 he led the life of a (married and atheist) hermit in rural lower Saxony, he was insulated from these local difficulties and maintained, partly thanks to his enormous erudition, a broader view of German nationhood. *The Heart of Stone* (*Das steinerne Herz*, 1956) balanced an unflattering picture of both the modern zones with a sub-plot dependent on the earlier trauma from which the contemporary division of Germany derived: the absorption of the independent principalities, in this case the Kingdom of Hanover, into Bismarck's Empire. In *The Republic of Scholars* (*Die Gelehrtenrepublik*, 1957), Schmidt wrote a science-fiction parable of the Cold War, that other and larger-scale determinant of German identities, set in a post-World War Three era, when German is a dead language. Schmidt's eccentricities of style, spelling, and punctuation were part of his deliberate detachment from his contemporaries and should not be dismissed simply as pastiche of Joyce – though his *magnum opus*, *Bottom's Dream* (*Zettel's Traum*, 1970), 1,300 multi-columned A3 pages weighing over a stone, owed much to *Finnegan's Wake*.

Uwe Johnson (1934–84) chose a different way to preserve his independence and his ability to write, moving from East to West Germany in 1959, spending much of the 1960s abroad, and settling in England in 1974. He developed a narrative method without a privileged narrator of any kind, piecing together fragments of discourse in a montage which eventually made extensive use of newspaper material: there is no single truth about the lives of his characters or about their relation to the major public events which intimately affect them. *Speculations about Jakob* (*Mutmaßungen über Jakob*, 1959) treats the murky circumstances surrounding the death of a man who is a 'stranger in the West, but no longer at home in the East' at the time of the Hungarian uprising and the Suez crisis, while *The Third Book about Achim* (*Das dritte Buch über Achim*, 1961) asks whether a personality is continuous across the divide between the Nazi years and the GDR and finds no answer. The possibility of socialism with a human face, already an issue in *Speculations about Jakob*, is a central theme in the four volumes of *Anniversaries* (*Jahrestage*, 1971–83), which take up some of the same characters and follow every day of their lives throughout the year 1967–8, cross-cutting the German past, the American present, and the crushing of the Prague Spring. In comparison with these powerful books, the experiments in narrative indeterminacy of Christa Wolf (born 1929), who stayed in the GDR, joining the party hierarchy and literary bureaucracy, seem relatively colourless. *The Quest for Christa T.* (*Nachdenken über Christa T*, 1968) shows little awareness of the social constituents of personality, despite spanning the same period as *The Third Book about Achim*. Her autobiographical *Patterns of Childhood* (*Kindheitsmuster*, 1976), however, impressively presents both the illusions of a Nazi childhood and the traumatic effect of the transition to the later standpoint from which she tries to write.

Since 1945 the challenge facing Germans writing about Germans has been to transform trauma into memory and to understand the present by mourning the past, to show what it is to be German by telling stories broad and deep enough to contain the indescribable. After 1961 that challenge became even more difficult, and only those whose narrative could rise to include the global power relationships which were imposing on Germany an economic, social, and cultural schizophrenia had any chance of success. Only a resolutely international or historical perspective could resist the hypnotic attraction of the great lie on which German division was based: that the Democratic Republic was a nation freely working to realize socialism, when it was actually, as the Wall proclaimed, an old-fashioned bureaucratic dictatorship maintained by the military force of a foreign power. Such a perspective was easier to attain in philosophy than in literature. Heidegger and Jünger in their later, and unrepentant, work perhaps achieved it, if for quite the wrong reasons. Adorno paid a cruel penalty for his continued adherence to '*Bildung*' when he was pilloried by students as a reactionary and, probably as a result, died of a heart attack in 1969; but the tradition of the 'Frankfurt School' was carried on and decisively broadened by his pupil Jürgen Habermas (born 1929). Habermas sought a synthesis of German philosophy with the American and British traditions (rejected by Adorno) in a theory of evolving democratic argument: in democracies Enlightenment was embodied in institutions (*The Theory of Communicative Action* [*Theorie des kommunikativen Handelns*], 1981). He thereby both related the constitutional order of the Federal Republic to that of other Western nations and marked it off critically from the German past. His fear that, none the less, the government of Helmut Kohl was encouraging a nationalist form of West German patriotism which would efface the difference between the Federal Republic and earlier German states was expressed in 1986–7 in his criticisms of revisionist historians of the Jewish genocide (the 'battle of the historians', or '*Historikerstreit*'). Arguably, however, Kohl was consciously concerned only that Germany should also mourn its 11 million casualties of the Second World War: a true assessment of the Third Reich was possible only if its full cost was recognized.

That goal came significantly nearer in 1989 with Russia's withdrawal of military cover from Eastern Europe and the collapse of its puppet regimes. In East Germany the last survival from the era of bureaucratic absolutism came to an inglorious end, and with it 30 years of false consciousness for the whole nation. Those, like Christa Wolf, who had already once rebuilt their lives on those hollow foundations could not be expected to reconstruct themselves after a second trauma. But for established Western writers and younger writers from the East a new degree of honesty became possible. After an angry critique of Kohl's handling of reunification that was more a political intervention than a novel (*Too far afield* [*Ein weites Feld*], 1996), Grass returned to something like his old form with *Crabwalk* (*Im Krebsgang*, 2002), centred on the flight of East Prussians from the advancing Russian armies in 1945 and the torpedoing of a refugee ship with the loss of 9,000 lives. His admission of service in the Waffen-SS in his autobiography of 2006 also showed that his portrait of Oskar Matzerath was closer to reality than anyone had been prepared to allow when *The Tin Drum* was first published. In 2005 the prizewinning poet Durs Grünbein (born 1962) attempted to address the most notorious of all Allied war crimes, the fire-bombing of Dresden, from the point of view of a native of the city, taking into account Dresden's political and cultural history, its associations with the Nazis and its dismal reconstruction in the GDR: incongruities of tone were essential to the poem but brought it a mixed reception (*Porcelain. Poem on the death of my city* [*Porzellan. Poem vom Untergang meiner Stadt*]). Germany's inability to mourn the terrible bombing campaign against its cities had been the subject of a controversial study by W. G. ('Max') Sebald (1944–2001), *On the Natural History of Destruction* (literally: *Literature and the War in the Air* [*Luftkrieg und Literatur*], 1999), itself a sign that the taboo was being broken. Sebald's novels, the most striking event in German literature of the 1990s, are both single-minded and endlessly varied in their concentration on the process of remembering past violence, the process by which, as we are told in *The Emigrants* (*Die Ausgewanderten*, 1992), a dead body, snowed up on the mountainside, will eventually, after many years, emerge at the foot of a glacier. Like Uwe Johnson, Sebald, long a professor at the University of East Anglia, had to settle outside Germany in order to give his memory the freedom and scope necessary for his literary project. The lives and deaths that his stories retrieve from the ice ramify round the world. Though the German catastrophe is usually their overt or covert point of reference, they involve highly detailed presentations of many seemingly unrelated topics and locales: Istanbul and North America, the architecture of railway stations, the history of the silk industry, and the works of Sir Thomas Browne. Germany appears to be quite tangential to *The Rings of Saturn. An English Pilgrimage* (*Die Ringe des Saturn. Eine englische Wallfahrt*, 1995), which is concerned (as the title indicates) with the patterns made by the debris left over from another world-historical implosion, that of the British Empire. By his deliberate ambiguity of genre – are we reading fiction, autobiography, history, or documentary?; are the blurred photographs scattered through the narrative authentic or staged, relevant or irrelevant? – Sebald replicates both the layers of forgetting that have to be excavated to get at the past and the variety, always eluding unity, in what we are trying to recover. The books have a unity, however, and it lies in something wholly German: their cultivation of exquisitely calm, statuesque, and elaborate sentences which, apart from little, scarcely noticeable, 20th-century spoilers, could have been written by Goethe. It is these which tell us that this view of our present condition, global though it is in its reach, is achieved from a historically and culturally particular standpoint – a tragic standpoint because it is German and because in no other language would it have been necessary or possible to write Sebald's greatest single sentence, a ten-page account of the concentration camp in Theresienstadt, in his last novel, *Austerlitz* (2001). Sebald's work is a clear sign that since the turning point (*Wende*) of 1989–90, German literature has resumed its original post-war search for a national historical identity, a search that is important to all of us, not just because every nation has similarly to find its place in an ever more integrated world system, but because the German example makes it peculiarly clear that what matters in the end is not identity, national or personal, but the pursuit of justice.

Further reading

The following list details some of the best writing in English on the topics touched on here and also serves as an acknowledgement of some of this book's main sources.

German history

Hagen Schulze, *Germany: A New History*, tr. Deborah Lucas Schneider (Harvard University Press, 1998). Excellent concise introduction with useful material on cultural history.

Eda Sagarra, *A Social History of Germany 1648–1914* (Methuen, 1977). Comprehensive synthesis that keeps the implications for literature always in view.

W. H. Bruford, *Germany in the Eighteenth Century: The Social Background of the Literary Revival* (Cambridge University Press, 1965). Foundational study, still unsurpassed.

Histories of German literature

The Cambridge History of German Literature, ed. Helen Watanabe-O'Kelly (Cambridge University Press, 1997, 2000). Full, reliable, up-to-date, traditional literary history with extensive bibliographies.

A New History of German Literature, ed. David E. Wellbery, and others (Harvard University Press, 2006). 188 individual essays, interrelated but avoiding a single narrative.

Philosophy and German Literature,1700–1990, ed. Nicholas Saul (Cambridge University Press, 2002). Authoritative treatment of this crucial aspect.
The Oxford Companion to German Literature, ed. Henry Garland and Mary Garland, 3rd edn (Oxford University Press, 1997). Dictionary format, with over 6,000 entries.

Collections of essays

Erich Heller, *The Disinherited Mind* (Bowes & Bowes, 1952, and numerous subsequent editions). Studies of Goethe, Nietzsche, Rilke, and others – a starting point for much post-war literary criticism.
Michael Hamburger, *Reason and Energy* (Routledge & Kegan Paul, 1957). Valuable introductory essays on poets by a poet.
The eight volumes in the series *German Men of Letters*, ed. Alex Natan and Brian Keith-Smith (Oswald Wolff, 1961–) contain many useful introductory essays on nearly 100 writers.

Period studies

W. H. Bruford, *Culture and Society in Classical Weimar, 1775–1806* (Cambridge University Press, 1962). Consciously modelled on Raymond Williams.
T. J. Reed, *The Classical Centre: Goethe and Weimar 1775–1832* (Croom Helm, 1980; Oxford University Press, 1986). Stylish and scholarly literary criticism, though unsympathetic to Hölderlin.
J. P. Stern, *Reinterpretations: Seven Studies in Nineteenth-Century German Literature* (Thames & Hudson, 1964). Searching studies of prose writers.
Ronald Gray, *The German Tradition in Literature 1871–1945* (Cambridge University Press, 1965, 1977). Wide-ranging and controversial.
J. P. Stern, *The Dear Purchase: A Theme in German Modernism* (Cambridge University Press, 1995, 2006). Intellectual analysis of most major 20th-century figures.

Individual writers

John Williams, *The Life of Goethe: A Critical Biography* (Blackwell, 2001).

Nicholas Boyle, *Goethe. The Poet and the Age* (Oxford University Press, 1991, 2000). Two volumes. A third is in preparation.
Lesley Sharpe, *Friedrich Schiller: Drama, Thought and Politics* (Cambridge University Press, 1991).
David Constantine, *Hölderlin* (Oxford University Press, 1988).
Nigel Reeves, *Heinrich Heine: Poetry and Politics* (Oxford University Press, 1974).
Bryan Magee, *Wagner and Philosophy* (Allen Lane, 2000).
Robert Norton, *Secret Germany: Stefan George and His Circle* (Cornell University Press, 2002).
T. J. Reed, *Thomas Mann: The Uses of Tradition*, 2nd edn (Oxford University Press, 1996).
The Cambridge Companion to Brecht, ed. Peter Thomson and Glendyr Sacks, 2nd edn (Cambridge University Press, 2007).
Julian Preece, *The Life and Work of Günter Grass: Literature, History, Politics* (Palgrave, 2001).
W. G. Sebald, A Critical Companion, ed. J. J. Long and Anne Whitehead (Edinburgh University Press, 2004).

“牛津通识读本”已出书目

古典哲学的趣味
人生的意义
文学理论入门
大众经济学
历史之源
设计，无处不在
生活中的心理学
政治的历史与边界
哲学的思与惑
资本主义
美国总统制
海德格尔
我们时代的伦理学
卡夫卡是谁
考古学的过去与未来
天文学简史
社会学的意识
康德
尼采
亚里士多德的世界
西方艺术新论
全球化面面观
简明逻辑学
法哲学：价值与事实
政治哲学与幸福根基
选择理论
后殖民主义与世界格局
福柯
缤纷的语言学
达达和超现实主义
佛学概论
维特根斯坦与哲学
科学哲学
印度哲学祛魅
克尔凯郭尔
科学革命
广告
数学
叔本华
笛卡尔
基督教神学
犹太人与犹太教
现代日本
罗兰·巴特
马基雅维里
全球经济史
进化
性存在
量子理论
牛顿新传
国际移民
哈贝马斯
医学伦理
黑格尔
地球
记忆
法律
中国文学
托克维尔
休谟
分子
法国大革命
丝绸之路
民族主义
科幻作品
罗素
美国政党与选举
美国最高法院
纪录片
大萧条与罗斯福新政
领导力
无神论
罗马共和国
美国国会
民主
英格兰文学
现代主义
网络
自闭症
德里达
浪漫主义

批判理论
电影
俄罗斯文学
古典文学
大数据
洛克
幸福
免疫系统

德国文学
戏剧
腐败
医事法
癌症
植物
法语文学
微观经济学

儿童心理学
时装
现代拉丁美洲文学
卢梭
隐私
电影音乐
抑郁症